百年中国新诗编年

第三分册
1937-1948

主编：张清华　　分册主编：冯　强

山东文艺出版社

序

冯　强

　　"我把我青春的残骸收藏在这个小小的《塔》里。无情的生活一天一天地把我逼到了十字街头，像这样幻美的追寻，异乡的情趣，怀古的忧思，怕没有再来顾我的机会了。啊，青春哟！我过往了的浪漫时期哟！我在这儿和你告别了！我悔我把握你得太迟，离别得太速，但我现在也无法挽留你了。以后是炎炎的夏日当头。"这是郭沫若《塔》（1925 年冬）中的诗句。

　　1920 年代后期，新文化运动日益分裂为个人主义和马克思主义，民主之道分裂为资产阶级和无产阶级两家，到举国抗战前，成为两种主导性的意识形态。之后随抗日战争的全面爆发，两种意识形态话语在共同敌人面前又不得不妥协，以民主主义文艺思潮的面目实现了暧昧的团结。

　　虽然 1940 年代中后期在张东荪、张君劢等知识分子群体中出现了调和个人主义和社会主义思潮的"第三条道路"，但相互间的抵牾与撤离从未间断。"站在十字街路口的红绿灯/以闪睐的眼睛/在预告着一秒钟比一秒钟加深下去的/骚乱和永劫。"（郭风：《电杆木》，1947 年）对日抗战缓解了内部的相煎，出现了田间等绝少浪漫感伤的"抛弃了知识分子底灵魂的战争诗人和民众诗人"①，

---

①胡风：《胡风评论集》（中），人民文学出版社 1984 年 5 月版，第 101 页。

也促成了这样一个事实，即一种经由苏联而来到中国的革命意识形态，不仅在文化上，而且在军事和经济上成为可以抗衡国民党的基本力量。抗日战争的胜利伴随着新的政治与军事对峙，意识形态的争斗也日益尖锐。左翼诗歌从最初强调与政治、现实、时代和人民的结合，发展到以诗歌充当斗争的工具，从对底层的关怀进而点燃为仇恨的火焰。它的基本模式是打倒一个旧世界，建立一个新世界，愤怒和复仇越来越成为其主调，这些趋势在 1946 年严文井的《倾倒苦水的大会》、绿原的《复仇的哲学》、郑思的《秩序》和黄宁婴的《愤怒篇》等作品中，都可以至为直观地看到。

"好呀，一个大的破坏在地面行进！"（化铁：《暴雷雨岸然轰轰而至》，1946 年）"安排着一个血的盛筵。"（陈敬容：《新世纪旋舞》，1946 年）贯穿于抗日战争时期的主题，终于在内战的炮声中破裂，追求进步的青年知识分子大部分转向"新民主主义"的政治文化。编选工作即将结束时，偶然读到巫宁坤的《一滴泪》，受到震动，辗转获晓他在西南联大读书期间曾以笔名"浪子"发表诗作，终得《不能住在十字街头》（1947 年）一诗："喂！／朋友：／我们不能住在十字街头。／不论向左／或是向右／总得要往前走；／这个闹嚷嚷的鬼地方，／我们岂可久留？！"诗人做出离开"这个闹嚷嚷的鬼地方"的决断，渴望"组成家族样的一个团体"，因为"有力量了以后才有自由"。但与师友鉴别辨认一番，还是决定保留"浪子"而不是署名"巫宁坤"。但从这首诗的情绪里还是能看到，现代性的一个基本问题——主权国家和主权个体的关系——走向了严复所谓的"国群之自由"压倒"小己自由"，而不是闻一多和袁可嘉等诗人所期待的相互预设。在徐明的《我登上了革命的大船》（1938 年）中，埋葬青春的"塔"指示着"革命的大船"，个人和群体的价值观终于分立为明确的异类，世界分裂成敌我两方。异己被比作老鼠、猫头鹰和蝙蝠，是"见不得阳光的""胆小而卑怯的生物们"（军城：《世界是我们的》，1941 年）。左翼知识分子的一体化接管，标志着新文化历史的终结和新的革命文化时代的开启。

　　跨过 40 年代，1951 年，在对朱东润《楚辞》问题考证的批判中，郭沫若把问题的渊源指向"胡适的歪风"；1954 年底，为毛泽东领导的批判胡适运动做战前动员，《光明日报》刊载了《中国科学院郭沫若院长关于文化学术界应开展反对资产阶级错误思想的斗争对光明日报记者的谈话》①，斥胡适为"流毒"，之后的《三点建议》更是将毛泽东《关于红楼梦研究问题的信》中所指的"错误思想"升级为"敌对思想"，并将运动范围从确定的"古典文学领域"扩大到"文化领域的各方面"。次年，胡适在台北写下《四十年来中国文艺复兴运动留下的抗暴消毒力量》，以回应大陆彼时对其思想的清算。这位中国新诗最早的尝试者，"没有写过一篇批驳马克思主义的文字的人"，此时已成为"中国马克思主义和社会主义的最早的、最坚决的、不可调和的敌人"（周扬语）。胡适将原因归结为民国初年以来的"中国文艺复兴运动留下的抗暴消毒力量"②，这一力量在其 1923 年英文稿的《中国的文艺复兴》中被表述为"那个因为接触新世界的科学民主文明而复活起来的人本主义与理智主义的中国"③。两位出生相距一年的诗歌人物，同为昔日新文化运动的旗手，用这种方式隔岸喊话，至为生动。

　　1937—1948 年的中国新诗，正处在胡适眼中大陆四十年文艺

---

①耿云志主编：《胡适论争集》（下），中国社会科学出版社 1998 年 9 月版，第 2079 页。
②耿云志主编：《胡适论争集》（下），中国社会科学出版社 1998 年 9 月版，第 2814 页。
③转引自欧阳哲生：《中国的文艺复兴——胡适以中国文化为题材的英文作品解析》，载《近代史研究》2009 年第 4 期。

复兴运动的"阑尾"部位，同时也为中国新诗第一次高涨期，这一高涨源自战争年代相对自由的创作环境。包括今日盛行的文化保守主义甚至文化原教旨主义，在那时也能占据一席之地。胡兰成的《中国文明与世界文艺复兴》①（1945年）就将胡适在新文化运动之初的一番言论颠倒过来，后者以"民主""科学"疏释古典传统而保留"中国根底"，如此才能"将世界文明与我们自己的文明里最好事物做成功连接"，而前者径直以中国文明来发蒙、复兴世界文明。当下中国的经济地位似乎更是坚挺了这种信念，将一种带有西方主义色彩的学说国有化。但知识人仍挣扎在20世纪40年代已经铺就的现代宿命里，它曾经的语境似乎又化作一个幽灵潜返回来。

反观欧美现代诗歌，从浪漫主义到先锋派，是顺着反对塔（一神教）一路遭遇十字路口，是不断进行自我选择造成的一个多元格局。这样一个多元格局，预示了每个内在授权的自我都会提出一套与他人相异的真理体系，这些不同的体系之间若要和平共处，其结局是个人主义，张东荪曾慨叹"中国没有经过个人主义文化的陶养而遽然来到二十世纪，是一个遗憾"②。当然，个人主义仅仅是个起点，或者是新诗人的最低纲领，并不保证诗人能在美学和人格上完成自己的作品。在张东荪或者当代诗人萧开愚看来，它最终的方向则是需要正名的社会主义，是"相对更好的共同生活"③。

战争的二元论没有生产出带有当代性色彩的最高民主，而是循环着不同个体的"死底民主主义"（路易士：《对死的密语》，1942

---

① 载《苦竹》第3期。
② 张东荪：《政治上的个人主义与文化上的个人主义》，载《观察》1948年第4卷第1期。
③ 萧开愚、余旸、冷霜、姜涛：《当代诗歌需要一场思想运动》，"诗歌需要一场思想运动。不光是诗歌，而且主要不是诗歌，主要是为了相对更好的共同生活，怎么样形成一个完整的主观个体。"见 https://cul.sohu.com/20090410/n263323084.shtml.

年），"一种自私化生为两型无耻，/我们能报效的却只是一种死；——/冬夜远地的战争传来如闷鼓，/城市抱紧人畜为你们底自信受苦！"（袁可嘉：《号外三章》，1947 年）如何能避免一种"反现代性的现代性"统治下的"两型无耻"，如何汲取左翼和个人主义各自的经验和教训，既能免于胁迫他者的"刀斧和燃烧"，又能为诞生"一座人格的高塔"创造必要的场域（李瑛：《沉痛的悼念》，1948 年），恐怕是新诗诞生至今必须面对的问题，也是胡适"从西历纪元一千年到现在"的"文艺复兴"必然承担的重任。

　　回望 1937—1948 年的中国新诗，我们看到，十字路口的存在，正是为了每一位诗人都有自己的进入权和退出权，这是从制度看。从文化的角度看，十字路口也是新文艺复兴时代跨文化交流的必要前提。一位真正的诗人可以在不断分岔的十字路口之间，辨认出不同形制的塔，又在不同的塔之间开辟新的十字路口。文化不该是墙。

目录

1937 年

1942 年

1943 年

1948 年

1937 年

人与神之爱

常任侠

神的世界已经毁灭了，
你跟我来，我认识一条
走向极乐世界的路。
切记不要猜 Sphinx 的谜，
不要吃道旁的苹果，
那是诱惑的种子，是罪恶
与一切恐怖的凶残的源泉。
里面有毒蛇的涎汁。
在神的世界里，你所得的
是空虚与幻灭，
今后我将给与你真的生命，
永恒的和谐，无尽的爱，
与广阔伟大的仁慈。
你圣处女的唇吻，
傍着我，一道温流，
在心琴上鼓起一曲
交响的激荡的音乐。
我要你微张一下眸子，
你眸子里的光，像朝颜，
像百合花，像清晨飞过的白鸽。
你丰满的胸像，是千万朵香花

堆成的，而你信托我，让我的
粗臂围成一支花蓝，
贮藏馥郁的清芬，
与纯洁光辉的颜色。

前路，你不要怕，
那不是黑暗，
那是光明的第一道门限。
你听多少人的呼声，
来盘一条修长的广路。
为你，我忘记疲劳，
用尽我的力，一滴汗是一点快乐
让铺成的路，在爱者足底下走过
你不要说寒冷，
我将抽一支肋骨，
为你燃起熊熊的火炬。
贴紧我，我是太阳的近侍，
是你走向光明的伴侣。

你口角的涡纹，告诉我，
你已经走下耶和华的神殿，
弃去那些古老的梦，
我们不要神的律法，
不要摩西的训诫。
一个新的真理的殿堂，
是我是你栖息的处所；

一支洪壮的人类的圣歌，

你我都是这三部中的歌手，

当春天大地生出新的萌芽，

你胸中的花蕾也充满春的活力。

你的发，你的裙袂，你的大花围巾，

镀起跃动的光；

你赤裸的双足，

将愈红润如美玉；

你的为爱而工作的手指，

将弹出永恒的乐曲。

大地是我们绿色的母亲，

而你而我都永誓为母亲忠勤的子女。

在开遍蒲公英的田陇边，

在麦秋金色的草堆旁，

在风车转动的磨房中，

在乳牛踯躅的草原上，

而你的歌声将如白云流过，

泥土的香味与汗的香味同在。

我挽着你从神的世界，

走向人的世界。

不必再看修道院

一派清寂的松影，

钟声已失去古音的神秘。

从高寒走向温煖，

在我的巨胸中献你一把圣火。

广众都在建筑人类的殿堂，
而我而你亦随节奏而讴歌。
我的喘息与你的喘息，
共同成为大地微细之脉搏。
神的世界已经毁灭了，
你随我来，在人的世界里，
我们有永恒的真乐。

1937 年元旦寄 Motoko

选自《文艺月刊》1937 年 10 卷 3 期

广州路之月夜

程千帆

让酒钟替你涂上胭脂，
免得庞儿又发红。
因此，我放肆地说话。

让亮月替你披上肩纱，
两颗星，眼的朦胧。
那么，即使我不说话……

让寂寂听我的心跳，
一刻轻松又沉重，

简直不用，不用说话。

选自《诗帆》3 卷 1 期，1937 年 1 月 5 日

来

沈祖棻

是深夜路途上的风寒，
还是忧郁，使你病呢？
来吧，来休息一会吧，
这里是温暖的家！
我为你安排下柔软的
被褥，不嫌厚，也不嫌薄；
一切都随着你的意思，
枕头是放得高些，或
低些？还是要在放惯的
手臂上静静地安息？
倘使你觉得有点冷，
就让太阳照到床上，
照到你的苍白的脸，
加上一点红润的光辉；
倘使你嫌热，就替你
轻轻地，轻轻地，放下窗帷。
你要轻快一点，那就
在胆瓶中插上鲜花；

你欢喜幽静一点，就

为你焚起一炉古香。

闭上眼，好好地睡，

不要动，也不要做梦，

我用温柔的手指，

试探你发热的额角。

我不许秋虫在窗下唱，

当心每一片落叶的响，

让你有一刻宁静的休息，

我为你数着停匀的呼吸。

你嫌闷得慌，就为你讲

一个古老的美丽的故事，

在晚餐的时候，我为你

预备下牛乳和鸡蛋，

要不然，就弄一点可口的蔬菜，

煮一碗滚热的薄薄的稀饭，

你忘去秋天的萧萧，寂寂，

忘去心里的那一点忧郁；

来吧，来休息一会吧，

这里是你温暖的家。

选自《诗帆》3 卷 2 期（署名沈紫曼），收入《微波辞》，重庆独立出版社 1940 年 2 月版

木马

南星

寒夜，星辰缩小了，
黑暗的空场上沉寂像荒野，
那儿有一个独行人
低了头迈着虫儿的脚步，
与星辰各不相扰地转移，
直到他遇见空场旁的木马，
敏捷地跨越而上，
把双臂做成环形，
开始用愉快的歌声呼唤，
谙熟的名字充塞在天地间，
但冷风把它们轻轻吹散了，
余下固执地守夜之骑士。

选自《新诗》1937 年 4 期

无法投递

罗大冈

无法投递
退回原处

没有名号的街道
哎　正小病初愈

墙是独白
窗是对语

下雨的晴天的漫游
破雨鞋补了又补

一到夜深如海
细数邻人的脚步

无法投递
退回原处

　　　　选自《新诗》1937 年 5 期，署名"罗莫辰"

游戒坛寺

赵萝蕤

山里颠了个把钟头，
清晨的风吹冰脸庞，
和车上那上班旅行人，
同看龙烟厂的烟囱。

渡过永定河的泥水，

小驴也得得的过来，

十五里无理的尘土，

爬苍茫红叶的大海。

　　　　　选自《新诗》1937 年 5 期

除夕酬人

周煦良

不要多留我，朋友！

不要捻着蝴蝶的彩翅，

你殷勤的手指是花刺似的

当它要飞去的时候。

不要当做我不高兴，

虽则你歌声是那样动人：

我心里也有只歌儿在翻腾，

不打算任何人听。

酒！我不要一滴，

如果酒也不过把人燃烧，

我也快烧成七月的斑豹，

我的躯壳要迸裂！

不要再勉强了！你

可知道我一刻也不能再捱，

我变出的恶相来你不要吓坏，

你才知道我呢是鬼！

而且你也不要伤心，

便是我投进死的怀抱，

在那永夜的黑暗里，我至少

能面对着自己的幽灵。

选自《新诗》1937 年 5 期

述庄子"方生方死"惠施"日方中方睨物方生方死"

陈梦家

长臂紧随着短臂，

一步一顿朝前走：看看近了，

看看交在一条线上了，

看看又越来越远了，

看看又近了。又远了。

惠施说道："今日适越而昔来。"

古时有健行的竖亥①

————————

①竖亥事见《淮南子·地形篇》——原注

大禹命他算一算南北有多长；

他往南量到南极，

往南量到南极，

往南回到中国。

惠施说道："南方无穷而有穷。"

二十六年一月五日

选自《新诗》1937 年 6 期

隐约

林庚

隐约着林后的月之漂泊者

风吹落树叶后之后有落叶

长长的一条路上应是无停滞的

月台的疏枝条里行人又走一步

选自《新诗》1937 年第 6 期

路上

钱君匋

一乘双飞掠过柏油的路面，

只扬起一些青烟的轻尘。

举着千臂的冬树

在路上揖着，迅速地退去。

幽歌着的电讯木，

三角与立方组成的住宅

衬着青的远天。

一切平静，我独自步行着。

选自《新诗》1937 年第 6 期

雪夜

苏金伞

未曾打过猎，

不知何故，

忽然起了夜猎银狐的憧憬：

夜雪的靴声是甘美醉人的；

雪片潜入眉心，

衔啄心中新奇的颤震，

像锦鸥投身湖泊擒取游鱼。

林叶的干舌，

默颂着雪的新辞藻，

不提防滑脱两句，
落上弓刀便惊人一跳。

羊角灯抖着薄晕，
仿佛出嫁前少女的寻思，
羞涩——但又不肯辍止。

并不以狐的有无为得失，
重在猎获雪夜的情趣；
就像我未曾打过猎，
却作这首夜猎银狐诗。

选自《新诗》1937 年第 6 期

桥

钟鼎文

灰白色的宽阔的天后宫桥下，
灰黑色的沉默的苏州河在流着：
我们这悠久的生命下，
疲倦了的时间在流着……

日子是水一般地流去，流去，
问不了哪些是欢乐；哪些是苦恼，

剩下来的，是这坚固的肉体，
立在时间的上面，如像是桥。

如像桥，在水面上浮着的映影，
我们的生命也有着脆弱的灵魂；
这生命底影响，浮在时间的浊流上，
随浊流的动荡不住地变形。

让时间带去了往日的恋吧，
让时间带去了欢乐与苦恼吧……
在时间的上面，是这坚固的肉体
立着，而又叹息着，如像是桥。

　　　选自《新诗》1937 年第 6 期，署名"番草"

云

何其芳

"我爱那云，那飘忽的云……"
我自以为是波德莱尔散文诗中
那个忧郁地偏起颈子
望着天空的远方人。

我走到乡下。
农民们因为诚实而失掉了土地。

他们的家缩小为一束农具。
白天他们到田野间去寻找零活,
夜间以干燥的石桥为床榻。

我走到海边的都市。
在冬天的柏油街上
一排一排的别墅站立着
像站立在街头的现代妓女,
等待着夏天的欢笑
和大腹贾的荒淫,无耻。

从此我要叽叽喳喳发议论:
我情愿有一个茅草的屋顶,
不爱云,不爱月,
也不爱星星。

1937 年春天
载《预言》,文化生活出版社 1945 年版

夏日在疗养院

石民

生活是盛夏之行旅,
烈日当空
长路漫漫

没有你躲避的地方。
但如今
在这里
冥冥中有一片慈云
（是"死"的阴影吗）
为我遮断了
焦灼的乱箭似的光芒，
让我安息。

窗外
绿荫如海，
广大深沉
满溢着清凉的寂静，
微风从绿叶的波浪间吹来，
吹着枕上微烧的头脑
如带微醉——
如戍人之醉卧沙场，
忘却生与死的斗争
聊将我的病榻
作为我的摇篮——
"不要吵，不要闹，"
让蝉儿为我唱着
催眠之歌。

选自《新诗》1937 年 2 卷第 1 期

踏着沙沙的落叶

孙毓棠

踏着沙沙的落叶，
唉，又是一年了，秋风！
独自背着手踏着
沙沙的落叶；穿过疏林，
和疏林的影，穿过黄昏。

黄昏静悄悄的，长的
是林影。沙沙地踏着，
踏着，是自己的梦，
枯干的。又一年秋风
吹过了，自己的梦。

看枝头都已秃尽了，
今年好早啊，秋天！
年年在白的云上描
自己的梦，总描不团圆。
描不整，描不完全。

等秋风一吹，便随黄叶
沙沙地碎落了。秋风早，
只好等明年吧，

看秋风吹白了野草，
吹得凄凉，吹得老。

踏着沙沙的落叶，
唉，又老一年了，秋风！
独自怅惘着，在落叶上
走；穿过疏林，和疏林
淡淡的影，穿过黄昏。

选自《新诗》1937 年第 2 卷第 1 期

风和光的收藏者

陈时

让我工作吧，
让我用那青色的大木桶
储藏那美丽的光吧，
储藏那使人快乐的风吧。

让我为幸福而歌唱吗？
我的眼睛是永远做着梦，
我永远是忧郁的。

我不愿屈着身子像饥饿的巨人，
我要轻舒的伸一伸腰，

使身上的血流更愉快的流着，
比透明的海水更迷晕的流着。

让我为原始的恋情而歌吗？
原始的天空是多么蔚蓝啊，
原始的人们也是善飞的吧。

人们饮着清凉的泉，
食着美好的果子，
原始的世界是美丽的，热的，
原始的人都裸着身体。

人们弹着立琴，
他们是有着至高的宁静的。

选自《新诗》1937 年第 2 卷第 1 期

火·列车（两首）

陈时

火

让我放火烧天空吧，
在那地平线上的蓝色的天空，
半透明的天空。

我是喜好冒险的人，
我的眼睛中有一瞬的永恒，
但是常染满了忧郁的。

我会催眠天空中那些幻异的云，
催眠那些无忧的鸟雀，
和催眠那歌唱的风神。

我快乐的举着火炬，
我的影子在地上静止着，
但是我的影子变换着颜色：
它是青色的影子，
它是黑色的影子，
它是红色的影子，
它是蓝色的影子，
它是紫色的影子。
我的影子又消失了。

我的头脑中，
记忆的图案幻转着。

让我放火烧天空吧，
虽然，我是不懂得那些死去的秘密的，
让我放火烧红天空吧。
天空中是有寒冷的秘密吧。

天空中也许埋藏着古旧的琴，
和半瓶子的瓶子吧，

埋藏着花朵吧，
埋藏着美丽的镜子吧，
埋藏着古旧的轮子吧，
埋藏着死去的太阳吧。

让我放火烧天空吧，
烧红天空吧。

列车

让我把太阳投向那病着的列车吧，
让我把明月投向那饥饿的列车吧。
忧郁的轮子也静止了，
列车前面的灯盲目着，
列车完全是涂染着梦了。

讨厌的风神又在奏着迷人的音乐了，
于是一个幻丽的女王走过列车去了。

我的眼睛忧郁着，
我是像天空中的云一样冷静的。

我也找寻不着火炬了，

我是不愿说谎话的，

列车是将驰向那辽远的地平线上的蓝天中吧，

让我用那些死去的花朵投向那病着的列车吧。

选自《新诗》1937 年第 2 卷第 2 期

鼠嫁女

陈江帆

无灯的院落，

山妻为我诉说鼠嫁女

是千百年的习俗，

今夜莫惊扰她的婚仪。

檐阶许有鼠的行列，

山妻的语声细细，

我张开私窥的眼睛，

晕月如猫爬过墙来。

选自《新诗》1937 年 2 卷 2 期

我们的忧郁 No. X

罗大冈

瓦雀和家鸽在屋顶上软软地踹

我们的忧郁第一页遂印满太初文字

不善说谎的舌头愈来愈瘦愈短

在沉默中它尤其像破伞骨一戳一穿

咖啡和奶加上牛油是早晨的脸谱

白昼掌灯却为穷搜半句失去的言语

愚人脑瓜里偏挤出美丽的花花草草

不在月下临风小解如何领略异乡的秋宵

房东太太尽用脂粉在脸上涂改年岁

掩饰心头的皱纹她打听您该用什么脂粉

何处还招扬着送别的手绢伤别的风露

我们一字一句都成为一篇独立的遗嘱

伞形的忧郁张开一朵黑花

幸喜挡去了那些可憎的面目

1937 年，里昂。

选自《新诗》1937 年 2 卷 2 期，署名罗莫辰

十二月十九夜

废名

深夜一枝灯，

若高山流水，

有身外之海。

星之空是鸟林，

是花，是鱼，

是天上的梦，

海是夜的镜子。

思想是一个美人。

是家，

是日，

是月，

是灯，

是炉火，

炉火是墙上的树影，

是冬夜的声音。

选自《文学杂志》第 1 卷第 2 期，1937 年 6 月 1 日

光的歌

黄宁婴

我是星星，我是月亮，

我是火，我是太阳。

我是暴风雨前

电的闪掠；

我是灯塔的眼睛

盯紧汹险的汪洋；

我是杀敌的快刀上

血色的锋芒；

我是炸弹的爆燃

我是子弹，炮弹的爆燃

是我，把沉寂的旷野

焚烧起热闹的战场；

是我，把混沌的乾坤

涤洗成清洁而晴朗。

我是光！我是光！

我是原动力的原动力，

我绘画了宇宙的脸相，

绘画了天象，地象，人象，

——天象的无常，

地象的沧桑，

人象的怪状，

任它涂上了万千个假面

也得在我的跟前暴露真相。

人类生存在我洁白的胸膛，

在我洁白的胸膛繁殖滋长。

我曾把热力炼成一颗种子，

叫人类的脑子培起一缕思想，

思想教他们聪明，教他们健壮

我曾以慈和的目光，

瞅着他们用集团的力量

去征服自然，驾使自然。

瞅着他们刻苦地劳动，奔忙，

一天的疲乏，用舞唱，

换一身忘形的欢畅。

渐渐野心的败类争做酋长

酋长与酋长争帝争王，

不断的残杀，不断的劫掠，

使得一样的脸孔刻分了主仆，

把人间划开一边地狱，一边天堂。

如今，我愁锁着脸

瞅着人间幸灾乐祸的奇象，

一方是无耻地尽管追逐，倾轧，颓唐，

一方是在饥饿和拷打之下伤亡。

插天的洋房掩不尽我的目光，

我看得清地球上每一片地方，

我显示了人间的丑态，

人间的腥膻与肮脏。

我将把蕴藏的热量

燃成忿怒的火光：

火光毁了罪恶的天堂，

毁了吸食民脂民膏的魔王！

火光灼起了地狱的咆哮，

灼红了奴隶的心脏，奴隶的胆量，

好让他们翻一个身，

向长空挺起胸膛，伸出铁掌，

然后，我再眨一眨眼，

看新的世界上

回荡着新的人类那原始的歌唱，

用他们神圣的血汗

协力堆起了自由，平等，博爱的天堂。

那时，我将永恒为他们撒射着

温煦的光，真理的光，

正如撒射着美丽的希望。

我是光！我是光！

　　1937 年 6 月 14 日

　　选自《诗场》1937 年 3 期

农夫

孙毓棠

是我们把锄头锄进的大地，

有长风作信，天蓝作证人；
你去告诉世界，风！别忘掉把
锄头锄进大地的，是我们

是我们天天举这千斤力量，
力量随锄尖锄进了泥土；
泥土的甜，香，只有我们知道，
但我们尝不着香甜的五谷。

因为人们说这工作太简单，
"看，连黑蚯蚓不都会掘湿泥?"
他们昂着头，往城市里走，
把烟囱和楼顶盖到比天高。

他们修长的街，盖大楼，作车，
造钻浪的大船，筑山城，海港；
煤烟灰把白画高的云空
涂浓雾，教黑夜摇亿万盏光。

他们会念书，他们聪明，他们
伸出铁鹰爪摆布这世界；
他们坐到高山上，逞威风，
把我们半埋给低湿的原野。

半埋给原野，我们没法办，
我们算被逐出了好的人群，

我们背着人群食粮的担负，
这担负，压死了我们的灵魂。

没有灵魂的再不会言语，
弯酸这两臂骨，举起锄来；
举锄头为的是别人的温饱，
青天你作证啊，风，你该明白！

顶着苦风苦雨我们得工作，
得工作，顶着焦红的毒太阳，
累断了筋骨还是得工作，
得工作才赢得半饱的糟糠，

得工作才保得住有茅檐
遮头顶，得工作才混件衣裳；
得工作这荒原才能垦成了
万顷稻，万顷麦，万顷高粱。

但是，天天举锄头我们工作
汗随着锄尖滴进了泥土；
泥土的甜，香，只有我们知道，
我们总尝不着香甜的五谷。

香甜的五谷是他们的份，
给我们只留得粗糠和谷皮。
他们说："天上有位老天爷，他

作主，别怨了，是你们没福气。"

可是提福气，我们还懂得
怎样讲，老天爷就在这头上：
老天爷天天看着我们累，
插秧，打谷，淌着汗忙田庄。

老天爷不错，我们很领会，他
教天蓝作幕盖，大地作母亲，
大地的仁慈只有我们知道，
她抱着青山，白水，抱着我们。

他教原野绿给我们希望，
教天降甘雨，东风吹遍春天，
教露水润肥了每一束麦穗，
嫩叶的小桑树密到门前。

他教白云飞，溪水发亮，听
布谷鸟声声催得好匆忙；
我们很知道太阳来给暖
星子给静的梦，月亮给光。

冬天有白雪盖着大地睡，
大地从春天总是绿到秋，
老天爷安排好整齐的季候，
教我们工作，我们不忧愁。

举起锄头，只有感激的泪，
泪点随锄尖滴进了泥土；
只有我们知道泥土的甜，香，
但我们尝不着香甜的五谷。

年年收下香甜的五谷留着
装进麻包袋，好好地藏起，
等城里人来了，也说不清是
怎么，怎么着，便搬去了城里。

说是城里头有人要吃饭，
不然连我们也没法子生存；
为这个我们得负这担负，
可是他压死了我们的灵魂。

剩得这没灵魂的一个汉子，
脚踩着大地，头顶顶着天，
两眼望着原野的没有边际，
望着远处的高山，山外的山。

听沉寂的大野只不说话，
呆对着一片空漠的天穹；
天地间站着个孤单的自己，
听大野上无言的叹息吧，风！

说人自初生就已定了命，你
生在哪儿，哪儿就是你的家；
给你把锄头，这是你的工作，
你锄地，高山上才开得出花。

我们工作，工作，我们不偷懒，
我们喝风，顶雨，吃毒太阳；
可是这不像老天爷作的主，
他们吃五谷，给我们糟糠。

给我们糟糠吧，我们不说话，
支撑着两臂骨，举起锄来；
锄尖锄下去的是汗，是泪，
青天你作证啊，风，你该明白！

你该明白这故事很单简，
多少年了，我们背着这担负，
这担负压碎了我们的灵魂，
压碎了灵魂，又来压白骨。

等白骨也碎了，世界会忘掉
曾经有过些粗鲁的农人
背把破锄头，从生锄到死，
再传给农人的粗鲁的子孙。

子孙举锄负另一代的累，

一代代永没有五谷作食粮；
把汗把泪珠滴进泥土，可是
锄头和泥土筑不起天堂。

其实我们也只想作个人，
天堂本不是我们的需要；
只要你明白天天是我们
举这千斤的锄，只要你知道

是我们把锄头锄进的大地
这话该不假，长天作证人；
你去告诉世界，风，别忘掉把
锄头锄进大地的，是我们。

是我们站在天地的中间，
把汗把泪珠润湿的泥土；
泥土的甜，香，只有我们知道，
但我们尝不着香甜的五谷。

选自《文丛》1 卷 5 号，1937 年 7 月 15 日

哲人与猫

陈敬容

雨锁住了黄昏的窗，

让白日静静凋残吧，

我的石室冷而寂寥，

雨如细珠轻滚在屋瓦。

来呵，猫儿，温静的友伴，

来伏在我胸前，让我拍着你，

听我心的湖水还波动着吗，

和着雨，斜斜的秋夜雨。

可是我的灯呢，灯呢，

我要一盏青色的灯

青色而明净，如夜中星点；

石室染上黄昏的颜色了，

不怕迷失吗，猫儿，

瞧雨在窗上做了疏斜的帘幕。

来呵，这儿我找到你的双瞳，

恰象是两粒青色灯焰，

青色而明净，如夜中星点，

射着我，用你温柔的凝视；

我的眼中满贮着疑虑吧，

因为雨，因为黄昏。

让幻想带着离奇的幽香，

在屋角扑摇着羽翅——

摇出夜：白的月，

蓝色的安息……

去吧，猫儿，同着我

和我的影子，去月色铺下的

水晶舞场，在碧润草原上，

林木静静舞蹈着，

时光踏着无声的拍子。

1937 年秋于成都

选自《盈盈集》，文化生活出版社 1948 年 11 月版

我们不能逃走

——写给农民

苏金伞

我们不能逃走，

不能离开我们的乡村：

门前的槐树有祖父的指纹，

——那是他亲手栽种的；

池边的洗衣石上有母亲的棒槌印，

水里也还有母亲的泪，

——受了公婆或妯娌们的气，

无处摆理，泪偷滴在水里；

还有，地里红薯快熟了，

根下挣起一堆土，
凸吞吞的像新媳妇的奶头；
场上堆着没有打的黄豆，
热腾腾的腥香向四面流。
这一切我们都不能舍弃，
怎肯忍心逃走？

我们不能逃走，
不能离开我们的家：
碓臼已舂了几辈子米，
犁雁和锄桨都被我们的
手掌磨出深深的汗窝，
棉油灯夜夜看姑嫂们纺花，
纺花声把我们的梦
缠得又密又重，
像蛛丝裹住一个槐花虫，
就是驴踢槽也惊不醒；
蟋蟀在墙根劝说织布人：
别栽嘴，再织一会就到三更！
这一切我们都不能抛丢，
怎肯忍心逃走？

还有土地——那位老乳母，
她抚育过我们几十代的祖先，
又哺养我们和儿孙；
一年四季不拾闲，

忙着张罗棉麻和粱米，

到冬天，雪盖了原野，

她还预先埋藏下麦根。

我们对她也真熟悉：

知道哪一块地有多少土坷垃，

哪一块地离家几步远，

就是黑夜没有光亮，

也能用脚试出哪一块是自己的田。

我们命定了和庄稼一样在土地里生长，

挪到别处就要枯黄。

我们不能逃走，

不能离开我们的故乡。

年来日子过得不算好，

但那都是鬼子苦害了我们的：

他不等你爬起来，就赶紧给一腿。

如今他抢到一个地方到处放火，

黑烟和火光利利拉拉几十里，

连老鸦窠也烧得不剩一个；

年轻人抓去挖战沟，背子弹，

老婆子和小妮子也被奸淫，

一不对眼就活埋或剥皮。

为了报复这些污辱与仇恨，

我们也不能逃走，

要拿起家伙跟鬼子拼一拼！

一个人是一个铁圈，

扣在一块就是坚强的铁缆，

把那载我们的大船锁靠牢稳，

永远不叫那毁灭人类的海盗击碎。

等把鬼子赶跑了，

再细细品尝那蓝天下的

倚着锄头时的一管烟的滋味罢。

10 月 10 日，开封

载《七月》1 集 2 期，1937 年 11 月

雪落在中国的土地上

艾青

雪落在中国的土地上，

寒冷在封锁着中国呀……

风，

像一个太悲哀了的老妇。

紧紧地跟随着，

伸出寒冷的指爪，

拉扯着行人的衣襟。

用着像土地一样古老的话，

一刻也不停地絮聒着……

那从林间出现的，

赶着马车的，

你中国的农夫，

戴着皮帽，

冒着大雪，

你要到哪儿去呢？

告诉你，

我也是农人的后裔——

由于你们的，

刻满了痛苦的皱纹的脸，

我能如此深深地，

知道了，

生活在草原上的人们的，

岁月的艰辛。

而我，

也并不比你们快乐啊，

——躺在时间的河流上，

苦难的浪涛，

曾经几次把我吞没而又卷起——

流浪与监禁，

已失去了我的青春的

最可贵的日子，

我的生命，

也像你们的生命，

一样的憔悴呀。

雪落在中国的土地上，
寒冷在封锁着中国呀……

沿着雪夜的河流，
一盏小油灯在徐缓地移行，
那破烂的乌篷船里，
映着灯光，垂着头，
坐着的是谁呀？

——啊，你，
蓬发垢面的小妇，
是不是
你的家，
——那幸福与温暖的巢穴——
已被暴戾的敌人，
烧毁了么？
是不是
也像这样的夜间，
失去了男人的保护，
在死亡的恐怖里，
你已经受尽敌人刺刀的戏弄？

咳，就在如此寒冷的今夜，
无数的，
我们的年老的母亲，

都蜷伏在不是自己的家里，

就像异邦人，

不知明天的车轮，

要滚上怎样的路程？

——而且，

中国的路，

是如此的崎岖，

是如此的泥泞呀。

雪落在中国的土地上，

寒冷在封锁着中国呀……

透过雪夜的草原，

那些被烽火所啮啃着的地域，

无数的，土地的垦殖者，

失去了他们所饲养的家畜，

失去了他们肥沃的田地，

拥挤在，

生活的绝望的污巷里；

饥馑的大地，

朝向阴暗的天，

伸出乞援的，

颤抖着的两臂。

中国的苦痛与灾难，

像这雪夜一样广阔而又漫长呀！

雪落在中国的土地上，
寒冷在封锁着中国呀……

中国，
我的在没有灯光的晚上，
所写的无力的诗句，
能给你些许的温暖么？

      1937 年 12 月 28 日夜间

      选自《七月》1938 年 7 期

饿

钟鼎文

旷野是人参色的，贫血的。
如像十一月的狼，
发出了饥饿的呼声。
在旷野上，伫立着陕西人。

谁呀！高举着两只手，
那样地长，那样地瘦；
从旷野上伸入了天空——
如像脱了叶的树。

一群群病弱的人，
而且多半是孩子与女人呢。

在破落的村庄前立着，望着；
但彼方，走来了的是冬天。

没有草，也没有河，
旷野上只有饥饿。
剥完了皮的树，掘过了的土……
我们亚细亚的不幸啊！

人们太饿了！人们要吃了！
要吃草根，要吃树皮，
要吃大地，要吃天，
要吃世界。

选自《诗志》1937 年 1 卷 3 期，署名"番草"

月季花束

陈时

那些是昨日的花，
今日的花。

那在窗前开着的
繁多的花啊，
白色，金红色，孔雀石的绿色的，
永恒的天的蓝色的——

构成四季的幸福的哀歌的图案。

我用梦幻的大眼睛凝视着
那些用温暖的光与水
培植的花。

选自《诗志》1937 年 1 卷 3 期

天空的设计

陈时

天空是美丽的，
天空是我们的梦的王国，
是我们的家园。

天空是充满着迷人的光，
构成幻丽的背景。

但我们要以我们的梦，
我们的繁多而且单纯的梦来建筑，
一瞬间即须完成的。

天空是像我们的梦一样的，
一度，二度，三度，……N 度的空间，
旋转着。

我们要以直线，曲线和角度，
构成梦的流线型的建筑。

虽然，如同光一样，
有时我们的梦是空虚的。

我们要利用
春天，夏天，秋天，冬天，
四季的美丽；
我们要以记忆的音乐；
我们要以未来的七色的忧郁；
织成纤细的网。
遮蔽黑暗和危险。

我们要利用风和云，
使许多辽阔的荒地
变成很美丽的。

天空是无限的，
让我们宁静吧。

选自《诗志》1937 年 1 卷 3 期

第一盏灯

卞之琳

鸟吞小石子可以磨食品。
兽畏火。人养火乃有文明。
与太阳同起同睡的有福了，
可是我赞美人间第一盏灯。

选自《文学杂志（上海 1937）》1937 年创刊号

白螺壳

卞之琳

空灵的白螺壳
孔眼里不留纤尘，
漏到了我的手里
却有一千种感情：
掌心里波涛汹涌，
我感叹你的神工，
你的慧心啊，大海，
你细到可以穿珠！
可是我也禁不住：
"你这个洁癖啊，唉！"

请看这一湖烟雨
水一样把我浸透，
像浸透一片鸟羽。
我仿佛一所小楼
风穿过，柳絮穿过，
燕子穿过像穿梭，
楼中也许有珍本，
书页给银鱼穿织，
从爱字到哀字——
出脱空华不就成！

玲珑吗，白螺壳，我？
大海送我到海滩，
万一落到人掌握，
愿得原始人喜欢，
换一只山羊还差
三十分之二十八，
倒是值一只蟠桃。
怕给多思者拾起：
空灵的白螺壳，你
卷起了我的愁潮——

我梦见你的阑珊：
檐溜滴穿的石阶，
绳子锯缺的井栏……

时间磨透了忍耐!

黄色还诸小鸡雏,

青色还诸小碧梧,

玫瑰色还诸玫瑰,

可是你回顾道旁,

柔嫩的蔷薇刺上

还挂着你的宿泪。

选自《文学杂志(上海1937)》1937 年 1 卷 3 期

给几个死去的朋友 (选一)

冯至

我如今知道,死和老年人

并没有什么密切的关连;

在冬天,我们不必区分

昼夜:昼夜都是一般疏淡。

反而是那些黑发朱唇

时时潜伏着死的预感;

你们像是一个灿烂的春

沉在夜里,宁静而阴暗。

选自《文学杂志(上海1937)》1937 年 1 卷 3 期

苦痛列车

蒲风

我们在困苦中长大，

苦痛堆垒了苦痛，

伟大的苦痛造成了车辆；

压迫，欺凌，饥饿，寒冻，

爱情，眼泪，忿恨，悲伤……

这正是苦痛列车的煤粮；

烧完了一吨又一吨，

我们的列车更见速流，远扬。

通过暗无天日的隧道，

遭受无数的颠簸，

经过百十个车站，

（打击，失败，折磨……）

我们走向最末的一站，——

胜利乡——这个名堂，

永在我们的脑底蕴藏。

那胜利乡直通自由和幸福，

连日带夜，

高空永照着真理的太阳。

选自《诗林双月刊》1937 年 2 卷 1 期

爱国犯

成仿吾

一

他们这些人——是所谓的爱国犯，

　　这可不是千古未闻的奇案?!

翻破古今中外所有的法典，

　　找出这样个罪名——你可困难。

二

我敢断言，并且用我的一切的保证，

　　他们没有敢诅咒什么神明，

他们都是些安分守己的绅士，

　　也不曾冒犯全世界那一帝君。

三

如此说明，由南京传来的广播：

　　他们主张御侮救亡各党联合，

他们因此违反了三民主义，

　　他们危害了国家——因为他们爱国！

四

几个月来，他们被锁在监牢，

　　六十多岁的老人也"王法难逃"；

他们要被审判，要被严重处分，

　　不管全国人民的悲愤与呼号。

五

他们不该痴爱这危亡的国家，

　　不该宣传与讨论救亡的方法，

不该表白他们对于祖国的忠诚，

　　不该，不该把汉奸亲日派辱骂！

六

这可不是千古未闻的奇案？

　　我们的民族经历着多少忧患！

爱国的运动被无情地镇压与摧残，

　　先进的战士们要克服更多的磨难。

七

可是"天罗地网"阻不住爱国的共鸣，

　　铁的镣铐锁不住救亡的斗争；

一天民众的烦怒终要轰然一声，

　　把没有心肝的镇压者炸做微尘。

八

奋斗到底呵，你们，伟大的爱国犯！

　　你们放着比殉道者更大的光芒。

听呵，全国人民激昂的歌唱：

　　团结御侮，中华民族不亡！

　　选自《解放》1937 年第 1 卷第 7 期

给死者

巴金

我们再没有眼泪为你们流，

只有全量的赤血能洗尽我们的悔与羞；

我们更没有权利侮辱死者的光荣，

只有我们还须忍受更大的惨痛和苦辛。

我们曾夸耀为自由的人，

我们曾侈说勇敢与牺牲，

我们整日在危崖上酣睡，

一排枪，一片火，毁灭了我们的梦景。

烈火烧毁年轻的生命，

铁蹄踏上和平的田庄，

血腥的风扫荡繁荣的城市，

留下——死，静寂和凄凉。

我们卑怯地在黑暗中垂泪，

在屈辱里寻求片刻的安宁。

六年前的尸骸在荒茔里腐烂了，

一排枪，一片火，又带走无数的生命。

"正义"沦亡在枪刺下，

"自由"被践踏如一张废纸，

侵略者在中国的土地上安排庆功宴，

无辜者的赤血喊叫着"复仇!"

是你们勇敢地从黑暗中叫出反抗的呼声，

是你们洒着血冒着敌人的枪弹前进：

"前进呵，我宁愿在战场作无头的厉鬼，

不要做一个屈辱的奴隶而偷生!"

我们不再把眼泪和叹息带到你们的墓前，

我们要用血和肉来响应你们的呐喊，

你们勇敢的战死者，静静地安息罢，

等我们最后一滴血洒在中国的平原。

选自《呐喊》1937 年 2 期

除夕（选一）

林丁

一颗星

跳出青色的阵营，

想击破下面的黑暗，

不幸毫无影响。

一霎间，

敛净微弱的光芒。

空气凝住了，

像古潭的水，

在严冬的除夕。

梦醒的鸥鸟打一个呵欠，

枯枝随着轻颤了颤。

松林里，

幽灵攒出了坟茔。

蹒跚地蠕动着，

像微风卷着柳絮的影。

等香火灼红家园的树梢，

是他们回家过年的时候了。

他们将从子孙的脸上窥知了家景，

他们将从供桌上推测出今年的收成。

小孩子在今夜也不再随便乱说，

让兴奋撑住了一双困眼，

瞅瞅大人，

小心窝忽通忽通地跳着。

选自《文学（上海 1933）》1937 年 8 卷 1 期

死囚曲

沙蕾

不是春天已到，

铁窗吹进的风有些暖意？

墙角栖着的一小团太阳，

也显得和蔼而美丽。

墙上的那株狗尾草，

摇摆得生趣盎然，

隐隐的又是一声声，

燕子的呢喃。

这时的天空，

该分外蓝分外静；

青青的草地上，

该印满幸福的脚印。

听远方礼拜堂的钟声，
悠悠地赞美上帝，
啊，为什么还有人
躲在黝黑的角落里流泪？

选自《文学（上海1933）》1937年8卷5期

小艳诗

施蛰存

华灯熄了，
随它罢——
露台上有月珠照映，
会让我看见你的颜色。

明月给浮云翳了，
随它罢——
窗棂间有微风凌扇，
会让我闻到你的香泽。

风定了，
随它罢——
手掌中的有肌肤颤震，

会让我觉得你喘息。

选自《好文章（上海 1936）》1937 年 8 期

拜墓

萧红

跟着别人的脚迹，

我走进了墓地，

又跟着别人的脚迹，

来到了你的墓边。

那天是个半阴的天气，

你死后我第一次来拜访你：

我就在墓边竖了一株小小的花草，

但并不是用以招吊你的亡灵，

只是说一声："久违。"

我们踏着墓畔的小草，

听着附近的石匠钻刻着墓石，

或是碑文的声音。

那一刻，

胸中的肺叶跳跃起来；

我哭着你，

不是哭你，

而是哭着正义。

你的死，

总觉得是带走了正义，

虽然正义并不能被人带走。

我们走出墓门，

那送着我们仍是铁钻击打着石头的声音，

我不敢去问那石匠，

将来他为着你将刻成怎样的碑文？

选自《好文章（上海 1936）》1937 年 9 期

在地球上散步

路易士

在地球上散步，

我独自踽踽地，

我扬起我的黑手杖，

并把它沉重地点在

坚而冷了的地壳上，

让那边栖息的人们

可以听见一声微响，

因而感知了我的存在。

选自《三十前集》，诗领土社 1945 年版

1938^年

亡国是可怕的

李金发

几万万有血肉，有性灵的赤子啊！

你们难道不觉得，

一种死的恐怖，灭亡的威胁，

笼罩着扼制着我们？

没有一刻，我们能自由的呼吸，

没有一句话，能自由的宣说，

没有一年能愉快的度过，

好像我们是再不许在人间生存！

原来一个狠毒的恶魔，

正在吸收我们的血液，

无时不向我们张牙舞爪，

他吞食我们祖先遗留的福地，

屠杀走投无路的同胞，

驱使饥饿的兄弟作牛马；

不出百年这恶魔定使我们灭种，

祖先的田园庐墓，

便成为他的牧马草场，

几万方里的乐土，

将为他盘踞着，

自然地繁殖他的魔种！

遍地是魔足声相应和，

无数的人将在各处行其过度的鞠躬，

隆隆的飞机巨炮之音，

使地下冤死的人片刻不安，

不，那时我们的灵魂也被震碎，

骨屑也会给他作铺路的材料。

假如有少数生存华胄，

定被囚入动物园供其子孙凭吊，

或马戏场中献技作揖，

供他们欢笑，但鼻上必不忘，

加上铁链，手脚必得加镣，

肌肤上必得文身，

到没有呼吸时候为止！

载《抗战诗选》，战时文化出版社 1938 年 2 月版

废墟之外

覃子豪

在弥蒙的春雨里

我步着祖国的废墟

白骨掩没在河边的春草里

无数黑色的乌鸦从那儿飞过

兄弟们死了

春草生了

乌鸦肥了

在这儿
春天没有炮声
没有妇人和婴孩的啼泣
没有反抗的呼号
啊！啊！血啊
凝结在被轰碎的石上
废墟上开着红色的花

田垅上有几个农民坐着
他们发出饥饿的叫声

啊！去吧！饥饿的农民
这儿是焦土和废墟
可是废墟外已绵延着自由的烽火

载《抗战文艺》1938 年 1 卷 7 期，1938 年 6 月 5 日

人皮

艾青

敌人已败退了——
剩下的是乱石与颓垣
是焚烧过的一片

没有草、没有野花

村野已极荒凉了……

只有那无人走的路边

还留着几棵小树

风吹动着它们

在它们的枝叶间

发出幽微的哀叹的声响……

在一棵小树上

在闪着灰光的叶子的树枝上

倒悬着一张破烂的人皮

涂满了污血的人皮

这人皮

像一件血染的破衣

向这荒凉的土地

披露着无比深长的痛苦……

……这是从中国女人身上剥下的

一张人皮……

不幸的女子啊！

炮火已轰毁了她的家

轰毁了她的孩子，她的亲人

轰毁了她的维系生命的一切

不知是为了不驯从羞辱的戏弄呢

还是为了尊严而倔强的反抗呢

敌人把她处死了——

剥下了她的皮

剥下了无助的中国女人的皮

在树上悬挂着

悬挂着

为的是恫吓英勇的中国人民

无数的苍蝇

就在这人皮上麇集

人皮的下面是腐烂发臭的一堆

血、肉、泥土，已混合在一起……

而挟着灰色尘埃的风

在把这腐臭的气息

吹送到遥远的、遥远的四方去……

中国人啊，

今天你必须

把这人皮

当作旗帜，

悬挂着

悬挂着

永远地在你最鲜明的记忆里

让它唤醒你——

你必须记住这是中国的土地

这是中国人用憎与爱，

血与泪，生存与死亡所垦殖着的土地；

你更须记住日本军队

法西斯强盗曾在这里经过，

曾占领过这片土地

曾在这土地上

给中国人民以亘古未有的

劫掠，焚烧，奸淫与杀戮！

1938 年 7 月 3 日

选自《七月》1938 年 3 卷 5 期

寄给在北平的一个朋友

胡适

藏晖先生昨夜作一梦，

梦见苦雨庵中吃茶的老僧。

忽然放下茶盅出门去，

飘萧一杖天南行。

天南万里岂不大辛苦？

只为智者识得重与轻。——

醒来我自披衣开窗坐，

谁人知我此时一点相思情！

1938 年 8 月 4 日，伦敦

载《尝试后集》，远流出版事业股份有限公司 1986 年版

给修筑飞机场的工人

卞之琳

母亲给孩子铺床总要铺得平，
哪一个不爱护自家的小鸽儿，小鹰？
我们的飞机也需要平滑的场子，
让它们息下来舒服，飞出去得劲。

空中来捣乱的给他空中打回去，
当心头顶上降下来毒雾与毒雨。
保卫营，我们也要设空中保卫营，
单保住山河不够的，还要保住天宇。

我们的前方有后方，后方有前方，
强盗把我们土地割成了东一方西一方。
我们正要把一块一块拼起来，
先用飞机穿梭子结成一个连结网。

我们有儿女在华北，有兄妹在四川，
有亲戚在江浙，有朋友在黑龙江，在云南……
空中的路程是短的，捎几个字去罢：
"你好吗？我好，大家好。放心吧，干！"

所以你们辛苦了，忙得像蚂蚁，

为了保卫的飞机，联络的飞机。

凡是会抬起来向上看的眼睛

都感谢你们翻动的一铲土一铲泥。

1938 年 11 月 8 日

选自《慰劳信集》，明日社 1940 年版

我爱这土地

艾青

假如我是一只鸟，

我也应该用嘶哑的喉咙歌唱：

这被暴风雨所打击着的土地，

这永远汹涌着我们的悲愤的河流，

这无止息地吹刮着的激怒的风，

和那来自林间的无比温柔的黎明……

——然后我死了，

连羽毛也腐烂在土地里面。

为什么我的眼里常含泪水？

因为我对这土地爱得深沉……

1938 年 11 月 17 日

选自桂林《十日文萃》旬刊，收入《北方》1939 年

给实行空舍清野的农民

卞之琳

红了脸，找地方生蛋的小母鸡
带来了罢，还是由小孩子抱着？
爱跳的那个年轻的毛驴，
唔，那个"小婊子"，也带来了吧？
家禽家畜都不会埋怨
重新过穴居野处的生活。

谁说忘记了一张小板凳？
也罢，让累了的敌人坐坐罢，
空着肚子，干着嘴唇皮，
对着砖块封了的门窗，
对着石头堵住了的井口，
想想人，想想家，想想樱花。

叫人家没有地方安居的
活该自己也没有地方睡！
海那边有房子，海这边有房子，
你请我坐坐，我请你歇歇，
串门子玩玩大家都欢喜，
为什么要人家鸡飞狗跳墙！

没有什么，是骚骡子乱叫，
夜深深难怪你们要心惊，
山底下敌人听了更心悸。
等白昼照见了身边的狼狈，
你们会知道又熬过了一天，
不觉得历史又翻过了一叶。

1938 年 11 月 17 日
选自《慰劳信集》，明日社 1940 年版

悼亡

章铁昭

我看见玫瑰花落去，
更明白在这人间，
我已不能久住。

夜深听檐前的急雨，
潮水般涌在心头，
是伤心的过去。

一样玫瑰花开时节，
滚滚心头的热血，
化作漫白雪。

依旧是萧萧的暮雨，

窗儿内已经没有

两个人儿细语。

选自《山海经》1938 年 1 卷 2 期

1939 年

哨

阿垅

一月的夜的延安：

前线带回来的一身困倦，

从这深深的夜逾越过去

又是新红太阳的战斗的明天，

战士们需要香甜的休眠。

嘉岭山上的塔对着躞蹀在广场上的伙伴

他在他底哨岗上！

深沉的夜底十二点到一点，

天上

orion 横着灿烂的剑

北极星永恒的光

从太古以前

直到春风的将来

照着人间。

1939 年 2 月 4 日

选自《无弦琴》，希望社 1947 年再版本

月

李长之

苍茫的江色，
淡笼的月；
暗暗的山影，
静静的波。

苍茫的江色，
淡笼的月；
不语的天地，
远处两三点灯火。

苍茫的江色，
淡笼的月；
镇定的宇宙，
伟大的山河！

苍茫的江色，
淡笼的月；
我数算着离散的朋友，
我吟咏着悲情中昂然的国。

苍茫的江色，

淡笼的月；

古今来川流不息的精神，

在那里洋溢，在那里闪烁。

苍茫的江色，

淡笼的月；

她给人了诗，

她给人哲学。

　　　　二十八年二月二日，重庆沙坪坝

　　　　选自《新民族》1939 年 3 卷 12 期

题未定

曹葆华

　　　　一

我们宁愿吃石头，草，

树根，蚯蚓，尘土；

我们宁愿吃水，空气，

宽，深，和高；

与其践踏自己灵魂，

在他人的鼻息下，

乞取一块面包，一瓶酒，

临着生命的大难关，
我们不该这样叫喊吗？

二

然而抗战已到一年半，
成都，这民族最后根据地，
街头，巷尾，十字口，
都开着很多大公司，
——二十世纪的新交易；

收买金亮的时光，
一小时出价一元法币，
须带数理，英文，美术，
（国文必须是经史百家）
成分不足须打折扣。

于是出售者接踵而来，
或返自西方卍字旗下，
或归从东岛樱花丛中，
或在摇曳的油灯下，
曾翻读过五车圣贤书，
都趁着露珠欲坠的早晨，
向那些狡猾的胖经理，
呈上一段火红的生命。

三

大炮声震醒了许多人，
却撼不动古老的都市。

虽然冷雨湿透了长街，
虽然寒风吹破了脸颊，
虽然天真活泼的小孩，
终日在路上唤着义卖，
可是智识者提起皮包，
仍向着公司踉跄而去。

选自《文艺阵地》第 3 卷第 2 期，1939 年 5 月 1 日

答客问

吴奔星

我么？
　　来自那燃烧起第一把烽火的
　　常年罩着黄沙网的
　　地下长眠着祖先的木乃伊的
古城的行客；
虽说初踏入南国的瘴疠地，
但我们是不用惊讶的。

不是吗?

　　我们的头发,的皮肤,的耳目口鼻,的颜色和形状,

不是同一的吗?

我们,惟有我们,

是欧罗巴人所曾胁服的"黄祸"!

你我的口音隔膜么?

　　我不是结舌,

　　你也非鸟言,

那都是河山的表象。

你无须问祖国的广大,

祖国的地图,

如今绘在各色各样的语音中。

你珍惜我的语音吧,

你是河山的爱护者!

猗欤!你我的视线是如此亲切的,

虽含蕴着几分疑惑,

却具有无上的凝聚之力呀!

我们该以同一的眼色,

掠过各色各样的音区!

堆积起眼色来吧,

这才是虾夷种所不能突破的长城。

　　二十八年六月写于经桂赴黔途中

　　选自《诗》1940 年新 2 第 1 期

除夕看花

林徽因

新从嘈杂着异乡口调的花市上买来，
碧桃雪白的长枝，同红血般的山茶花。
着自己小角隅再用精致鲜艳来结采，
不为着锐的伤感，仅是钝的还有剩余下！

明知道房里的静定，像弄错了季节，
气氛中故乡失得更远些，时间倒着悬挂；
过年也不像过年，看出灯笼在燃烧着点点血，
帘垂花下已记不起旧时热情、旧日的话。

如果心头再旋转着熟识旧时的芳菲，
模糊如条小径越过无数道篱笆，
纷纭的花叶枝条，草看弄得人昏迷，
今日的脚步，再不甘重踏上前时的泥沙。

月色已冻住，指着各处山头，河水更零乱，
关心的是马蹄平原上辛苦，无响在刻画，
除夕的花已不是花，仅一句言语梗在这里，
抖战着千万人的忧患，每个心头上牵挂。

选自香港《大公报·文艺副刊》1939 年 6 月 28 日，署名"灰因"

低洼地

艾青

岩石砌上岩石砌上岩石砌成山
山下是杂色的树杂色的树排列成树林
林间是长长的长长的石板铺的路
石板铺的路通过石桥一直伸引到乡间……

没有比林间的低洼地更美的了
幽暗而静寂丰富而深邃野蛮而神秘
无数的枝杆张开了茂叶在百尺高的空中
秋天早晨的阳光透过枝叶扯成碎片散在草地上……

没有比林间的低洼地更迷惑了
在草地的边上啮草的马也是幸福的
而当我在草地上走着时坐着时凝思着时
一阵阵地闻到了刚锯开的树木所发出的香气……

没有比林间的低洼地更和谐了
站立在阴影里的临时的工场也是可爱的
而工人们——永远的勤劳者在勤劳着
林间充满了锯木的声音劈斧的声音钉板的声音……

阳光洒下来洒下来洒在木堆上木板上

也洒在拉着锯举着斧推着刨的工人的身上

他们辛勤他们焦黑他们脸上闪着汗光

但他们沉默地没有怨言为了赶造难民居住的新房

马在嘶鸣着人在劳动着铁与木的声音在响着

稀少的行人在石板铺的路上走着又走着

阳光在照着雾在蒸化着香气在喷发着

我在沉思着感激着终于深情地唱出了土地之歌……

1939 年 9 月 3 日　桂林

选自《艾青全集（第一卷）》，花山文艺出版社 1991 年版

舂米

钱君匋

隐隐地，悠长地，春雷一样。

恶战的迫击炮一样。

五十度温的冬日下，

两农丁对舂着米。

姜黄色的矮胖的母鸡，

英豪的骄矜的公鸡，

从米臼突飞下来的米粒，争逐着。

小花狗与狸猫在舂米声中被催眠了。

枯杨的枝，

失去叶的草根，

屋和屋前裂着细缝的场地，

默默地跟着春槌惊振着二拍子。

周围的空气也二拍子地轻漾着。

选自《南风（上海 1939）》第 1 卷第 2 期

夏午

章毅

微风澹荡的——

两三个蜻蜓，

几句蝉声。

一棵大柳树

覆着绿油油的浅草，

上面睡着两个小孩子，

粉蝶在从他们身上飞来飞去。

一条弯弯的溪水

被风娘娘的手指儿轻挥，

镜波在微微地拨动了。

一只孤帆

徐徐地在溪中推进，

微风和溪水撞出了清幽的声音。

柳丝徐徐地飘动，

落下许多柳絮，

散满了小孩子和绿草一身。

溪边几个鸭子

向着烈日

正洗刷它们的羽毛，

脚上绕了许多绿色的水草。

溪水轻轻地荡漾，

日光在上面跳跃。

蔚蓝的天色

微微泛上些晴云；

远处的青山

层岚拥翠地

笑倚着一带丛林。

一阵清脆的鸟声

把小屋里的雄鸡也引叫了：

懒懒的两声

点缀在不息的蝉声里。

选自《南风（上海 1939）》第 1 卷第 4 期

人

孙毓棠

梦语

埋掉你人生一切的欲望，

也别在云轮上再描你的幻想，

斩除你胸中的喜、恶和柔情……

用不着悲伤，反正你我到如今

已经什么都没有了，只剩下

（你得承认这世纪给你只剩下）

秃山，死草，一片铁青的天。

文明熟烂了，腐臭了，生了毒，

城市烧成了荒墟，田野吸饱了血；

几千年历史的荣华化一缕烟尘；

万丈的长鞭鞭在我们

袒裸的背脊上。到如今你我真是

什么都没有了，

只两眼空空，

两手空空，

赤条条一个身躯又回返到

灰蒙蒙太古时时期的

一个无所惧，无所牵挂，

孤零残忍的单纯的"我"。

我们也看见过大礼帽，红酒与诗歌，

四轮车像水，绕着高楼流，

画笔下的春光是乐园的微笑，

美女有花腮和花样的衣服；

我们也懂得思想的霓裳舞，

最细腻的悲哀和最美丽的爱情……

仍是到如今，这个世纪里

你我已什么都不想，

什么都不能了。让我们

把这些人生琐碎和零星的

抓两把，向一阵狂风飙

都挥向太空一万重云海外。

到如今我们很简单，

伸开空空的两手向着苍穹，

我们要的只是大地，大地和

天风——天风，你吹吧！

要你吹得猛，吹得刚强，像剑，像刀，

我们赤裸着身躯站立在

赤裸裸大地的高原上，

我们已无所惧，无所牵挂，

要头顶着罡风作另一种人。

你不信？我让你知道，

雕鹰给了我两臂的钢爪；

黑枭有眼睛，我也有眼睛，

（看得透万物的阴猾和毒狠的心）

狮子给我鬃发，蛇给我钩牙；

山狼给我条血红的舌头；

巨鲨给我一身甲，猎狗给我嗅觉；

章鱼给我以抓缠的力量；

森林里我会虎吼，敏捷我学猿猴；

我胸膛里滚沸着蜈蚣的毒水……

谁要来嘶杀？好哇，尽管来，

我正要点腥，鲜血和肉，

好紧搂住这战争的世界和时代！

你我是万万年来禽兽的子孙，

自然得回返为嘶杀的禽兽。

如果我死了，我不怨天，

我一堆白骨也不会讥笑我。

我深深地了解死。死，我不出声：

万万年来已死的兽没留下爪痕，

已死的飞禽没留下半根毛羽。

如果我活着，啊，如果我活着，

如果我还有生命的烈火与力量，

我恨文明，我看不起爱情，我不想望

一切曾毁灭的琐碎零星；

我不要柔弱的青春，不要已往。

即便这世界只剩给我

秃山，死草，一片铁青的天；

别看我赤裸裸，两眼空空，

两手空空，

在天风和大地之间，

我倒要烧炼出我多年热望的

一个崭新的世界和崭新的新时代。

我要在我创造的新时代里

作一个无所惧，无所牵挂，

残忍而单纯的创造的人。

原始时亚当初逐出天门，

当前也是座蛮荒的世界：

秃，死山草，一片铁青的天，

空旷，新鲜，有的是时间由着他摆布。

他对，他错，我们都不管，

他倒曾作了他当作的工作——

千万代人生人，和人造的罪恶。

如今世界是重又回头了，

上帝把蛮荒交给了你我，

我们也有智慧，时间与力量，

让你我再开始另一度的创造：

索兴叫花蛇酿好了毒，

盘在你伊娃淫荡的肚子里，

好重生产比禽兽更残酷的人，

重创造比人心更阴险的文明，

重摆布比文明更凶狠的战争，

教将来你我千万代子孙，

一代代去慢尝这无极的罪孽。

我们可以笑了，因为我们
有未来，有前程，又懂得善恶……

醒语

炮火在青天上，炮火在
原野和海洋上；更凶的炮火
将要在未来的每一分
每一秒的时间和空间里。
我爱这人生，爱完美和光明的人，
也该爱毁灭，爱阴黑，爱死。

选自《今日评论》1939 年 1 卷 7 期

载花的车子

朱英诞

春天了，买两株花木的
多用木车载载来
但那里是茂林的家呢
因为买花的人不相识
而卖花者无语
只听木车蔼蔼的声音
于泥路，逶迤送过去
如诉说花叶之长长梦

我乃悦意于阳光

也一如细雨而无伤

选自《沙漠画报》1939 年 2 卷 47—48 期

父的感想（选一）

——给女儿 ninika 的诗 with Father's Love

鸥外鸥

脱下了 Itly Made 的呢帽

百货店的橱窗

蜡人形也戴上防毒面具了

医生戴了防毒面具

助手与 5 个护士戴了防毒面具

母亲与父亲也戴了防毒面具

潜伏在地下室

在炮弹的挤兑下

你的生命萌着芽

降诞到人类的（？）社会来了

狼狈地我们也给你戴上防毒面具

当人类和"人类（？）"正在地下室上面

互相射击消彼此的生命的时候

你却生存到"我们的世界"中

生命的意义是什么呢

屏息静气的我们

瞠目结舌的注视着你了

竖起了耳朵每一秒钟惴惴着室外的地面

枪声，炮声，爆炸弹声，

引擎声

远远近近远远近近远远近近远远近近

选自《中国诗坛（广州）》1939 年复刊号

第一次听见 CUCKOO

林以亮

"咕咕，咕咕"！"咕咕，咕咕"！

你带给我春天和童时的欢欣。

那时我寻找你的声音，

从一棵树到另一棵树。

你清脆的歌声那么的动听。

你一定来自长春的岛屿，

那里的山是不是永远的绿？

泉水流起来是不是永远的轻？

让我来想念你的家乡：

那里四季都是春天，

和海一样的是天的蔚蓝。

那里没有衰老，也没有死亡。

你为什么停留在这片荒地？

我们这里没有阳光，

没有蓝天，也没有花香。

告诉我，你是不是思凡的仙女？

假如我也是个鸟呵！像你。

我真不愿在这地球上飞翔，

我要和你一起走，一起唱：

"不如归去"！"不如归去"！

选自《文哲（上海 1939）》1939 年 1 卷 6 期，署名"欧阳竟"

公无渡河

马君玠

"九月十七日晨，敌攻占营田下之古山，我某师官兵一排，因四面环水，粮尽援断，仍与敌苦战……该排排长黄楼生，最后于二十一日化装船夫，于营田严家山附近，诱敌兵至船上，驶至中流，黄排长将舟倾覆，同归于尽……"

——三十年十月十七日昆明版《中央日报》之《第二次湘北会战中之壮烈战绩》

在芦林潭畔，望得见近处的一点青山，

那汨罗水，静止了似的停在营田。

好像一个人心中悲痛，木在那里不动。
你们的魂魄归去吧，记得有人在天涯，
　　小楼明月下，凄切切的弹着琵琶。

也有人在三味线上，诉说出她的哀伤。

让湖水冲去身上的血，心头的恨，
因为你们都已经得到了壮烈的死。

　　　选自《北望集》，开明书店 1943 年 8 月版

消息
李广田

南国的冬日，树木还是葱茏的。

夜来沉睡中，
我做了风雪道上的行军梦，
醒来不胜寒，
却惊讶于窗前的一片绿。

七千里外飞来了新消息：

"家园的池塘中已结了一层冰……

哥哥行前埋在地下的旧军衣

又被我掘起来穿上了，

不是为了冷，是为了生，要先去死！"

我真怀念那些描在冬空之下的落叶树。

故乡的原野该是枯寂的，

然而那多沙的土地上也一定染了血迹……

早晨的太阳照上我的眉宇，

跨上马鞍我驰出了小小的城池。

选自《李广田诗选》，云南人民出版社 1982 年版

1940^年

夜警

沈祖棻

是谁吹响可怕的警号，
像深夜林中枭鸟的冷笑；
在夜空画下黑色的线条，
划破每个窗里安静的梦。
商店静静地掩上了门板。
酒楼的无线电也沉默了，
红的绿的交通灯突然熄灭，
流线型的汽车不见踪影，
城市的动脉完全停，
大街上遂有超过死的寂静。
防空洞里涌来如潮的顾客，
急迫的心跳是惟一生之悸动；
月色如霜的莹洁；
照着静脉里的暖流结冰；
铁翼的鹏鸟翱翔于天空，
生命遂如秋风中的蜘蛛网了。
千万只耳朵倾听将来到的声音，
这次能避免那颤栗的期待吗？

轰！轰！轰！轰！轰！
是随着闪电而来的霹雳，

是挟着泥土而下的山洪，
是涌着怒涛而奔的海潮，
是卷着沙石而起的飙风，
一缕黑烟随着一个巨响，
穿起一串连珠的崩裂声；
多少扇临街富丽的楼窗，
在空隆的声音中倒坍了；
不见了红衫飘拂的窗中人，
妆镜中的眉黛也销为尘土。
多少列商店精美的橱窗，
在劈拍的连响中粉碎了；
一九四〇年的新装变成灰，
霓虹灯的广告牌随着消灭。
无数市房在火光里倾颓，
无数建筑在黑烟中崩毁。
轰！轰！轰！轰！轰！

红！红！红！红！红！
不是少女春季唇上的胭脂，
不是四月南风吹开的玫瑰，
不是印度商贩炫耀的宝石，
不是夏晚天际绚烂的霞彩，
是满天的火光照着满街的血迹，
多少生命渲染成这鲜明的颜色。
有指尖敷着蔻丹的细腻的手，
有经过日晒的健康色的胸膛，

波浪形的长发卷着血的膏沐，
苹果色的小脸和着肉的泥浆，
这些残缺的肢骸到处陈列着，
在一道血的长河中像断梗漂流。
不论他们来自塞北或江南，
善良的人民同做了无家的亡魂。
整个的城市发出凄惨的光亮，
四溅的血花和着迸裂的火星。
红！红！红！红！红！

最后是解除警号来舒一口长气，
死的城市遂在号声中苏醒；
沉重的空气中换来轻快的呼吸，
大街上又有了匆遽的行人；
但不见昔日居住的里巷，
焦黑的断木和碎瓦是从前的家；
年轻娇艳的妻已百唤不应，
活泼的孩子到何处去了呢？
多少事业像梦影样永逝了，
多少家庭在泪光中消隐了，
欢乐的种子随着生命埋葬，
未死者的悲哀是更难忍受的；
路上遂多无家可归的受难者，
巷角里传来阵阵少妇的悲泣；
从血泊中觅取残断的胴体，
谁能认识以前亲爱的家人呢？

第二天的太阳照着残破的城市，

只剩苍白的脸色和凄厉的哭声了。

载《微波辞》，重庆独立出版社 1940 年 2 月版，原署"绛燕女士著"，为
"中国诗艺社丛书"之一

欢迎你

杜白雨

欢迎你
灯红酒绿的夜，

我们欢迎你来，

而你只不过，

是一匹横行的螃蟹。

你也不知所以，

瞽目颠足走到这里；

你望一望民众，

依然是吃着饭穿着衣。

而你，哪里知道，

几十万幽灵，沉潜，

在忧郁底林里。

一群花枝招展的女郎，

一队眉清目秀的男子，

他们，只晓得春天到了，

应该猫儿似地，

前蹿后跳，交配一起。

至于灵魂，至于生命，

在他们底字典里，

永远是陌生的名词。

我们也随他们歌唱，

我们也歌唱太平盛世。

我们也鞠躬，

我们更施礼。

但，我们底心底，

却早已有了变质的默契。

让我们飞，让我们跳，

我们压不住腑内的忧郁！

　　　　1940 年 6 月 4 日夜，于哈尔滨

　　　　选自《华文大阪每日》1940 年 5 卷 1 期

捉蛙者

艾青

在如此黑暗的夜

摇晃了这么多的火

远处近处，数不清的
使得整个的田野都闪灼着光辉

那些捉蛙的人们，赤着脚
沿着那些水田的边沿
成群的以火光引诱着
那些叫着又扑跳过来的生物

已经是春天了
夜也不再寒冷了
虽然天上看不见星月
但这样的夜是美的

那些火光晃动着
移到这边又移到那边
那些大人手里拿了一根铁钩
那些小孩背上背了一只竹笼

整个的田野是在鼓噪里
捉蛙的人们兴奋着忙乱着
他们在火光下钻上了青蛙
一只只地放进了孩子们的竹笼里

像在举行什么集会
捉蛙者在杀害善良的生物
火不安地晃动着

庄严而又恐怖

1940 年 8 月 30 日夜

选自《文艺阵地》1942 年 7 卷 2 期

祭

穆旦

阿大在上海某家工厂里劳作了十年，

贫穷，枯槁。只因为还余下一点力量，

一九三八年他战死于台儿庄沙场。

在他瞑目的时候天空中涌起了彩霞，

染去他的血，等待一早复仇的太阳。

昨天我碰见了年轻的厂主，我的朋友，

而感叹着报上的伤亡。我们跳了一点钟

狐步，又喝些酒。忽然他觉得自己身上

长了刚毛，脚下濡着血，门外起了大风。

他惊问我这是什么，我不知道这是什么。

选自《大公报·文艺》（香港版）1940 年 9 月 12 日，题为《有钱出钱，有
力出力》，收入《探险队》（文聚社 1945 年 1 月版）时改为《祭》

月夜渡湘江

穆木天

今夜我渡过了这琥珀色的湘江，
远望去是一片苍茫，
在雾影里飘动着往来的小舟，
在空气中浮荡着朦胧的月光。

月光照耀在水面上，
月光也照耀远近的田野和山岗，
她照耀着无数的农村和都市，
她也照耀着辽远的我的故乡。

在故乡是血和肉的搏斗呀，
多少地方都变成了修罗场，
正如同这湘江岸上的古旧的城池，
变成了血肉交织的瓦砾场一样。

在瓦砾中江水流转着，
好像是一滴血一滴泪在动荡，
祖国的过去和未来，
也一滴血一滴泪流动在我的心上。

在我的心里是充满着各种的回忆呀，

如同古老的传说充满着这古老的湘江。
湘江的水今天是阴郁而美丽的，
月色朦胧中使我感到无限的兴奋和惆怅。

随着江水我的心奔驰着，
我看见无数的苦难的田野和村庄。
从长白山一直到大庾岭上，
我好像听见血腥的风在飘扬。

随着江水我的心在驰想着，
这湘江上曾经作过多少次革命战场！
可是这个负载着民族光荣和耻辱的土地呀！
今日在苦难中又发出新时代的火光。

民族革命战争的火焰燃烧着，
从鸭绿江一直到澜沧江上；
从帕米尔高原到东海滨，
多少人为祖国的自由解放在武装。

湘江，在他的古老的姿态中，
也给我们呈露出他的英勇的形象，
今夜他是阴郁而美丽的，
月色朦胧中，他好像是松花江一样。

如同在松花江上一样，
我看见多少的火把在高张。

在废墟中是蕴藏着多少复仇的种子，
湘江今天他在他的战斗中生长！

今天我渡过了这琥珀色的湘江，
湘江原野上是一片苍茫，
（多少苦难的回忆在我的心上萦回着，）
我战栗地憧憬着他的未来的荣光。

1940 年 11 月 14 日夜，坪石
原载《春秋（上海 1943）》1944 年 2 卷 2 期

无题

李方立

严寒的深夜，
室外只有风吹过山岭，
和树枝的响声。

雪花从窗纸的破洞里，
一片一片的飘落到书桌上。
我点着一盏昏暗的小油灯，
在将熄的炭火上烤化了
冻结在笔尖上的冰屑，
写着没完成的诗篇。
我并不像军官学校的学生，

梦想配一对纯金的领章。

我是深深的感觉到了，
周围的许多人值得赞仰。
天空上闪烁着惨白的晓星，
伙伕们就起来淘洗小米；
月亮已爬上山头，
运输员们依然鞭着驮子赶路；
工人开凿窑洞，
手掌起了泡茧，
干部策划工作，
灯光照着紧锁的眉头。

生活如同道路上的车辆，
煮饭，运输，打窑洞，写文章，
仿佛是一幅一幅的车轮，
全盘的在旋转。
因此，我把自己看成一匹壮马，
在道路上拖紧轭套，
躬着背脊向前……

　　1940 年 11 月

冬夜

井岩盾

树木的叶子又已凋零，

入眠的土地上

又呼啸着寒冷的风；

在一切都睡去的夜晚，

这宇宙的音乐啊，

流浪的时候会使我感到孤单，

而现在

它使我感到了温暖和安宁。

我爱在这样的夜晚醒来，

听风的呼号，

听窗纸的跳动，

听和我拥挤着的

同志们轻轻地呼吸，

我感到温暖了，

我感到像在孩子时候，

睡在祖母身边一样舒适。

啊，我最初的甜蜜的记忆，

就是在寒冷的冬天，

狂风吹折树木的夜晚，

睡在祖母的身边，

看着通红的炭火，

听祖母用温柔的言语，

述说过去。

现在，

树木的叶子又已凋零，

入眠的土地上

又呼啸着寒冷的风，

在一切都睡去的夜晚，

这宇宙的音乐啊，

流浪的时候曾使我感到孤单，

而现在，

它使我感到了温暖和安宁……

1940 年 11 月于延安

选自《中国四十年代诗选》，重庆出版社 1985 年版

小孩（选一）

周作人

　　一个小孩在我的街外边跑过，

我也望不见他的头顶。

他的脚足声虽然响，

但于我还很寂静。

东边一枝大树上，

住着许多乌鸦。又有许多看不见的麻雀，

他们每天成群的叫

仿佛是朝阳中的一部音乐。

我在这些时候

心里便安静了，

反觉得以前的憎恶，

都于我的罪过了。

选自《新女性半月刊》1940 年 1 卷 2 期

黑夜，给走在路上的行人（二首选一）

灰马

黑夜啊！

沉睡的道路

星。

黑夜从山里来；

小村，

也伸手来遮住人的眼睛了；

水沼是绿色的，

树是缀上繁艳的花的，

而披满年幼的

星孩的暗蓝天啊!
即浮动着
一层微明的春雾。

小村老了,
有新出的秧尖,
来漱绿它;
夜静息了,
有澈响的号音,
来摇醒它;
那少年的日出呀,
早在夜间孕育了它!

黑夜啊!
手,
无数的手
负载了积年累月的仇恨,
在翻动着那透亮的泥块,
熟悉的泥块,
使道路起了波荡,
使土地出长了新的嫩芽,
啊,春天,
我看见你第一个黎明
奔过来了!

道路,

它没有忧郁。……

选自《诗》1940 年新 1 第 4 期

圣诞已往兼寄包贵思女士

秦佩珩

紫骝色的云把寒梦送到白冷城
马槽里清露辉映着一个凄凉的诞生
荒疏的天幕下腐泥沾挂着野草
天神把这消息带给那看羊的牧童

临湖轩上的明月是在泣诉那世纪末的恶梦
还是象征那皎洁的降临是负了重大的使命
虽然恩赐的人类和平早已绝望了
年年风雨依然敲打着荒山野店的马棚

告诉我繁华的圣地而今化作荒芜否
圣婴的眼泪滴成未名湖上的华灯
今日的真理随着十字架的流血风化了
遍地疮痍是为了明日的新生

去年圣诞节，临湖轩上，车水马龙，风光正好。Miss Grace
M. Boynton 令我当场赋诗一首，余旋将此诗寄去。今女士已去华赴美，因人感事，有不胜凄凉伤怀者矣。

选自《燕大基督教团契旬刊》1940 年 1 卷 10 期

夜行军

郭风

军队是披着昏黄的街灯开来的
军队从破坏后的城墙的缺口里走进
这是不平静的年时呵
九点左右，有的店门已经关闭了

街灯像酒醉后的惺忪的睡眼
街上冷清清地没有什么行人
街路在欠伸里走进迷朦的梦境了

但是，我们的特务连的班长
他阔肩上的白铜的扣子
和挺出的胸口上的纽扣
却洋溢着清醒的光芒
我们的特务连的班长
从斜背的圆囊里拿出粉笔
在紧闭的店板上划着指路标记

怕踏碎了街路的深沉的梦境

连洋磁的漱盂都没有碰出声音

连马蹄都只轻轻地踏下去

街路上全是一营一营的军队

披着昏黄的街灯开过呢

第二天的晨报刊出军队过境的消息

却连一堆马粪都没有遗落在街上

没有一位市民能够相信

只有事先得着信息的联保主任相信

只有晨报的记者予以绝对的证实

只有在晨曦里伸着懒腰的街路

在模糊的回忆里觉得

昨夜有军队从背上轻轻地踏过

这是开上前线去的我们的军队

选自《改进》1940 年 4 卷 2 期

乌鸦

南星

一座古碑碣

日夜讲述华丽的塔的故事，

想有千万人瞻望过

这十三级不成形的土丘，

把影子遗留在下面，

我是他们的后继者，

碑碣上行行姓名

如同我的家人或朋友。

禾稼收割尽了，

周围的田地静静的，

阡陌间没有人来，

一条小河从低处缓缓流过。

几只羽翼丰满的乌鸦

各自抬起爪来又放下，

稳定而无所思虑地

开始秋深的阔步。

选自《辅仁文苑》1940 年第 3 期，署名"石雨"

商籁

梁宗岱

我们并肩徘徊在古城上，

我们底幸福在夕阳里红。

扑面吹来袅袅的枣花风，

五月底晚空向我们喧唱。

陶醉于我们青春的梦想，

时辰底呼息又那么圆融，

我们不觉驻足听——像远钟——
它在我们灵魂里的回响。

我们并肩在古城上徘徊，
我们底幸福脉脉地相偎：
你无言，我底灵魂却没人

你那柔静的盈盈的黑睛……
像一瓣清思，新生的纤月
向贞洁的天冉冉地上升。

选自《宇宙风：乙刊》1940 年第 22 期

日晷仪

林以亮

我想到一个地方去
那里时间永不消逝
那里四季都是春天
日晷仪不过是装饰

你真是祝福的在你旁边
我也分享你浴着的阳光
那些严冬里阴暗的日子
像过眼云烟我早已遗忘

可是你真是大理石似的无情
你悄悄地带走每一分每一秒
钟表还告诉我们时间在消逝
你却不留痕迹地在催我们老

快乐的是你你每一时辰都是黄金
剩下给我们的不过是风雨雪和云
可是让我痴心的问一句假如天阴
假如沙漠中旅人找不到指路的星

我看见锁在深殿里的宫女像
不见阳光的花朵轻轻的哀叹
"真快呵你看又是一个春天了
东面墙上的日影又长了一线"

我听见沙粒在往下滴漏
"小心呵别赶不上那街车"
也许是水滴一滴滴的积
到五寸时就是辰时三刻

我们有准确的时计
你早已变成了装饰
（加上水点就是喷泉）
可是时间永远消逝

选自《宇宙风：乙刊》1940 年第 26 期，署名"宋悌芬"

莫丢掉我们手中的火炬

周煦良

莫丢掉我们手中的火炬，

尽管眼面前照不见一尺路；

尽管这黑暗是墙壁一样厚，

它的笼罩下透不进白昼；

尽管人都成为黑暗的养子，

盲目地在生，盲目地就死，

不知天有蓝，海有碧，花有红，

不识这万有颜色的胚种，

有如墓中人永不知饥饿；

啊，尽管这宇宙变一座坟墓，

太阳和星辰和昔日的明月

一齐闭塞起光明的呼吸，

只剩些骸骨停止在天空中，

没有力，没有飞腾，没有梦；

尽管世界是如此了，尽管——

它还能给我们一些儿温暖；

而且在什么都照不见的微光里

我们总可以照得见自己。

选自香港《星岛日报》副刊，1940 年

1941^年

商籁

梁宗岱

我摘给你我园中最后的苹果:
看它形体多圆润,色泽多玲珑,
从心里透出一片晶莹的晕红,
像我们那天远望的林中灯火!

因为,当它累累的伙伴一个个
争向太阳去烘染它们底姿容,
它却悄燃着(在暗绿的浓影中)
自己的微焰,静待天风底掠过:

像我献给你的这缱绻的情思,
它那么恳挚,却又这样地腼腆,
只在我这幽寂的心园里潜滋,

从不敢试向月亮或星光窥探,
更别说让人(连你自己,爱啊!)知。
受了它罢:看它尽在风中抖颤!

1941 年 1 月·嘉陵江畔

选自《学术季刊:文哲号》1942 年第 1 卷第 1 期

春天

郭风

浑浊的水云

饱孕千万斛墨水的水云

弥漫着整个的天空呵

街巷，广场和田路

到处是泥泞

和苍白的反光

愁病的影子

紧紧地追随着思虑的人们……

而那没有声息的春寒

比冬天的风雪还狡猾的春寒呵

更到处的流窜着

浸凌着粗糙的肢肤……

房屋

一堆一堆地

星散在山坡的下面

隔着好久好久的时间

无声地滴落着残滞

而那些被柴烟熏灼得

乌暗的屋檐

藏挤着几只躲缩的鸟雀

它们像偎依在冬季的荒野上的难民

永远不交换一声耳语

浸淫在胶质一样的春寒里的

精光的柳条呵

僵硬地伫立在那边

以悲哀而愤懑的眼睛窥视着天空

那不怀好意的天空

谁知道它们的膛体内

潜储着勃发的无限绿色的生机呵

田野

以交错的田路网络住

裸露的胸膛

土地的辛勤的垦植者——

农民们沉思地站立在田亩上

那以万把锄头掘松的田亩上

而又以迟钝的目光

凝视浑浊而暧昧的天空

太阳

万物一致地朝膜

而又苦苦地企望的生命之神呵

他的金色的轮车

还停留在人类难以想象的

辽远的原野么

而从那天穹的下垂的鬃毛

便恣意地卷来阵阵的冰寒……

那为几所斜倾的小屋围绕着的

可怜的池塘

那嵌着一只灰色的眼睛

永远看不见四周的好景的池塘

又结起一层膜薄而无光的冰层了

只有那顽笨而又愚蠢的老牛

固执地跛行在

荒凉的旷野上——

他的皮肤粗厚而满沾着泥斑

他的微微摇拂着的尾巴

像一束焦黄的茅草

而他的两颗灰玻璃一样的眼瞳

却永远为那迟迟不发的

最初的绿色

相思着又苦恼着……

这荒凉的旷野上的

苦恼的动物呵

孤独而没有人注意地跛行着

步伐是怎样的沉重呵

而那四周

依旧是从天穹下垂的鬃毛

卷来的阵阵的冰寒……

1941 年 3 月

选自《现代文艺（永安）》1941 年 3 卷 1 期

小巷

方然

两边是高高的

爬满枯死的长春藤的

青砖围墙。

满贴着：

"五淋白浊"，

"劝善文"，

"出卖重伤风"……

从墙内

把肉骨头丢出来，

把月经布丢出来，

把死老鼠丢出来，

把堕胎的死婴孩丢出来。

穿麻制服的学生

谈着"陈云裳"走过；

歪着瓜皮帽脸喝得通红的

唱着"全猫思春"走过；

眼角让眼屎胶住了的

保卫团底弟兄

赶忙挟一块兔子肉嚼着走过；

或者有用各色丝带束发，

肿眼皮的姑娘

用各色帕子扪着鼻子走过。

小巷子扭着污秽的身子

走在上面软绵绵的。

它却不通世故地

连蒙着狗皮褥子的包车都不让走过，

在那三九天的清早，

那远远叫喊而来的，

是那赤着上身

头顶上深深插进一只小蜡烛的乞丐，

把额头在地上有节奏地撞着

而有人去年亲眼看到

一个白发老者拄杖走过，

说这里不会被炸的，

说过后就化作一道清风。

这是"老君菩萨"底化身。

1941 年春，于成都

选自《战时文艺》1943 年 2 卷 1 期

世界是我们的

军城

祝福你——

  你火中跳舞的姑娘，

祝福你——

  你血里游泳的战士，

你们是很幸福的……

儿孙们将以羡慕的眼光，

来看望你们的年代；

以英雄的诗篇来赞美你们。

伸出你的手来！

时代给予我们的并不吝啬，

  而是很多的恩惠。

但是，也有的人自杀了，

  他们无声的低下了头颅！

（力量去哪里去了？

连哭泣都有声音；

要打救你们，

也不可能了！）

有的人自杀了，

是在这样炎热的季节，

　　这样活生生的日子里。

世界在分裂着，

日子也在分裂着呀！

这是没有法子的……

我们总不能叫老鼠

学会生活的法则，

那见不得阳光的猫头鹰呀，蝙蝠呀……

一切胆小而卑怯的生物们，

　　都让它死去好啦！

世界原也不是它们的……

叹息和眼泪，

我们——没有！

年青的世界啊，

美好的日子啊

你也"不要悲哀，不要愤慨，

　　就是太阳也有污点①。"

没有了他们，

我们的队伍

将更加鲜明。

―――――――――

　　①倍兹勉斯基原句。

而从地狱里

　　救起你们来，

那是我们的事！

世界——你是我们的呀！

日子——你是我们的呀！

啊，日子——我们茁壮的马儿，

驮着我们，

到世界去吧，

　　到丰富而美丽的我们故乡去呀！

我们的马儿呵，

　　你飞奔吧，

　　你跳跃吧，

我们——不会摔下来，

我们的力气比天还大，

　　是死也摔不下来的！

　　1941 年 5 月 20 日雁北

　　选自《晋察冀诗抄》，中国青年出版社 1959 年版

在寒冷的腊月的夜里

穆旦

在寒冷的腊月的夜里，风扫着北方的平原，

北方的田野是枯干的，大麦和谷子已经推进村庄，
岁月尽竭了，牲口憩息了，村外的小河冻结了，
在古老的路上，在田野的纵横里闪着一盏灯光，

　　　一副厚重的，多纹的脸，

　　　他想什么？他做什么？

　　　在这亲切的，为吱哑的轮子压死的路上。

风向东吹，风向南吹，风在低矮的小街上旋转，
木格的窗子堆着沙土，我们在泥草的屋顶下安眠，
谁家的儿郎吓哭了，哇——呜——呜——从屋顶传过屋顶，
他就要长大了渐渐和我们一样地躺下，一样地打鼾，

　　　从屋顶传过屋顶，风

　　　这样大岁月这样悠久，

　　　我们不能够听见，我们不能够听见。

火熄了么？红的炭火拨灭了么？一个声音说，
我们的祖先是已经睡了，睡在离我们不远的地方，
所有的故事已经讲完了，只剩下了灰烬的遗留，
在我们没有安慰的梦里，在他们走来又走去以后，

　　　在门口，那些用旧了的镰刀，

　　　锄头，牛轭，石磨，大车，

静静地，正承接着雪花的飘落。

　　1941年2月

　　选自《贵州日报·革命军诗刊》1941年6月9日

初夏

孙望

初夏，小牛的泥蹄，
浸润在水田里。
初夏的水田，
像嵌上玻璃的窗格子，
一格又一格，明净地。

小牛的影子倒印在水上，
于是它第一次窥见了，
那两只美丽的触角。
它磨动那张开阔的嘴巴，
用常日吃草的姿态，
想去接吻它。

小牛鸣噪，
有一道美丽的蛮声。
那是，
晚色快要侵袭到水田的时光了，
它看见：一队载运着军火的牛车，
辘辘地，
辘辘地从远处过来，
辘辘地，辘辘地，

又从近处拖远去。

不知道前线紧张的小牛，
它的泥蹄，
仍然浸润在水田里，
它慢慢地抬起头来，
看看天，
它在等候着主人的接引了。

初夏，农村的晚色
比日景更可爱。
看牛犊随着主人
缓步走在田塍上，
我起一种神秘的感觉。

选自《中国诗艺》复刊第 1 期，1941 年 6 月

芦沟桥

沈祖棻

三年不是短短的日子，
让岁月负起沉重的记忆，
芦沟桥还有如霜的月色么，
怕也像泪水一样凝成冰了。
再没有对月而歌的夜行人，

也不见芦苇中临风的钓丝，

只有石阑上划下的仇恨的痕迹，

那是年年的风雨所销蚀不掉的。

但桥堍月光下长眠的战士，

曾在这桥上发出第一声怒吼；

为祖国洒出殷红的血迹，

塞北江南遂开遍鲜艳的花朵；

月色曾描绘下这悲壮的图画，

流水也永远记住这伤心的故事；

更让我们趁着每年初夏的南风，

招唤桥下百万不死的英魂。

选自《中国诗艺》复刊第 1 期，1941 年 6 月

都市

郭风

不是暴躁的都市

和在黑夜里做着恶梦的都市

呵，在那里

我将以村庄里

带来的耿直

和披着泥土气息的爱情

和从充足的睡眠后的

刚睁开的眼睛

流着泪水地

爱着那整齐的马路

和整齐地排列在两旁的商店和房屋……

我将以含着泪光的憨笑

我将以麻痒地

流着激动的感情的双手

接受那些丰富的

想为简捷地送来的各种礼物

我将激情地站在楼房上的窗口

那楼房是我们大家都有的

我将站在窗口，或且站在露台上

透过整齐地种植在路旁的街树

和我的友人致意

和骑着自行车的邮差致意

我要以早晨的第一声祝福

祝福自来水管

我将以我的粗糙的两手

参加这个城市的建筑的两手

抚摩电话铃的声音

在那听筒上，和我的爱人通话

和我的同志通话……

我晚上最亲密的友人

永远以温和的、怜爱的

黄色的月光注视我工作的朋友

——电灯呵

我将以麻痒地

流着激动的感情的两手

工作后的自得的两手

催眠了你

在这个公家分配给我们的阔大睡房里

和我一同休息……

为了你的光荣

你的劳动力的不可争辩的强毅和雄伟

我的诗篇，要从播音器里

唱出来

要以怎样雄大的声音

歌颂你，唱出我们的胜利

使魔鬼逃避无地，万民欢跃

都市

永远不知疲倦的

劳动的巨怪呵

我已经听出你的洪流一样地响着的

电气和煤气的血液

奔腾地循环过

你的以钢与铁与水门汀

与原子力，构成的巨大的躯体呵……

为万人的利益而建立的

在你的躯体里

永远是力和力

速度和速度

和谐的

永恒的工作比赛……

不是暴躁的都市

不是在黑夜里做着恶梦的都市

不是昨天的都市——

呵，在那理想的秩序

重新建立辉耀的一天

我将以村野里

带来的耿直

和使我全身发颤的激情

扑向都市的中心呵

选自《现代文艺（永安）》1941 年 3 卷 3 期

给爱星的人们

李广田

（一连读到几个人的诗和散文，他们都异口同声地赞美着天上的星星）

祝福你爱星星的人们，

你们生于泥土而又倦于泥土的气息。

我呢，却更爱人的星，
我爱那作为灵魂的窗子
而又说着那无声的温语的
人的星星。

你还说："白云间的金星是美丽的，
而万里无云的星空却更美。"

是的，我们却更要发下誓愿，
把人群间的云雾完全扫开，
使人的星空更亮，更光彩，
更能够连接一起，更相爱。

"看见你了，我更喜欢你了。"
"是呵，我也一样：我们的窗前都没有云。"

而且，我们还更盼望
叫别的星球上的爱星者
指点着我们这个世界：
"看呵！我爱星，我爱顶亮的那一颗。"

1941 年 7 月 13 日叙永

选自《中国诗艺》1941 年复刊第 3 期

我的父亲

艾青

一

近来我常常梦见我的父亲——
他的脸显得从未有过的"仁慈"，
流露着对我的"宽恕"，
他的话语也那么温和，
好像他一切的苦心和用意，
都为了要袒护他的儿子。

去年春天他给我几次信，
用哀恳的情感希望我回去，
他要嘱咐我一些重要的话语，
一些关于土地和财产的话语：
但是我怫逆了他的愿望，
并没有动身回到家乡，
我害怕一个家庭交给我的责任，
会毁坏我年轻的生命。

五月石榴花开的一天，
他含着失望离开人间。

二

我是他的第一个儿子，

他生我时已二十一岁，

正是满清最后的一年，

在一个中学堂里念书。

他显得温和而又忠厚，

穿着长衫，留着辫子，

胖胖的身体，红褐的肤色，

眼睛圆大而前突，

两耳贴在脸颊的后面，

人们说这是"福相"，

所以他要"安分守己"。

满足着自己的"八字"，

过着平凡而又庸碌的日子，

抽抽水烟，喝喝黄酒，

躺在竹床上看《聊斋志异》，

讲女妖和狐狸的故事。

他十六岁时，我的祖父就去世；

我的祖母是一个童养媳，

常常被我祖父的小老婆欺侮；

我的伯父是一个鸦片烟鬼，

主持着"花会"，玩弄妇女；

但是他，我的父亲，

却从"修身"与"格致"学习人生——
做了他母亲的好儿子，
他妻子的好丈夫。

接受了梁启超的思想，
知道"世界进步弥有止期"。
成了"维新派"的信徒，
在那穷僻的小村庄里，
最初剪掉乌黑的辫子。

《东方杂志》的读者，
《申报》的定户，
"万国储蓄会"的会员，
堂前摆着自鸣钟，
房里点着美孚灯。

镇上有曾祖父遗下的店铺——
京货，洋货，粮食，酒，"一应俱全"，
它供给我们全家的衣料，
日常用品和饮茶的点心，
凭了折子任意取一切什物；
三十九个店员忙了三百六十天，
到过年主人拿去全部的利润。

村上又有几百亩田，
几十个佃户围绕在他的身边，

家里每年有四个雇农，
一个婢女，一个老妈子，
这一切告诉他的安闲。
没有狂热！不敢冒险！
依照自己的利益的趣味，
要建立一个"新的家庭"，
把女儿送进教会学校，
督促儿子要念英文。

用批颊和鞭打管束子女，
他成了家庭里的暴君，
节俭是他给我们的教条，
顺从是他给我们的经典，
再呢，要我们用功念书，
密切地注意我们的分数，
他知道知识是有用东西——
一可以装点门面，
二可以保卫财产。
这些是他的贵宾：
退伍的陆军少将，
省会中学的国文教员，
大学法律系和经济系的学生，
和镇上的警佐，
和县里的县长。

经常翻阅世界地图，

读气象学，观测星辰，

从"天演论"知道猴子是人类的祖先；

但是在祭祀的时候，

却一样的假装虔诚，

他心里很清楚：

对于向他缴纳租税的人们，

阎罗王的塑像，

比达尔的学说更有用处。

无力地期待"进步"，

漠然地迎接"革命"，

他知道这是"潮流"，

自己却回避冲激，

站在遥远的地方观望……

一九二六年

国民革命军从南方出发

经过我的故乡，

那时我想去投考"黄埔"，

但是他却沉默着，

两眼混浊，没有回答。

革命像暴风雨，来了又去了。

无数年轻英勇的人们，

都做了时代的奠祭品，

在看尽恐怖与悲哀之后，
我的心像失去布帆的船只
在不安与迷茫的海洋里飘浮……

地主们都希望儿子能发财，做官，
他们要儿子念经济与法律：
而我却用画笔蘸了颜色，
去涂抹一张风景，
和一个勤劳的农人。

少年人的幻想和热情，
常常鼓动我离开家庭：
为了到一个远方和都市去，
我曾用无数功利的话语，
骗取我父亲的同情。

一天晚上他从地板下面，
取出了发一千元鹰洋，
两手抖索，脸色阴沉，
一边数钱，一边叮咛：
"你过几年就回来，
千万不可乐而忘返！"

而当我临走时，
他送我到村边，
我不敢用脑子去想一想

他交给我和希望的重量，
我的心只是催促着自己：
"快些离开吧——
这可怜的田野，
这卑微的村庄，
去孤独地飘泊，
去自由地流浪！"

三

几年后，一个忧郁的影子
回到那个衰老的村庄，
两手空空，什么也没有——
除了那些叛乱和书籍，
和那些狂热的画幅，
和一个殖民地人民的
深刻和耻辱与仇恨。

七月，我被关进了监狱
八月，我被判决了徒刑；
由于对他的儿子的绝望
我的父亲曾一夜哭到天亮。

在那些黑暗的年月，
他不断地用温和的信，
要我做弟妹们的"模范"，

依从"家庭的愿望",
又用衰老的话语,缠绵的感情,
和安排好了的幸福,
来俘虏我的心。

当我重新得到了自由,
他热切的盼望我回去,
他给我寄来了
仅仅足够回家的路费。

他向我重复人家的话语,
(天知道他从哪里得来!)
说中国没有资产阶级,
没有美国式的大企业,
他说:"我对伙计们,
从来也没有压迫,
就是他们真的要革命,
又会把我怎样?"

于是,他摊开了帐篷,
摊开了厚厚的租谷簿,
眼睛很慈和地看着我
长满了胡须的嘴含着微笑
一边用手指拨着算盘
一边用低微的声音
督促我注意弟妹们的前途。

但是，他终于激怒了——

皱着眉头，牙齿咬着下唇，

显出很痛心的样子，

手指节猛击着桌子，

他愤恨他儿子的淡漠的态度，

——把自己的家庭，

当作旅行休息的客栈；

用看秽物的眼光，

看祖上的遗产。

为了从废墟中救起自己，

为了追求一个至善的理想，

我又离开了我的村庄，

即使我的脚踵淋着鲜血，

我也不会停止前进……

我的父亲已死了，

他是犯了鼓胀病而死的；

从此他再也不会怨我，

我还能说什么呢？

他是一个最平庸的人；

因为胆怯而能安分守己，

在最动荡的时代里，

度过了最平静的一生，

像无数的中国地主一样：

中庸，保守，吝啬，自满，

把那穷僻的小村庄，

当作永世不变的王国；

从他的祖先接受遗产，

又把这遗产留给他的子孙，

不曾减少，也不增加！

就是这样——

这就是为什么我要可怜他的地方。

如今我的父亲，

已安静地躺在泥土里

在他出殡的时候，

我没有为他举过魂幡

也没有为他穿过粗麻布的衣裳；

我正带着嘶哑的歌声，

奔走在解放战争和烟火里……

母亲来信嘱咐我回去，

要我为家庭处理善后，

我不愿意埋葬我自己，

残忍地违背了她的愿望，

感激战争给我的鼓舞，

我走上和家乡相反的方向——

因为我，自从我知道了

在这世界上有更好的理想，

我要效忠的不是我自己的家，

而是那属于万人的

一个神圣的信仰。

1941 年 8 月

选自《青年文艺（桂林）》1944 年新 1 第 4 期

船

郭风

破旧的木船呵
你永远没有疲惫地
行驶过低低地呜咽着的小河……

灰暗而低垂的天穹
映出隐现的布帆
像秋天里的落叶一样
漂浮在海面上
永远没有归宿地漂浮……

但是，今天我行走在
和小河平行的破坏后的公路上
　那些褴褛的农民一起
我的心健康而又快乐……

破旧的木船呵
今天我不以善感的眼睛看你

而那辽远的行程
和舱内的过多的载负
却使我感到难以抑制的激动呵……

选自《诗创作（桂林）》1941 年 2 期

蔬菜吟

韩北屏

我们的菜碗犹如物价的寒暑表，
反应市场的气候是如何准确呀！

菜汤上面漂浮着点点油花，
那像浮萍一样细小的油花，
告诉我们：物价犹在徘徊。
当汤水像晴天无半点云彩，
我们苦脸欣赏碗底的图案，
一切的物价又突破了大关。
智力劳动者憔悴了憔悴了，
既听无营养的饥肠在雷鸣，
还要为肥胖的囤积者辟谣。

我们都是极易满足的平民，
没有肉食，就热爱着蔬菜，
然而蔬菜也被惨痛地剥夺，

别人品味海外飞来的珍馐，
我们啃啮着冬瓜南瓜的皮。
智力劳动者是辛苦的耕牛，
没有饮食还得接受着鞭策；
但是我们唯一引为安慰的，
便是吃是草挤出的是乳浆。

我侥幸分得一块贫瘠的地，
耕耘它像耕耘希望的花园，
灌溉它像灌溉幸福的果树。
刚撒下微细而孱弱的种子，
仿佛已听到种子倔强地喊：
不怕泥土多么贫瘠而顽固，
我终要突破了它喂养你们！
我阴郁地看着敲开的土地，
一阵苍凉的回忆使我流泪。

我们的菜碗久已如劫后的河山，
没有村庄没有人烟一片的荒凉……

1941 年 9 月 18 日

选自《诗创作（桂林）》1941 年 5 期

强盗和诗人

艾青

在我年轻的时候
我曾有一个幻想：
为了人间的混乱和不平
我想到群山里做一个强盗

我要向剥削人的去抢劫
戮杀欺辱弱者的恶棍
抗议袒护富人的法律
和犯罪的人们交往

在我所驰骋的地域上
没有寄生的王
也没有靠怜悯过活的乞丐
终止不合理的一切制度
每天在仗义的冒险里高歌

但是，现实解除了我的幻想
书籍毁去了我的健康
我终于爱上了流浪
让自己不安定的灵魂
彷徨在这陈腐的世界上

什么时候起

我被叫做"诗人"的?

想起来真要哭泣!

在巴拿斯山上我遗失了竹叶刀

拿叹息当歌唱

——一天一天地瘦萎

如今,我已临近青年的边界

平庸与安分向我装出鬼脸

但是——我要反叛啊!

旧世界依然激起我的愤恨

但愿"诗人"和"强盗"是朋友

当我遗失了竹叶刀的时候

我要用这脱落了毛羽的鹅毛管

刺向旧世界丑恶的一切。

1941 年 10 月 30 日晨

选自《艾青全集(第一卷)》,花山文艺出版社 1991 年版

赞美

穆旦

走不尽的山峦和起伏,河流和草原,

数不尽的密密的村庄，鸡鸣和狗吠，

接连在原是荒凉的亚洲的土地上，

在野草的茫茫中呼啸着干燥的风，

在低压的暗云下唱着单调的东流的水，

在忧郁的森林里有无数埋藏的年代。

它们静静地和我拥抱：

说不尽的故事是说不尽的灾难，沉默的

是爱情，是在天空飞翔的鹰群，

是干枯的眼睛期待着泉涌的热泪，

当不移的灰色的行列在遥远的天际爬行；

我有太多的话语，太悠久的感情，

我要以荒凉的沙漠，坎坷的小路，骡子车，

我要以槽子船，漫山的野花，阴雨的天气，

我要以一切拥抱你，你，

我到处看见的人民呵，

在耻辱里生活的人民，佝偻的人民，

我要以带血的手和你们一一拥抱。

因为一个民族已经起来。

一个农夫，他粗糙的身躯移动在田野中，

他是一个女人的孩子，许多孩子的父亲，

多少朝代在他的身边升起又降落了

而把希望和失望压在他身上，

而他永远无言地跟在犁后旋转，

翻起同样的泥土溶解过他祖先的，

是同样的受难的形象凝固在路旁。

在大路上多少次愉快的歌声流过去了，

多少次跟来的是临到他的忧患；

在大路上人们演说，叫嚣，欢快，

然而他没有，他只放下了古代的锄头，

再一次相信名词，溶进了大众的爱，

坚定地，他看着自己溶进死亡里，

而这样的路是无限的悠长的

而他是不能够流泪的，

他没有流泪，因为一个民族已经起来。

在群山的包围里，在蔚蓝的天空下，

在春天和秋天经过他家园的时候，

在幽深的谷里隐着最含蓄的悲哀：

一个老妇期待着孩子，许多孩子期待着

饥饿，而又在饥饿里忍耐，

在路旁仍是那聚集着黑暗的茅屋，

一样的是不可知的恐惧，一样的是

大自然中那侵蚀着生活的泥土，

而他走去了从不回头诅咒。

为了他我要拥抱每一个人，

为了他我失去了拥抱的安慰，

因为他，我们是不能给以幸福的，

痛哭吧，让我们在他的身上痛哭吧，

因为一个民族已经起来。

一样的是这悠久的年代的风，

一样的是从这倾圮的屋檐下散开的

无尽的呻吟和寒冷，

它歌唱在一片枯槁的树顶上，

它吹过了荒芜的沼泽，芦苇和虫鸣，

一样的是这飞过的乌鸦的声音。

当我走过，站在路上踟蹰，

我踟蹰着为了多年耻辱的历史

仍在这广大的山河中等待，

等待着，我们无言的痛苦是太多了，

然而一个民族已经起来，

然而一个民族已经起来。

1941 年 12 月

选自《文聚（昆明）》1 卷 1 期，1942 年 2 月

猫

陈迹冬

一九四一年就要完了

时间在你双瞳上

像雨水落在屋脊

分两边流，流去……

你翠绿的虹彩

把时间，像魔术家

玩弄着，变幻着

如赛马者的鞭挞

如真空，让一片羽毛

比野马尘埃还落得快

落得沉重，没半点怜惜

像对殖民地的蹂躏

和剩余价值的剥削

在今夜，只要你那瞳孔

缩成一条线啊，在今夜

只要古铜镂花的旧钟

时针，分针与秒针

也叠成一条线，齐指着

罗马字"Ⅻ"，

今夜便完了

度过了一年

趁今夜——你瞧

今夜多热闹：

有猛虎在咆哮，狼子磨牙

沐猴衣冠从市街过市街

大腹皮的肥猪把背皮

挤着木栅只管擦，擦

哪一匹狗儿不叫，狐狸不发骚

哪一匹耗子不往洞里逃……

你太冷情了

你在灰灶上

印一朵梅花！

又一朵梅花！

一九四一年已快完了

原谅我，我不曾为你写过

十四行或者八行的歌……

1941 年 12 月夜未央时

原载《诗创作》，选自《现代中国诗选》，南方印书馆 1943 年 7 月版

雪道上

———去延安途中

曹葆华

雪在飞，雪在跳，雪在笑，

雪在歌唱这西北的日子

白茫茫，白茫茫的一大片

融合了头上的天，脚下的地

千百里不见草木的山峦

只留下三个黝黑的影子

在漫长的沉寂的小道上

牵着一匹小小的黑毛驴

（驴背上有他们独一的行囊）

面着朔风正向坡上走，走

每一个脚步记取着时刻

每一个呼吸吐出了向往

而且三个不同年岁的心

同燃着夏天火热的太阳

向着北方，向着迢远的北方

…………

雪在飞，雪在跳，雪在笑，

雪在歌唱这西北的日子

1938—1941 年间

选自陈晓春、陈俐编《诗人、翻译家曹葆华（诗歌卷）》，上海书店出版社 2010 年 1 月版

神话的夜

绿原

一

潮湿的

昏眩的　夜呀

枭旅行

蝙蝠回家……的夜呀

闪电锯断乌云

雨滴像木屑

凄然而落……的夜呀

磷火纺织着

惨绿的唾沫……的夜呀

荒凉不荒凉……

二

风吹着

雨打着

我拜访风雨的郊原

带着凝固的血创

我想哭——

哭一哭

白昼间被绞结的

蚯蚓和泥沙的忧郁

雨落在哪里

哪里便是泥泞……

三

老人说神话

……朦胧的夜
常有一群烈马
移山倒海般
响过草原

鸡叫了
壮士们
叮叮当当地
摇醒火把
提着人头
向碉堡回来

第二天
有人从雾野间
发现白骨
像珊瑚……

四

夜间
一颗陨星滴落

一个说神话的老人死了
像在睡眠……

我想起
他的碑

现在
战斗常从夜间开始
如果黎明没有来
而我死去
也好，夜就是碑……

五

夜是一个赌徒
有无数颗珍珠
和一枚银币……

有小河在喃喃做梦
有玉蜀黍像宝石放光
有虫乐在交响

这样，也就够富贵了

让我喝点露水
说醉了　醉了

回去睡

明天早起
我将溶解在
声音的队伍里

  六

进行着
停留着
溃退着……的夜

苍白了
病了
摇摇摆摆……的夜
有光芒
像牛乳流出云槛
最好说是夜的泪……

  七

熄灯的时候
灭烛的时候

鸡啼的时候
我唱歌的时候
我跪着

向东方

辞别着夜

从梦谷里爬出来的

从夜间蒸发出来的

新鲜的生命呀

我问你们好

好

你好

大家好

我将骑着马

乌啦

乌啦

——喊着

向森林去

呼吸空气

1941 年

选自七月诗丛《童话》

村晚

陆人

黄牛一声闷闷的吼,

夜溯就淹过山村了。
麻雀在树上吵闹着黄昏，
晚风里蝉声沙了嗓子。

黄尘路引来回家的羊群，
田野农夫也拖起蹒跚步子，
望村中炊烟在屋顶，
舒开白色的花，
嘴里飘起一支山歌了！

村女托颐在想呢，
紫色山峦画着她的
荒凉的梦
门首有妇人等待吃饭的孩子。

选自《辅仁文苑》1941 年第 6 期

深院

南星

一

多雾的乡野黄昏，
灰色的弓形做天地之分界。
高高低低的林树静默，

田地带着它的径路

和雪画成的图形静默，

群鸦静默，

一个眺望人静默，

寒冷聚集在他的周围，

而远处的小房屋之间

有一扇窗子变得微红了。

什么时候烧起来熊熊的火焰呢？

眺望人看见七百里外的小庭院，

没有主人也没有客人

在那儿守着灯和火炉，

寒冷的等待从南方到北方。

月半快要过了，

"那时候我们就可以在一起玩了。"

这十三个稚弱的音符中

发散出春天草木的暖意，

微红的窗子闪耀在远处。

二

等我走得更慢一点，

不要害怕，

温柔的小庭院，

深深的在彩色窗格的房屋后面，

在刺柏和丁香后面。

这脚步是一个曾经相识的朋友的，

他知道你的裸露小树
几十天后会生出桃叶来，
花坛里的细枝会开蜻蜓花。
我来得早了，晚了？
我来得适当其时呢，
正是有好风的和暖的一月天。
我做开窗人和扫地人，
让我们殷勤约定从此互相依守，
让阳光作证。
记住，温柔的小庭院，
带着小桃树和花枝，
无数的祝福。

        三

寒暑表随天色而伸展了，
炉火低声颂歌。
灯罩下有美好的烛光，
腊梅在花瓶里，
苹果在床边。
我已经从市场回来，
将圆的月亮送我回来，
为什么我开始心跳呢？

那是病的声音么，
你的声音说，"病了。"

我也在电话机旁病了，

"你病了，你来。"

我振作自己，强健自己，

因为我要做一个医生，

一个没有助手的医生，

我必须整理我的小医院。

我们的语声轻，脚步也轻，

你是一个病的孩子。

这儿有小病房和小病床，

有最会预言的医生。

你对我做了健康的笑，

而我的预言有更多的真确性了。

"大海在浪间说着'安宁'，

'静默吧，'风呼叫在嘘语的山头。"

四

异样的早晨，

我的醒如薄纱帐幕之急启。

喧哗的车轮来了，

随着纷乱的叫卖，

沉重的脚步从窗外过去，

于是我在床中被烦扰了。

我应在嘈杂的车中随你远行，

我的心思交织着车和床，

深深的小庭院和郊外的大路。

我醒了，

为什么仍然停留在大城里呢？

这地方有了乡野的沉寂，

因为你走了，

大城中的一切都走了，

大城走了。

我懒惰地停留着

从朝到晚。

美好的烛光熄灭了，

门扇如鸟翅合在一起，

而我失去镇静地倾听着，

我的歌唱家像约定了一样

悄悄地聚集在屋顶上

开始欢乐的合奏，

无间歇的狂放的合奏，

那些声音鼓荡着，倾泻着，

侵入而且占据了我的小庭院。

但不久只剩下单一的声音了：

被遗弃的歌唱家

带着烦忧的曲调

一步一步地走过这乡野。

五

认识你的邻人么，

我的安静的深巷中的孩子？

我们的胡同是狭窄而多泥的，

而我从小庭院里走出来了。

外面的风阴湿，

小贩的车上有可喜的货物，

风筝低低地飘在天上。

你为什么给我一个背影呢？

我认识你的头发，

你的身材和服装，

于是一个愉快的小声音在我心中说

我的远行的孩子回来了，

而且敏捷地迁居了。

"为什么不早一点告诉我呢？"

在这十一个字未吐露之前

我用那美丽的名字呼叫了你；

原谅你的邻人吧，

他正在尝受一个长久的离别。

六

深深的小庭院

幸福地守护着我们的夜之隐秘。

猫睡了，风也睡了，

车马在它们的家里停歇。

蜡烛有喜悦的薄光，

"我们也睡，孩子。"

在我们的温暖和安宁中

细雨丝丝地来了，

树枝上开满丛花，

水滴发散香气，

轻细的鸟声做了雨的伴奏。

我们有小林园，这是二月。

我们是人类所不能了解的

两条从湿泥下面爬出来的小蛇。

永远：柔和的土地。

选自《辅仁文苑》1941 年第 7 期，署名"石雨"

无名的怀想

孙羽

我只有一条纤细的红色的橹

两岸没有神秘的森林

巨大的月也不能产生影子

啊真是又单调又软弱

游向河流的那方去……

那面是我怀想中的世界么

庞大的植物将摇摆着他们的

寒冷的叶子向我致敬礼

而当露出了白色的星光的时候

我将看见那唱歌的女子

直立着，四围飘散着白雾

使森林深处的橙色的窗

若隐若现

那面是我怀想中的世界么

蒸汽将在空中冻结成

各种楼阁的形象，古代的近代的

在那中间，星光如一只病弱的手

向我招呼，使我在沉静中

觉出一滴冷露坠落在我额上

化去了雾中的世界，再也不

若隐若现

啊，我只有一条纤细的红色的橹

两岸没有神秘的森林

巨大的月也不能产生影子

在流水之中我如一个橹手

独自飘着我凄凉的船

选自《燕京文学》1941 年第 1 卷第 6 期

今天晚上别再去点燃那金色的烛台

林以亮

今天晚上别再去点燃那金色的烛台：

让一束在湿润的脆弱中颤抖的花朵

　　点亮你的房间——它们吐出芬芳的轻雾

像深夜的湖水反映出你美丽的苍白。

我们呼吸纯粹的快乐，不带一丝悲哀，

　　可是用你的手在那悲哀的琴上描述

　　一个天使的心如何为另一个的痛苦，

于是我沉醉在欢乐的梦里，再不醒来。

我们默默的爱着，听我们的心房跳动，

　　有时我会偷洒一吻在你纤细的手上，

　　　　然后看你怎样合上你花瓣似的嘴唇。

我幽静的爱人，看我们头上的天空，

　　过一会那为爱情而起的纯洁的欲望

　　　　就会像一颗银星从黑夜冉冉的上升。

　　　　选自《燕京文学》1941 年第 1 卷第 6 期，署名"宋悌芬"

记忆

吴兴华

生命迅速的流去，把欢乐抛向背后，

我们战栗的手指又不敢多翻一篇；

在将来黑的雾里，谁知道能不能够

　　　　再有这样一天？

不要对我说这些柳树仍会在桥畔，
以她们浸透的发滴水在石隙当中；
不要对我说年年都有新叶子飘散
　　跟着冷的飘风——

不要对我说时光抬起他冷酷的手
饶恕了许多建筑，隆起的山岭，河流；
这些客观的景物很少时候能长久
　　在人心里存留；

如果它们的存在都为了一个缘故，
一个温暖的记忆，一个故事的中心——
莲花的手移去后，旧时抚摸的树木
　　就会湮没无痕；

因为，啊，心灵才是最广最深的国土，
在那里我们估定一切绝对的价值，
眼泪洗过后，撒下欢快的种子萌吐
　　产生忧郁的诗。

这样我寂然仰望戴着新月的高楼，
一圈相识的薄光掩护朱色的前额；
向晚的凉风爬过野桃无花的枝头
　　将死叶子摇落。

而我却无力哭泣，环绕着这些老友

它们诚恳的微笑愈使我痛苦加深；
同样凄凉的小径，多影的广场中有
　　　一个记忆的坟。

为什么我的脚步引我重回到这里，
再以似乎不变的景致娱乐我眼睛，
当他知道我已经失去一切的欣喜，
　　　如果我失去爱情？

在我看起来世界好像创造的初日——
统治着万物惟有黑暗，浓厚而无边，
但这难忍的荒芜只使我充分认识
　　　神可怖的威权；

他从人心里取出一点跳动的火苗，
立刻寰宇的光明就随之黯然失掉；
日月交换着驰过，天空仍这样崇高，
　　　希望仍这样无效。

就像昏夜间大船埋在波涛呼喊里，
幸福暂短的时刻埋在无限苦恼中；
现在我往回看时，必须将厚幕揭起，
　　　由遗忘所织成。

啊，不是我的手指！啊，不是我的心意！
然而我立在桥边，测望清冷的水时，

突然有一阵颤抖跟随着一声叹气
　　穿过我的四肢，

突然我看见四周在一瞬间的更变，
群树更失去枯叶，换来沉重的花苞；
东风绛色的衣袖把一切植物拂遍，
　　除了野生的蓬蒿。

满月浮沉在扶疏无定的杨柳当中，
如一个画家，添绘地下长短的黑影；
芙蓉在行道两侧被几滴露水轻轻
　　从睡梦中惊醒。

站在石桥折断处，我现在站的地方，
是你昔日的身形，急流溪水的曲线，
你的苍白追过了满月，而满月的光
　　像你悲剧的颜面。

你的手扶着桥栏，感不到它的寒冷，
感不到爱的燃烧，虽然立在我身旁；
你超出情感之上，凌跨崇敬的绝顶
　　似古神话的女皇。

只是短短的片刻，从残烬里面重现，
这最奇丽的景象，这最辉煌的时辰；
像流星拖着一道眩人眼目的利剑

划进我坚硬的心。

难道是注定的吗？我只能遇见幸福，
当我还不懂享受，也不想真去领略；
然后撒开，当我的心如苹果的成熟
　　一层深黑的忘却。

难道是注定的吗？我只能偶尔跨入
这最圣洁的境域，停下脚步来思维；
看苦心收集来的，专备献上的礼物
　　悄然化为尘灰……

逝去了，不可挽回！消失在浓雾当中，
光明最后的女儿！德行完美的具体！
你不能永远引我向前，甚至也不能
　　永远存在知觉里。

因为我现在两脚践踏着两个世界，
梦境固然不长久，现实也并非永恒；
及至我重新投入生命无边的暗夜
　　没有引路的明星；

踏进罪恶的沼泽，陷入欲望的污泥，
对一切失去希望，只除了几滴眼泪；
知道太阳的金乘已经逐渐的偏西
　　渴想闭眼沉睡；

那时你还会来吗？像从前一样清晰，

以你无瑕的颜色鼓舞冷淡的灵魂；

给群树新的负载，给花朵新的生意，

　　给流水新的声音？

没有回答：然而我知道并不是做梦，

不过有一丝温暖已经侵入我心头；

一声稔熟的叹息在远方，仿佛已经

　　答应了我的请求。

啊，希望跟着痛苦涌起，带着它沉下，

幻象消失了，我却如获得旧的幸福，

因为死亡把人类擘开了，却不能把

　　温柔的记忆消除。

选自《燕京文学》1941 年第 2 卷第 4 期

歌

林以亮

当我的头发轻轻的落在你的面颊上，

　　我的手紧紧握着你温暖，潮湿的手指，

　　一阵神秘的快乐充满我们的心，于是

我们觉得周围的花朵在为我们开放。

我们天真的笑了，但一阵沉默的欲望

　　压在我们的身上，我们对着天空凝视，

　　听花丛里的蜜蜂落在花上，又展起翅，

嗡嗡的飞去，和一片金黄的快乐一样。

我们慢慢的张开我们紧闭着的嘴唇，

　　吐出心中的话语，好像在远远的应和

那些停在杨柳枝条里的小鸟的鸣声……

　　然后迟缓的升起，像梦里被遗忘的歌，

　　我们的嘴唇继续在颤动，充满了狂热，

我们只能微笑，却说不出来这是"快乐"。

　　　　选自《燕京文学》1941 年第 3 卷第 1 期，署名"宋悌芬"

背牵歌（仿民谣）

陈子展

过了一湾又一湾，

湘江何止卅六湾？

　　傍着水，

　　绕着山，

大家一条饥饿线：

两岸风光当早餐！

过了一滩又一滩，

下滩容易上滩难。

　稳着脚,

　硬着肩,

大家一条挣扎线:

到岸终归有一天!

过了一关又一关,

三千里路万重山。

　风又急,

　水又湍,

大家一条生死线:

死里求生莫等闲!

选自 1941 香港 《大风》 半月刊 81 期

十四行集（选五）

冯至

一

我们准备着深深地领受

那些意想不到的奇迹

在漫长的岁月里忽然有

彗星的出现,狂风乍起

我们的生命在这一瞬间
仿佛在第一次的拥抱里
过去的悲欢忽然在眼前
凝结成屹然不动的形体

我们赞颂那些小昆虫
它们经过了一次交媾
或是抵御了一次危险

便结束它们美妙的一生
我们整个的生命在承受
狂风乍起，彗星的出现

二

什么能从我们身上脱落
我们都让它化作尘埃
我们安排我们在这时代
像秋日的树木，一棵棵

把树叶和些过迟的花朵
都交给秋风，好舒开树身
伸入严冬；我们安排我们
在自然里，像蜕化的蝉蛾

把残壳都丢在泥里土里

我们把我们安排给那个
未来的死亡，像一段歌曲

歌声从音乐的身上脱落
归终剩下了音乐的身躯
化作一脉的青山默默

二十一

我们听着狂风里的暴雨
我们在灯光下这样孤单
我们在这小小的茅屋里
就是和我们用具的中间

也有了千里万里的距离：
铜炉在向往深山的矿苗
瓷壶在向往江边的陶泥
它们都像风雨中的飞鸟

各自东西。我们紧紧抱住
好像自身也都不能自主
狂风把一切都吹入高空

暴雨把一切又淋入泥土
只剩下这点微弱的灯红
在证实我们生命的暂住

二十三

接连落了半月的雨
你们自从降生以来
就只知道潮湿阴郁
一天雨云忽然散开

太阳光照满了墙壁
我看见你们的母亲
把你们衔到阳光里
让你们用你们全身

第一次领受光和暖
日落了，又衔你们回去
你们不会有记忆

但是这一次的经验
会融入将来的吠声
你们在黑夜吠出光明

二十七

从一片泛滥无形的水里
取水人取来椭圆的一瓶
这点水就得到一个定形
看，在秋风里飘扬的风旗

它把住些把不住的事体
让远方的光，远方的黑夜
和些远方的草木的荣谢
还有个奔向无穷的心意

都保留一些在这面旗上
我们空空听过一夜风声
空看了一天的草黄叶红

向何处安排我们的思想
但愿这些诗像一面风旗
把住一些把不住的事体

选自《十四行集》，桂林明日社 1942 年版

拉白底

唐祈

拉白底，你从很远的沙漠地来，
今夜却死在异乡寺院的门外：
你的手在胸前的符上战抖：
拉白底，最末一次向神的膜拜。

你梦过鲁萨尔圣地的圆塔顶；

白色的螺旋像一朵云。
满殿的经典是宗克巴神的咒语,
你听见活佛座前三千个喇嘛的声音。

你从风雪的天山走到戈壁的夏日,
荒凉的祁连山下有跪拜的脚迹,
你抛弃了家人,房屋,和七千头牛羊……
一步步远了啊;记忆里故乡的南疆。

今夜,寺院的鼓声幽秘地打响,
你有神祇前更空洞的死亡。

　　卅年青海,鲁萨尔镇,塔尔寺

　　选自《交艺复兴》第2卷第2期,1946年1月

1942 年

留情

徐讦

你知道树上老鹧鸪，
从不咒骂夜莺，
还有月下的溪流，
也未怪过蟋蟀低吟。

秋来风雨萧萧，
时使树上睡叶吃惊，
但今夜因有野鹤投宿，
所以也未忍敲响松针。

只有窗上的梅影，
香透了它们被衾，
院中老年的乌鸦，
才会把甜蜜的白鸽唱醒。

那么在这寂静的夜里
务请你舌下留情，
你既不关心我枕边春梦，
也请可怜我云霄痴心。

1942 年 2 月 1 日晨　渝

选自《东方与西方》1947 年 1 卷 6 期

大地光茫

方然

最后的雪落下了。

人都知道

这是大地转阳的时候了。

太阳出来，

先故意让光轮被蒙住，

仅现出一个通红的圆心，

显示如此骄傲，

那以前灰云冻结的日子

是决不放在心上的。

而后随意地

揭去轻纱似的雾，

照耀无边白雪，

大地是万丈光茫了。

（那精光的树皮，

那露出胸骨的小河，

那只是大地过去辛劳底记忆。）

孩子们踢出雪花飞跑，

放上各样的风筝，

绑着哨子高高地叫着。

几只麻雀都要飞得多高，

而后落下在雪地跳跃。

今天夜里，

我们贫苦的农人们，

都在茅檐下挂上一盏红灯笼，

放了一串爆竹，

明晨见面都要彼此祝福的。

祝福，

向我们底大地祝福哟！

你还没看到

跟着，

那布谷鸟就要

辽远地叫着飞来了，

那亲切的家乡的声音呵。

彷佛是一个童话底梦，

我们底大地呀，

夸示着如此华丽！

……

那油菜花底刺眼金黄，

或是那油光光的麦苗，稻秧，

我们底小溪那样天真地

戴满野花而嬉笑，

我们底母牛那样出神凝望。

土拨鼠和蚯蚓都是在呼吸着

大地底芳香呵，

都听着大地颤声歌唱。

……

我们的老农夫是如此激动：

"我把儿子献给它，

我把孙子献给它，

我把老命献给它，

我守卫我底大地呀！"

你还没看到

就在这时，

我们底黄河开冻

我们底长城化雪，

我们底长江两岸呀，

是怎样花开草长！

我们底大地

是怎样由的爱它的

英雄们底血液与青春

点化它

像"金河王"一样

披散着金发

在所创造的黎明里，

炫耀着怎样的光茫！

1942 年，农历除夕

选自《学习生活》1942 年 3 卷 3 期

珍重

罗寄一

这样多被压抑的眼泪，

这样多被否定的怯懦，

忍受了一扬手的残酷，

在不能涂改的可悲的笑脸里

听任灵魂的抽搐：是温暖的记忆

排列在眼前，是徒然的春。

瞠目于生命的迷宫，是一种摄魂的召唤

来自土地，是醉酒的牧师

给死囚以祈祷，却不曾忘记

春天的叶子是绿的，怜悯了生命

而终于要宣誓效忠，就不能不接受

各样的虐待，当我们被迫用沉默的

眼睛，抚摸彼此的伤痕。

这里合法的秩序只配赞美，

统御一切的迫害受命于金钱的指挥，

流氓骗子阔步在辉煌的大街，

温良的子孙们，脱帽，低头，致敬……

这些金刚钻照亮黑夜的暗澹，

这些 Gasoline 无休止地散布

诓人的兴奋，到处是扭结的灯光

映透每一秒的荒淫奔波在僵硬的血管。

是脱节的列车倾倒在路旁，

认定历史是白痴，一脚踢开昨天和明天，

"主人万岁！"你们营养不良的，

胸怀叵测的，你们作梦的迷茫的，

你们被践踏的弃妇，辉煌努力下，

被赈济的游民，你们都要举起

酒杯，给天赐的"自由"以赞美！

而我们生活，在铜墙铁壁的保障里。

这就是无端飘落的花瓣，这就是

封锁在黄昏里的祈祷，这就是天亮以前

寂寞的寒战，这就是数不清的询问

在生命的榻前，因此有眼泪流进干涸的

白昼，土地的疼痛刻划在大理石的额头，

而我们不挣扎就要在叹息里死去，

一代又一代，注释了这古老的贞坚。

不幸的是没有被收买，献身给

战国的无常，没有匍匐于"偶然"的纷纭，

让自己朝拜这一刻的帝王

而我们就将站起，鄙弃这堕落的

市集，你们都走了，

相信人类的手足要廓清天地，

安放自己在最好的角度，忍耐焦灼，

永远不能和土地脱离。

虽然是多少遍一扬手的残酷，

记起每一个笑着的嘴角，

每一次神圣的忧愁，每一片焦心

来自爱，每一节捐献给历史的生命，

终于确定了明天的行程，

不能让脚步停下——陋巷，垃圾场，

贩卖烟酒的行商，遮蔽天地的大谎，……

温柔的记念里树立了倔强，

因为是爱，我们永不凋谢的忠诚。

1942 年 2 月 28 日

选自《半月文萃》1942 年 1 卷 4 期

春

穆旦

绿色的火焰在草上摇曳，

他渴求着拥抱你，花朵。

反抗着土地，花朵伸出来，

当暖风吹来烦恼，或者欢乐。

如果你是醒了，推开窗子，

看这满园的欲望多么美丽。

蓝天下，为永远的迷迷惑着的

是我们二十岁的紧闭的肉体，

一如那泥土做成的鸟的歌，

你们被点燃，却无处归依。

呵，光，影，声，色，都已经赤裸，

痛苦着，等待伸入新的组合。

　　1942 年 2 月

　　选自《贵州日报·革命军诗刊》1942 年 5 月 26 日，后载天津《大公报·星期文艺》1947 年 3 月 12 日第 22 期，本编采后者

哭亡女苏菲

高兰

你哪里去了呢？我的苏菲！

去年今日

你还在台上唱"打走日本出口气"！

今年今日啊！

你的坟头已是绿草萋迷！

孩子啊！你使我在贫穷的日子里，

快乐了七年，我感谢你。

但你给我的悲痛

是绵绵无绝期呀，

我又该向你说些什么呢？

一年了！

春草黄了秋风起，

雪花落了燕子又飞去；

我却没有勇气

走向你的墓地！

我怕你听见我悲哀的哭声，

使你的小灵魂得不到安息！

一年了！

任黎明与白昼悄然消逝，

任黄昏去后又来到夜里；

但我竟提不起我的笔，

为你，写下我忧伤的情绪，

那撕裂人心的哀痛啊！

一想到你，

泪，湿透了我的纸！

泪，湿透了我的笔！

泪，湿透了我的记忆！

泪，湿透了我凄苦的日子！

孩子啊！

我曾一度翻着箱箧，

你的遗物还都好好的放起；

蓝色的书包，

红色的裙子，

一叠香烟里的画片，还有……

孩子！你所珍藏的一块小绿玻璃！
我低唤着苏菲！苏菲！
我就伏在箱子上放声大哭了！
醒来夜已三更，月在天西，
寒风阵阵传来
孤苦的老更人遥远的叹息！

我误了你呀！孩子！
你不过是患的疟疾，
空被医生挖去我最后的一文钱币。
我是个无用的人啊！
当卖了我最值钱的衣物，
不过是为你买一口白色的棺木，
把你深深地埋葬在黄土里！

可诅咒的信仰啊！
使我不曾为你烧化纸钱设过祭，
唉！你七年的人间岁月
一直是穷苦与褴褛
死后你还是两手空空的。

告诉我！孩子！
在那个世界里，
你是否还是把手指头放在口里，
呆望着别人的孩子吃着花生米？
望着别人的花衣服

你忧郁的低下头去?

我知道你的灵魂漂泊无依,
漫漫的长夜呀!你都在哪里?
回来吧!苏菲!我的孩子!
我每夜都在梦中等你。
唉!纵山路崎岖你不堪跋涉,
但我的胸怀终会温暖
你那冰冷的小身躯!

当深山的野鸟一声哀啼,
惊醒了我悲哀的记忆,
夜来的风雨正洒洒凄凄!
我悄然的披衣而起,
提起那惨绿的灯笼,走向风雨,
向暗夜,向山峰,
向那墨黑的层云下,
呼唤着你的乳名,小鱼!小鱼!
来呀!孩子!这里是你的家呀!
你向这绿色的灯光走吧!
不要怕!
你的亲人正守候在风雨里!

但腊泪成灰,灯儿灭了!
我的喉咙也再发不出声息。
我听见,寒霜落地,

我听见，蚯蚓翻地，
孩子，你却没有回答哟！
唉！飘飘的天风吹过了山峦，
歌乐山巅一颗星儿闪闪，
孩子！那是不是你悲哀的泪眼？

唉！歌乐山的青峰高如云际！
歌乐山的幽谷埋葬着我的亡女！

孩子啊！
你随着我七载流离，
你随着我跨越了千山万水，
我却不曾有一日饱食暖衣！
记得那古城之冬吧！
寒冷的风雪交加之夜，
一床薄被，我们三口之家，
吃完了白薯我们抱头痛哭的事吧！

但贫穷我们不怕，
因为你的美丽像一朵花
点缀着我们苦难的家。
可是，如今叶落花飞
我还有什么呀！

因为你爱写也爱画，
在盛殓你的时候，

你痴心的妈妈呀!
在你右手放了一支铅笔,
在你左手放下一卷白纸。
一年了呀!
我没接到你一封信来自天涯,
我没看见你有一个字写给妈妈!

我写给你什么呢?
唉! 一年来,我像过了十载,
写作的生活呀!
使我快要成为一个乞丐!
我的脊背有些伛偻了,
我的头发已经有几茎斑白,
这个世界里,依旧是
富贵的更为富贵,
贫穷的更为贫穷!
我最后的一点青春与温情,
又为你带进了黄土堆中!

我写给你什么呢?
我一字一流泪!
一句一呜咽!
放下了笔,哭啊!
哭够了! 再拿起笔来。

姗姗而来的是别人的春天,

鸟啼花发是别人的今年！

对东风我洒尽了哭你的泪，

向着云天，

我烧化了哭你的诗篇！

小鱼！我的孩子，

你静静地安息吧！

夜更深，

露更寒，

旷野将卷来狂飙！

雷雨闪电将摇撼着千万重山！

我要走向风暴，

我已无所系恋，

孩子！

假如你听见有声音叩着你的墓穴！

那就是我最后的泪滴入了黄泉！

1942 年 3 月山中

选自《高兰朗诵诗》，建中出版社 1949 年版

狱中题壁

戴望舒

如果我死在这里，

朋友啊，不要悲伤，

我会永远地生存

在你们的心上。

你们之中的一个死了，

在日本占领地的牢里，

他怀着的深深仇恨，

你们应该永远地记忆。

当你们回来，

从泥土掘起他伤损的肢体，

用你们胜利的欢呼

把他的灵魂高高扬起。

然后把他的白骨放在山峰，

曝着太阳，沐着飘风：

在那暗黑潮湿的土牢，

这曾是他唯一的美梦。

　　　　1942 年 4 月 27 日

　　　　选自《灾难的岁月》，上海星群出版社 1948 年版

春鸟

臧克家

当我带着梦里的心跳，

睁大发狂的眼睛，

把黎明叫到了我的窗纸上——

你真理一样的歌声。

我吐一口长气，

抚一下心胸

从床上的恶梦

走进了地上的恶梦。

歌声，

像煞黑天上的星星，

越听越灿烂，

像若干只女神的手

一齐按着生命的键。

美妙的音流

从绿树的云间，

从蓝天的海上，

汇成了活泼自由的一潭。

是应该放开嗓子

歌唱自己的季节，

歌声的警钟

把宇宙

从冬眠的床上叫醒，

寒冷被踏死了，

到处是东风的脚踪。

你的口

歌向青山，

青山添了眉眼；

你的口

歌向流水，

流水野孩子一般；

你的口

歌向草木，

草木开出了青春的花朵；

你的口

歌向大地，

大地的身子应声酥软；

蛰虫听到你的歌声，

揭开土被

到太阳底下去爬行；

人类听到你的歌声

活力冲涌得仿佛新生；

而我，有着同样早醒的一颗诗心，

也是同样的不惯寒冷，

我也有一串生命的歌，

我想唱，像你一样，

但是，我的喉头上锁着链子，

我的嗓子在痛苦的发痒。

　　　　1942 年 5 月 22 日晨　万鸟声中写于河南叶县寺庄

　　　　选自《文风（重庆）》1942 年 1 卷 3 期

夜过柿树林

丹辉

高高的山峰上满天星，
几只山雀沿着溪水欢鸣，
我跳下小红马，
拉着它走进柿树林。

树枝上刚刚吐出了新叶，
我却想起去年满树柿子红，
那时候树下站着一个姑娘，
她喊一声同志，将两个柿子放在我的手中。

通红的柿子又香又甜，
我要带回部队去，请大家尝尝新鲜，
可是，我竟忘记向她道谢，
就急急忙忙跨上了马鞍。

今夜我又踏上了林中的大道，
我放慢了脚步，小红马紧跟在后面，
我不让它碰伤一根嫩枝，
也不让马蹄声惊醒老乡的睡眠。

1942 年 5 月草于狼牙山下岭东村

选自《晋察冀诗抄》，中国青年出版社 1959 年版

水牛赞

郭沫若

水牛，水牛，你最最可爱，
你是中国作风，中国气派。
坚毅、雄浑、无私，
拓大、悠闲、和蔼，
任是怎样的辛劳，
你都能够忍耐，
你可头也不抬，气也不喘。
你角大如虹，腹大如海，
脚踏实地而神游天外。
你于人有功，于物无害，
耕载终生，还要受人宰。
筋肉肺肝供人炙脍，
皮骨蹄牙供人穿戴。
活也牺牲，死也牺牲，
丝毫也不悲哀，也不怨艾。
你这殉道者的风怀，
你这革命家的度态，
水牛，水牛，你最最可爱。
水牛，水牛，我的好朋友。
世界虽有六大洲，
你只有东方才有。

可是中国人，中国人，

把你看得丑陋，待你不如狗。

我真替你不平，希望你能怒吼。

花有国花，人有国手，

你是中国国兽，兽中泰斗。

麒麟有什么稀奇？

只是颈长，腿高而美丽。

狮子有什么德能？

只是残忍，自私而颜厚。

况你是名画一帧，名诗一首，

当你背负着牧童，

让他含短笛一支在口；

当你背负着乌鸦，

你浸在水中，上有杨柳。

水牛、水牛，我的好朋友。

1942 年春

选自重庆《新华日报》1942 年 5 月 15 日

我底歌（《射虎者及其家族》选章）

力扬

射虎者留下那张弓

——永远的复仇的标记

但是，那三个接受遗嘱的儿子

还投有揩拭去那弓弦上面

被猛虎所舐上的先人底血迹

却已各自地找到了新的仇恨

又把一张张的遗嘱留给我们

——那生锈的犁锄挂在牛栏上

缺了口的镰刀和斧、凿

寂寞地躺在厨房的墙脚边

那张巨大的弓，也仍然

挂在被炊烟熏黑的屋梁上……

而我底父亲却要永远安逸地

飘着秀才的长衫散步在我们底祖先

用汗血开垦出来的可怜地稀少的田地上

蜷伏在黑暗而潮湿的古屋里边

躺在懒惰而发霉的床上

不敢对我们朗读那一张张的遗嘱

只是用羞怯的眼望着它们

像是对我们无力地说

"孩子们，替祖先复仇？

或是永远地忘记了仇恨

死心地做它们屈辱的奴隶？

由你们自己去选择吧

在这两条路的前面——

我是无力复仇

却也不能忘却它们……"

但是我，我却深深地爱着

祖父底飘在泥土色脸颊上的

那银丝一样的须髯

爱着他那经历了七十一年的风霜

而犹像古松一样坚实挺拔的身子

爱着他那临死时抚摩过

我底柔软的头发的巨大的手

而他那留给我们的遗嘱；

——锯、凿与大斧

又是我孩提时唯一的伴侣

纵使它们砍伤了我：

我也不曾有太多的哭泣

因为我在它们的上面

读懂了祖先们的血和泪的生活

与他们所要嘱咐我们的言语……

我乃磨利了那缺口的镰刀

跟着邻居的小伙伴

上山去采伐柴薪

但是，那锐利的刀锋

吮去了我过多的鲜血

满地的荆棘又刺伤我底足心

我痛楚地憩息着

坐在山岭的岩石上

对着那穿过黛色的群峰

与天幕的碧海

而航向远方的云朵底白帆

我也扬起了高阔的意念

"除了这镰刀

我们是不是

还有更好的复仇的武器?"

于是，我又在父亲底抽屉里

找到了被他所遗弃的破笔

而把镰刀交给我底两个弟弟

我底弟弟们

在继母的嘎声的鞭挞下面

眼泪和怨恨一起滴上磨石

磨亮那祖传的镰刀

哭泣着，上山去采伐山毛榉

难道他们还不曾替祖先复仇的日子

自己却已找到了新的仇恨?

我是射虎者的子孙

我是木匠的子孙

我是靠着镰刀和锄头

而生活着的农民的子孙

我纵然不能继承

他们那强大的膂力

但有什么理由阻止着我

去继承他们唯一的遗产

——那永远的仇恨?

二十年来，我像抓着

决斗助手底臂膊似地

抓着我底笔……

可是，当我写完这悲歌的时候

我却又在问着我自己：

"除了这，是不是

还有更好的复仇的武器？"

1942 年，诗人节后一日写完于重庆

选自《文艺阵地》1942 年 7 卷 1 期

峰顶

徐讦

头上白云峥嵘，

脚下山路崎岖，

我登峰顶访你，

原想劝你归去。

但你寂然默坐，

对我不言不语，

在你墙上桌上，

也不见留有诗句。

黄昏鸥枭夜归，

声声念着咒语，

于是你劝我下山，

说夜来将有大雨。

那么是你连年山居，

就此学会了鸟语，

于是我也不再归去，

静候夜来大雨。

1942 年 6 月 24 日，桂林

选自《时与潮文艺》1943 年 1 卷 2 期

春雷

彭燕郊

春雷驾着厉声的载重列车

从不可及的云间

无阻隔地

隆隆而过

——把天空

　　当大鼓敲捶！

春情发动

土地蒸腾强烈的体臭

刺鼻的体臭

浓郁的体臭

原野种种气味
充满了牛蒡和酒糟的气味
染料和油漆的气味
酵菌和脓血的气味
头发和骨灰的气味

而所有的这许多气味
都这样
声音般地颤抖着
向春雷
嘶声召唤呵

阴云壅塞
大雨将临
不容发的震颤里
风呼啸
城市苍白着
村落低头
旗下降，帆落下
黄狗乱窜
蝴蝶折翅
鸟雀归巢
花委地，叶飘飞
门窗紧闭

暗室亏心!

电光闪闪

比十五六岁的童女底眼锋

更锐利地

向一切

横劈过来

酝酿着空前的大变动

土地的氛围

牛栏般骚躁

人可以想象

土地

是怎样紧张地

咬着牙

结着眉

捏着拳

皱着鼻

而像一个发热的病者

渴望着出汗般

在等待着

霖雨的沛临呵

如撕着布帛

闪电腰斩了阴云

春雷扬起雨滴的尘埃

下界沉入惨雾中！

如应亲热的召唤

而探首于大气之中的蛰虫

群队

换上了草色的新装

喜冲冲地

络绎于

欲雨的云天下——

抛掷着

阔大的脚步呵

选自《文艺生活（桂林）》2 卷 4 期，1942 年 6 月 25 日

海

陈敬容

我给你以我的凝望，

无言的大海，

我的凝望里有盛夏。灼热的骄阳

有时又冰冷，冰冷

像冬夜哭泣的月亮。

我的眼缄默地

啜饮你满满的绿意，

而我的双足随着帆影

徜徉在你遥远的边际。

有一天我将关上我的窗，

（我将收叠起梦的翅膀）

在黄昏里静静躺卧，

听你，听你的波涛讲述

一些云雾中的远方。

我这样每天数着

手中闪银的贝珠，

当我数完了最后一粒

为我歌吧，海，

我的倦眼将没入

你的丰满的深碧。

1942 年 6 月兰州

选自《盈盈集》，上海文化生活出版社 1948 年 11 月版

我用残损的手掌

戴望舒

我用残损的手掌

摸索这广大的土地：

这一角已变成灰烬，

那一角只是血和泥；

这一片湖该是我的家乡，

（春天，堤上繁花如锦幛，

嫩柳枝折断有奇异的芬芳，）

我触到荇藻和水的微凉；

这长白山的雪峰冷到彻骨，

这黄河的水夹泥沙在指间滑出；

江南的水田，你当年新生的禾草

是那么细，那么软……现在只有蓬蒿；

岭南的荔枝花寂寞地憔悴，

尽那边，我蘸着南海没有渔船的苦水……

无形的手掌掠过无限的江山，

手指沾了血和灰，手掌沾了阴暗，

只有那辽远的一角依然完整，

温暖，明朗，坚固而蓬勃生春。

在那上面，我用残损的手掌轻抚，

像恋人的柔发，婴孩手中乳。

我把全部的力量运在手掌

贴在上面，寄与爱和一切希望，

因为只有那里是太阳，是春，

将驱逐阴暗，带来苏生，

因为只有那里我们不像牲口一样活，

蝼蚁一样死……那里，永恒的中国！

1942 年 7 月 3 日

选自《灾难的岁月》，上海星群出版社 1948 年版

风箱谣

公木

咕哒，咕哒，咕哒……
风箱永不疲倦地唱着歌。
夏天煮绿豆水，
冬天熬小米汤。

咕哒，咕哒，咕哒，
风箱唱着歌。
世界闷在蒸笼里。
太阳的毒针炙干青草。
乌鸦变成了哑巴，
不再给农民们送警报：
"哑哑，鬼子打来了！
哑哑，鬼子放火烧！
老乡们，快快跑，快快跑！"

林大娘，你还不歇手吗？
汗水爬行在你老脸的褶皱里，
灶火要烤焦你花白的头发了，
你还不歇手吗，林大娘？

不，豆儿还硬，
我必须再添一把火。

说不定子弟兵
那会儿就打这里经过。
他们嗓子热得冒烟，
他们比火烧的干锅
还更加感到焦渴呀！

咕哒，咕哒，咕哒，
风箱唱着歌。
北风敲击着茅屋顶，
大雪查封了所有的道路。
蛐蛐儿躲在炕洞里，
给两岁的孙儿唱催眠曲：
"吱吱，爸爸去打鬼子！
吱吱，妈妈在妇救会！
小宝宝，好好睡，好好睡！"

林大娘，你还不歇手吗？
湿柴嘶叫着呕吐青烟，
涩泪从你红肿的眼里呛流了，
你还不歇手吗，林大娘？

不，小米还生，
我必须再添一把火，
说不定子弟兵
那会儿就打这里经过。
他们眉毛上挂着冰柱，

他们比冻结的水缸

还更加需要温暖呀！

咕啦，咕哒，咕哒……

风箱永不疲倦地唱着歌。

夏天煮绿豆水，

冬天熬小米汤。

1942 年 9 月 7 日

选自《哈喽，胡子》，五十年代出版社 1951 年版

夜深进行曲

林庚

夜收拾多梦的记忆

古老的河床它安息

折起的衣襟轻轻的

乃成为祝福的园地

踏过那平平的草原

马说着青山的神秘

大树下求群的旅人

他们辨识着那时计

天青得像一个坟墓

追寻梦寐的甜熟吗

一群的队伍低低的
绕过黑暗里的人家
从远远银河的声音
谁袄起昔日的沉重
他们有催眠的节拍
天地的人们在蠕动

五月里夜深的行列
他们浮过红的花叶
描绘那海的高潮吧
织成了更深的黑夜
异乡的情调在树下
留恋高岗的旅人吗
而行列是醒的群众
带去了夏季的变化

选自《文艺先锋》第 1 卷第 1 期，1942 年 10 月 10 日

秋之色

林庚

像海洋的生出珊瑚树的枝
像橄榄的明净吐出青的果
秋天的熟人是门外的岁月
当宁静的原上有零星的火

清蓝的风色里早上的冻叶

高高的窗子前人忘了日夜

你这时若打着口哨子去了

无边的颜料里将化为蝴蝶

选自《文艺先锋》第 1 卷第 1 期，1942 年 10 月 10 日

穷

臧克家

屋子里

找不到隔宿的粮，

锅，

空着胃，

乱窜的老鼠

饿得发慌；

主人不在家，

门上打把锁，

门外的西风

赛虎狼。

1942 年

载《泥土的歌》，今日文艺社 1943 年版

诗两首

王佐良

1

看他那直立的身子，
对着布告，命令，或者
将军们长长的演讲，
对着歌声和行列，对着
于我们是那样可怕而又愿
别人跌进的死。看他那直立。

那点愚笨却有影子，有你我
脆弱的天秤所经不住的
重量。那愚笨是土地，
和永远受城里人欺侮的
无声的村子。那点愚笨
是粗糙的儿女和灾难。

我们是长身的瘦子，
我们永远立在水边，
用敏感的文字凝思
不朽的绿树，不朽的蝴蝶，
我们容易伤风和妒忌，我们

烦腻，心薄得像嘴唇。

而嘴唇又薄又闹，像一张
拍卖行长开的旧唱片。

但我们凭藉正义，穿起了短裤，
要做所有球场的裁判员，
我们得体的愤激，在那些
看斗兽和强奸的人群里；
我们用手比画，或写了长长的
书，证明愚笨的优越。

于是你的兄弟和我的丈夫
愚笨而强壮的男人，昨天
还穿了蓝布褂去叩头，今天
给虫蛀，人咬，给遗忘在长途，
背负着走不完的山，和城镇的咒骂，
给虱子和疥疱，给你我吞灭。

然而他没有生命，没有享受，
也就没有死。愚笨是顽强
而不倒的，固执地，像你我的怪癖
长起来，生起来，大了粗了，
驼背的又挺起胸，我们发着脾气，
因为那些贱命的又直立。

记载了愚笨的历史，

又被愚笨开了玩笑。

2

我们变老，

我们的眼睛迷失，

我们的日子同我们的

话，一样琐碎，一样充满了恶意。

我们住在屋子里而没有遮盖，

我们赴宴而没有食欲，

我们受惊而又恐吓人，

我们看着各自的眼睛而咒骂。

我们是风季里的地。

你走在什么人之间？旁边是谁？

残忍的春天？不真实的春天？

你移动在河畔的雾里，

你看见所有你朋友的脸，

你看见而无法捉摸

你连自己也丢掉了影子

但你走在城市的人群里。

理论上的事情难得说，

理论要四月开花，要你在

太阳当顶的时候缩短

你地上水平的长度，

理论又使你哭泣，当你的
生长被阻挡，像你的手表
忽然有暂时停息。

什么人挥着手，挥着绿色的光？
河水又一下流动，春天又一下
闪动，我们的眼睛又一下转动，
生命，车轮，树林的灵魂，
孩子的啼哭，一点愚笨的欲望，
香气，女人的绸巾，反叛的
企图，你，我，都一下转动，
但我们变老，我们变老，
大地苏醒一百次，也死去一百次。

时间在绿色里尾追河水，
时间在无声的停止里却又
凝结，呆滞在我们的手上，成了
不朽的同谋者。我们都厚重
如小镇上绅士的脸
但我们却又落难在敏感的
都市，真实而又不真实的
都市。

黄昏的雾却是真实的
你寻着自己，如寻找大地
而忘了自己在水盆里的脸，

永远是丑恶的脸，因为
黄昏是曲线，而没有死角。
黄昏让你腐朽的窗木
做了天体的镜框，黑暗
又赠送了光。

我们忘了口角，
我们忘了埋在手里的头，
我们看见灯光，并在灯光之中，
但我们却有心里的一片黑暗，
稳住我们，安慰了我们，
使我们沉静，使我们听见
河水和时间的声音。

1942 年
选自《闻一多全集》（四）《现代诗钞》，开明书店 1948 年 8 月版，原标题
为《诗》"六"，"七"

深巷

孙望

风声，雨声，
停留在树梢上。
那年节的农乡，
（贫寒的旷野）

是越见萧瑟的。

几家曾见围炉夜谈的豪兴呢？

居家人和出门人

有一样的惆怅。

马厩里的瘦马久无人骑骋了，

出门人没有消息，

居家人没有笑容，

雨夜的深巷，

也不再有犬吠。

选自《诗星》1942 年 2 卷 4—5 期

赠友

袁水拍

小小的牛犊在山坡上，

尖尖的耳朵摆了又摆。

斜着的眼睛像榆叶的形状，

胆小地朝我望望。

背脊骨是弯下的，

腹部的肋骨一条一条，

稀稀的颈毛没有一点光泽。

一匹没有母亲也没有亲人的

小小的牛犊在山坡上。

选自《诗创作（桂林）》1942 年 10 期

冬天的忧郁

陆人

虫子安眠在冻土里
墙阴下堆积着残雪
这是阴冷的日子
阴冷的冬天

让我们互相携着手
到郊野走走吧
我们眼里埋藏的忧郁
留给我们燕赵的孩儿
当冰雪塞满了
辽阔的北方天地

朋友，你在想什么呢
是不是这时候
我们都穿上貂裘
已经和冬夜那样深了

朋友，你在想什么呢
看山，看水，看长城
看骆驼迈着沉重的步伐
让我们算算多少个昔日

在这儿我们忘记了忧愁

再算算多少更辉煌的日子

金色的阳光里又扬鞭

在荒原上骋马

是不是这时候

匈奴的马养肥了

在燕山脚下燃起烟火

我们吹动凄厉的号角

朋友，你在想什么呢

是的，正是这时候

朔风也一年年吹着

吹着那些往日消逝

吹着边草黄了

枯树张着枝丫

向阳光探取温暖

落漠的山河也向你

探取眼中的湿润

朋友，你在想什么呢

选自《辅仁文苑》1942 年 10—11 期

1943 年

誓

　　——写在一九四三年诗人节

冀汸

我永远和你在一起

同志

不喊"皇帝万岁"

不写一个字赞美木乃伊

不跪在地下亲吻凯撒的长靴

不谱制英雄交响曲献给拿破仑

不做一切爵位和荣誉的买卖

不要桂冠

不要欢迎会

不要豪华的晚宴

我死了

也不要赞美诗

不要铜像

好同志

我完全和你一样

"流血的人不是流泪的人"

我要的就是你要的

选自《诗江南》2014 年 1 期

落日

冯雪峰

太阳，野火似的，正要滚下西方的地平线，
赭色的云霞便在天边随意地泛游；
　浮在野边的海岛似的小丘，幻出了无穷的美，
旷野是到处地灿烂，浮动，
　　朦胧而又明丽！

　灰色羽毛的鸟儿，染红了肚子在空中翻飞，
一下儿投荒不见了；
　一株松树，一株峤立在野间的孤高的松树，
它的针叶便成为金色的光芒，
　　它的姿态是那样的乔伟，美丽，遐远！

　一只黄狗，衔着一只破草鞋，
在落日的光里，显得多么的不凡！
　哦，它的后影是模糊，浓暗，
它的面前却是这样的透明，辉耀，——
　　虽然也是苍茫。……

　——你，我的友人！这也是很好的时候！
在这荒野，这也是很好的时候！
　在这荒野，你面着落日，便如面着眼见的光明，

为了你不可侵犯的身份，

　　也为了你非凡的自信。

　　假如为了你前程的无限，也为了你界线的分明，

你看，你看！

　　透过那苍茫的，是怎样的傲然的脚步！

你看，你看！

　　跟那最后凝视的朦胧，是怎样的光的无边的

　　　明远！……

　　　　　选自《真实之歌》，重庆作家书屋 1943 年 12 月版

爱，一个接界？

冯雪峰

看那海波，那永远在滚着的海波！

那奔腾着又顿挫着，呜咽又咆哮，

像飓风席卷着冰雪的广漠的海波，

那永远在涌聚着，崩散着，

　　击退着，而又冲击着的海波！

它可是只有一个趋向，在一个大的呼吸里？

它可是想浸没这大陆，或者吸进这大陆？

而一个攻击，在这时候，可就是一个引吸？

再看我们的大陆！

它可是一个沉潜的拥抱，

　　就是一个最大的征服？

它可是在平静的巨大的喜悦里，——

踊跃着，用山峦的雄势，

平伏着，在开坦的广野的胸怀？

而它舞踏着，

　　蹒躅着，驰驱着，包围着，……

微笑地，然后伸入到大海？

那末，照着我的气分，根据你的解释，

爱可就是这么一个接界？

可就是这样分明，这样真实？

而我们可就是一个拥抱

　　对着一个拥抱？

而我们站立的可就是恰好的地位？

而无邪的悲泣，狂暴的欢笑，

展开的可就是这么开朗的把得住的世界？

然而回忆，或者向前看呵，

夕阳照射着孤耸的岩头，对着金色的森林，

可就是永恒的静穆？

飞鸟带着晴空和阳光的欢喜，

消失到天和地的接界，

可就是永远的活泼？

这就是我们的胜利？

这就是我们用眼前的喜悦

击沉了永远的悲哀？

选自《真实之歌》，重庆作家书屋 1943 年 12 月版

米色的鹿

冯雪峰

啊，米色的鹿！

黝绿的平野！我多么熟识！

仿佛一个单独的银色的波浪，跳跃在

　沉郁的湖面，

仿佛一只白鸽翻飞在碧玉似的青天，

仿佛太阳光点点地闪在森林的深处，

仿佛初下的雪飞舞在暗夜的大野的空间。……

啊，波涛起伏的丛山的海！

海似的暗黑的森林！我也多么熟识！

高峰和高峰竞走，相接而又相离，滚滚地

泻着奔飞的河；

　而米色的鹿在那儿游戏。

森林的尽头，连接着陡削的悬岩，

下面是深不可测的沟壑；

而米色的鹿一跃就跃过！……

但是，看！这也是多么好的一种景色！

太阳已经上升，而大地冻着一片的雪，

可是，多么美丽的荒野的雪地！

多么年轻的仆倒着的尸体！

他僵硬了的两手，还做着快跑的姿势，

他露出的半边的脸，还浮着不能收住的青春的微笑；

而冬日早晨的太阳正在照着，

而终夜被逐的米色的鹿，在颤抖着，

在不远的前面喘息着。……

选自《真实之歌》，重庆作家书屋 1943 年 12 月版

细雨

俞铭传

细雨压黄昏。

穿过网球场

蠕动着一朵褐色的菌。

栉比的窗户里忽然间电灯亮了，

双层的寄宿舍

梦想着伏在海上的"皇后号"。

雨大了。

院墙外的柏油路上

三五只水母游泳。

12 月 8 日

选自《诗三十》，北望出版社 1945 年版

郊

俞铭传

十二月的夜，

伸着 Mephistapheles 的手，

（手背上长满一丛一丛的黑毛）

在树枝上，在草叶上，在池塘上，

用冰霜制造着疲劳毒素。

就寝号在空旷上巡逻了一遭，

游魂们从泥土的缝里钻出来，

伸一伸懒腰，

行一次深呼吸，

手挽着手在林荫道上舞蹈。

耶稣的胸膛仰卧在十字路口；

他的头上，他的脚上，

他的左右手上，

四连串的路灯，

钉着四颗生锈的惊叹号。

1943 年 12 月 24 日昆明

选自《诗三十》，北望出版社 1945 年版

风

冯雪峰

风呵，吹过那山野，

　　疲劳的卧着的小草就都起来摇舞；

风呵，吹过那沙地，那不是大的海，

　　　　它也卷起了海浪似的尘雾；

风呵，号叫着吹过那高峰，那里只有一株孤松，

　　它就摇拨着自己，发出一片松林似的和声！——

风呵，它也吹过你，哦，朋友，你忽然也在荒野，

　　　　它就吹起了你的衣服，

　　　　吹武了你的脸庞，①

　　　　吹乱了你的头发，——

你的脸庞便格外的美丽，

你的头发格外地发光

你的衣服也格外显出了你美丽的身姿！

风呵，它岂但吹走了你的虚伪和娇嫩，

　　而且吹出了你的本色，闪耀着你的真实；

风呵，它岂但吹走山野的枯萎，

　　而且使山陵显出稀有的妩媚，使沙地生辉，

　　而且教松树发出壮勇的音乐！

风呵，使广野显出大的柔美的风呵，——

---

①武：浙江方言，有粗健、壮美和乌紫色之意。

朋友，我真爱你在风里的美姿，

我正爱你在刮风的大野里奔驰！

选自《真实之歌》，重庆作家书屋 1943 年 12 月版

我们的时代

冯至

将来许多城都变了形体，

许多河流也改了河道，

人人为了自己的事物匆忙，

早已忘记了我们：万一

想到我们，便异口同音地

说一声："那个艰苦的年代。"

这无异遮盖了我们种种的

愁苦和忧患，只给我们

披上一件圣洁的衣裳。

我们从将来的人们的口里

领来了这件衣裳，也正如

古人从我们口里领去了——

我们现在不是还常常

提起吗，从前有过一个

洪水的时代。

　　　　　　一个海边的

热闹的市镇，在前几天

还挤满了人，市集散后，
满街上还撒遍了鱼鳞。
但现在忽然这样寂静了，
街上遇不见一个行人，
家家的房屋都空空锁起，
好像是刚刚发掘出来的
一座古城。"是一个结束，
是一个开始，"正这样想时，
对面出现了一队兵士，
他们把这个市镇接过来，
像一个盛得满满的水盆，
像一块散开便收不起来的
水银，他们无时不在准备
抵御敌人最初的来袭。
一样的面容，一样的姿态，
化成一个身体。如今六年了，
那市镇化成无数的市镇，
无论我想到地球上哪一块
地方，便感到那市镇的寂静，
同时在我面前也起来了
那一队兵士。
　　　　　一座偏僻的
小城，承受了从未有过的
繁荣，从大都市里来的
人们给它带来了鼓舞，
也带来了惊慌和恐怖。

在一个熙熙攘攘的清晨，
欢欣正浮在人人的面上，
忽然在天空响起沉重的
机枪声，等到人们感到时，
四五个死者已经横卧
在街心，他们一样的面容，
一样的姿态，化成一个身体。
惊慌和恐怖从一切隐秘的
角落里涌出，立即湮没了
这座城市，繁荣也随着
商店里陈列的物品的收敛。
六年了，这小城化成无数的
小城，只要我想到地球上
任何一个城市，我就仿佛
看见在它的街头横卧着
那几个死者。

　　　　　如今六年了，
我们经验了重重的忧患，
无限的愁苦，还有一些人
表露出从来不曾有过的
丑恶的面目，让我们的心
这样狭窄；但我们一想到
那一队兵士，那几个死者，
他们便圣水似的冲洗着
我们的心，让我们感到
无边的旷远。

在这一次的
洪水里我们宁肯沉沦，
却不愿意羡慕有些个
坐在方舟里的人，我们
不愿让什么阻住了我们的
视线，不要让什么营养着
我们的抱怨。有多少生命、
多少前代的遗产，它们都
像树叶一般，秋风来了，
便凋落，并没有一声叹息。
我们珍惜这圣洁的衣裳，
将来有一天，把它脱下来
折好，像一个兵士那样，
正直地经过许多战阵，
最后把他的军衣脱下，
这时内心里感到了饥饿——
向着眼前的休息，向着
过去的艰苦，向着远远的
崇高的山峰。
　　　　　　我们到那时
将要拥抱着我们的朋友说：
"我们曾经共同分担了
一个共同的人类的命运。"
我们也将要共同欢迎着
千百万战士健壮的归来，
共同埋葬几千万死者，

我们却不愿意听见几个

坐在方舟里的人们在说:

"我们延续了人类的文明。"

1943 年

选自《中央日报》1944 年元旦增刊,原标题为"时代的诗",收入《十四行集》(文化生活出版社 1949 年 1 月版)时改为"我们的时代"。——编者注

高音诗

徐千生

(一) 祝福

今天早上我心里充满了祝福,

像我这间屋子充满了太阳光。

平常我这间屋子是很阴暗的,

因为这个城市一年四季都是雾。

但是我这些祝福将带给谁,

这样深沉又这样众多的祝福?

我把它夹在一封书信里,

带给我尚在故乡的年老的父亲,

要不还是带给一个女孩子?

但是今天我没有这样作,

我现在在想着怎样把它们

带到一些不知道名字的地方去，
带给一些不知道名字的人，
一个工场里的机器工人，
一个在擦着枪膛的士兵，
或者一个在麦田里的农民，
他们的面孔对我都是陌生的。

我从来没有有过这样多的祝福，
因为从前我生活的圈子可悲的狭小，
而且我几乎吝啬我的祝福，
像一个一毛不拔的守财奴一样。
而且我甚至把祝福看作装饰品，
安置在我纤细的多思的脑子里，
而我就好比一位仔细的清玩家
一面抚弄它们，一面欣赏。

人的想象有时候会有多么古怪！
许多个陌生者竟像一些好朋友，
不打一下招呼就闯进想象的门坎。
在这个满是阳光的屋子里，
我是一个人，只是一个人。
我觉得有一种不可思议的，
无名的感激涌到我的心上，
一种不可抗拒的力量。

这就是祝福。我对自己说，

凡是深沉的祝福都非常单纯，
不容易也不能用文字去表现它们。

（二）新生

人死了可以活第二次吗，
像植物一样枯萎了又发新芽？

当我早晨行走在一片树林里
呼吸着清凉又新鲜的空气。
我看见了一棵秃头的芭蕉。
在她那很早就落尽了叶子
并且已经腐烂了的身干旁边，
有一棵微苗的新芽刚刚出土，
它小小的头上顶着一星星露水，
使人想起它就是生命的甘露。
我观看，我又观看，一种冲动
使我低低的喊："呵，好弟弟。"
我想我就是他同胞的哥哥了，
因为我刚刚和我的过去告了别
而且它已经被埋葬得很深。

（三）生命

生命是无处不在的。
看这里是一条蚕，

看这里是一撮蚕。

我们每个早晨都去采桑叶，
采那些还带有露珠的桑叶，
采那些最绿的最嫩的桑叶。
采桑的人和吃桑的蚕一样忙，
蚕吃了桑叶长得快！长得壮！
长得又肥又长又饱满！
很快的我们的蚕要上山了。
像是在出嫁前夕的少女们
很羞涩地躲在屋子里面，
它们躲在自己结成的茧子里。

生命是无时不在的。
看这里是一只蛾，
看这里是一群蛾。

每个茧子都开了一个洞，
每个洞口都爬了一只蛾子。
母亲们的肚皮马上就胀大了，
因为里面都怀孕了孩子，
而且是很多很多的孩子。

最后临盆的日子终于来到，
临盆的母亲日夜辗转，
既不皱眉也不叫唤痛苦，

只是不断地生儿育女，

撒满床上像一天星子。

（四）想象

我仰头，一朵云刚刚走过，

一朵轻捷的，一朵快乐的云。

我不晓得它得跑到哪儿去。

或者它得在一个地方停住，

在一个它愿意停住的地方停住。

然后我看着无云的天空，

我不晓得我在看什么：

这个明净空阔的天空，

并没有什么足以吸引我呵。

我觉得我是行走在另一块土地上，

一块土地充满了信心和希望。

我走到大街上，又走到乡下。

我觉得我是和另一种人民在一起，

我并不认识他们，完全生疏。

我觉得他们和我握手，

并且大方地向我点头，笑，

用一种我不习惯的称呼招呼我，

使我感到一种羞涩的欢喜，

像我最初听见情人的耳语。

我觉得那块土地发光的亮，

比我们这个城市的天空还明朗。

我觉得那些人民的手心特别热，

手指头上满是茧，好粗糙！

我觉得我是和他们吃着饭，

我觉得我娇嫩的肠胃吃不消，

因为那种米非常粗糙非常小。

我觉得我是在出席一个集会，

在听一位天才的长篇演讲，

我觉得每一个听者的眼睛，

都像是太阳底下的闪光的小池塘。

每一个脸颊都发红褐色

仿佛在嘲笑我这个少年人的苍白……

但是又一朵云！又一朵云！

你这朵云呵将跑到哪儿去？

你这样匆匆忙忙为什么，

你这样放纵，没有遮拦？

我多么希望能够对你说，

像雪莱对西风说的那样：

"我是太像你了：不驯、敏捷和骄傲。"

虽说我现在并不喜欢雪莱，

虽说我居住的地方像狭的笼，

虽说现在我写这首诗

还不得不凭藉单纯的想象。

选自《国民公报》副刊《文群》，1943 年

无题

郑敏

金黄的稻束站在

割过的秋天的田里，

我想起无数个疲倦的母亲

黄昏路上我看见那皱了的美丽的脸。

收获日的满月在

高耸的树巅上

暮色里，远山是

围着我们的心边，

没有一个雕像能比这更静默

肩荷着那伟大的疲倦，你们

在这伸向远远的一片

秋天的田里低首沉思

静默。静默。历史也不过是

脚下一条流去的小河

而你们，站在那儿

将成了人类的一个思想。

　　选自《明日文艺（桂林）》1943 年 1 期，收入《诗集一九四二／一九四七》，（文化生活出版社 1949 年 4 月版）时改为"金黄的稻束"

陌生的夜

顾视

星子镶在沉蓝的天空上：
黄昏的影子流在林荫里，
一响古寺的钟声，
叩紧芦苇叶子的萧萧。

憧憬里还有一支雄壮的朝阳，
老马漫步着幽阴的暗夜，
夜风像一束少女的柔发，
伫立着，望一眼混浊的流波。

不是怅惘翅子的扇打，
流星轻落在水纹上，
是陌生夜的凄依吗，
不同的方音诉说了异趣的故事。

选自《中国文艺》1943 年 8 卷 5 期

十四行

刘荣恩

经过死亡的幽谷，寂寞得要哭，

乡间风光，渡过江海，小池塘，

一滴一滴的恋意珠散在去程上，

要带回去的惦念给我心痛的。

竹香中江南的雨点掉在脸上；

灰色天，黄的扬子江压在心头；

向友人说什么，看看船后的水沫，

下站是九江了，着了岸是半夜；

我所站的地会应着远地人的心。

长江的尾巴长长的拖着渔村，

头向远处去探更远离她的埠头；

骑在江背上没有言语寂寞着看水。

没有辞别，走得很快，上了船，

几时才能看我北国的云和我的荫。

选自《艺术与生活（北京）》第 22 期

最后的隐者
——怀枪的恋人

夏穆天

嘈耳的

啁啾的群鸟

锁雾的岩洞的松涛

久别的是

耀眼的阳光

下边的海水

泛滥又泛滥

自由的女神

轻轻地扣我深闭的门

蓝色的海水在歌唱

来吧！弟兄们

歌声里

请交还我的刀剑

我的

怀枪的恋人呀

在麦田，在沼港

你粗犷地

唱着黎明的歌

抚你两臂的

阳光

便是我的金发呀

我欢喜得流着泪呢

当你们

集结在广场上

向邻村进发

那如旗一样

高走在前边的

便是我光荣的

怀枪的恋人呀

选自《新学生》1943 年 3 卷 3 期

市街颂

林檎

市街比河流更美

　　　河流的响声古旧又单调

　　　河流的生物冷酷、残忍

　　　　　恋爱、牺牲

我们却是思想、善良、果敢、宽容

怀着一颗热炽的心的市民。

我们没有彼此

我们的彼此是"正义"！

即使在黄昏

我们的眼色也如黎明！

即使在湫隘的陋巷

人家的屋脊也有司晨的瓦鸡

　　　　有一盆生气勃勃的小花草

晚风里，卖花郎唱：

　　　"白玉兰花玫瑰花；

　　　一文钱买朵茉莉花！"

而老处女便以廉价买回

青春

青春!

(在我们的市街里谁没有青春呢?)

暮色苍茫

市民们便唱着他抒舍疲劳的歌

　　歌里虽有苦难与哀伤

　　　　感叹与徬徨

但在憩睡以后的黎明

他们又把生命投回

沸腾着的市街

　　　选自《新亚》1943 年 9 卷 3 期

简友

沈祖棻

久不见弹吉他而歌的诗人,

眉宇间还有那一点幽怨吗?

湘江染碧的青衫早满是尘土,

夜雨会知道我们两地的怀念:

因为我们同住过一角小楼,

爱在夜间同听潇潇的雨声,

和着书页的飒飒, 笔触的沙沙,

小窗灯影下的趣味是闲静的。

但也曾在寒夜同为警报惊醒,

在防空洞微弱的烛光下读诗。

流亡者的屋宇是整个的空白，

文雅的芳邻遂为唯一的装饰。

忘不了你初见时处女的温静，

和在老友面前的伉爽的谈锋，

如今谁是那临街小楼的主人？

岳麓山畔还有我们的足迹吗？

你还在月明之夜弹着吉他吗？

仍有清晨的歌声惊醒你的邻舍吗？

在灯光下写着清丽的诗句，

你是有更多的江南战后的怀思；

但我已失去了那时围炉的情趣。

凋谢的诗意渐在我笔尖上僵死。

然而在寂寞的久病的床榻上，

我仍爱听又怕听长夜的风雨，

不知道在远方怀人的永夜，

你的琴弦上也有风雨声么？

选自《长风文艺》1943 年 1 卷 3 期，署名"绛燕"，收入《沈祖棻程千帆新诗集》（陆耀东编，武汉大学出版社 1992 年版）时改标题为"柬孙望"

浅显的经验

沈宝基

再不唱艳情的歌

不唱变心的离合

如我真能回春

我一样要犯从前的错误

青春果然值得惋惜

眼前岁月的平凡却所期待的

在昔缘何太忽略

绕遍地球的翠绿呢

我的注视偏喜停留在

几个红与黑的点上

如今我不复梦无凭

神女不复为我崇敬

岂是真的人道是我已失去了心

平稳安静

行于吐芳的花浓

平稳安静

行于落花的狂风

一向的哭泣与叹息

仅换得这浅显的经验

从此只肯微笑了

我怕剩余的笑容

又将浪费成冷雾寒雨

选自《北大文学》1943 年 1 期

宝丰之围（《奔涛》第一卷节选）

秦佩珩

　　谨以此诗敬献给刘迺仁，陆志韦，郭绍虞，王西征，凌淑华，五先生。

　　"孙传庭字白谷代州振武卫人。魁岸多大略，秦抚甘学阔不能讨贼，秦之士大夫哗于朝，乃推边才用传庭。……十五年三月自成再围开封，帝听宜兴言，出传庭于狱。命将禁旅往援河南改督关中。十月汴城陷，援师亦败。传庭上书自劾，诏令图功自赎，特赐上方剑以重其权。传庭归陕，力主固守潼关，扼京师上游，且以我军新集，不欲速战。而关中岁饥，驻大军，饷告匮。士大夫方厌苦传庭之用法严也，不乐其在秦，复哗于朝曰：'督师玩寇糜饷'，咸上书迎帝意催战……催战益急。传庭顿足叹曰：'吾固知战未必捷，然大丈夫岂能再对狱吏乎！'十六年八月，出师憧关，旌旗兵甲，连络数十里……"

　　　　　　　　　　　　　　　　　——赵吉士续表忠记

　　"九月孙传庭复宝丰。进次陕县，李自成迎战，尽败之。传庭以兵乏食自退，贼追及之，还战大败。以余众退保潼关，十月李自成陷潼关。孙传庭死……"

　　　　　　　　　　　　　　　　　——明史庄烈帝记

　　"壬午夏，赴战闯冠于襄城，重兵涉远，贼兵奄至，秦兵尽溃。甲马无一遗，诸将帅仅以单骑走免。传庭归募卒实伍，而马匹绝少，即限诸将共输以赎襄城覆阵之罚。骑兵稍足，暨岁余募兵甫四万，而孩稚伦野之卒居多，练习未备。传庭意坚守，俟较武娴熟然后赴阵，而闯冠方横驰于汝汴河洛之间。癸未秋，廷议诏传庭出关剿贼。传庭意且不奉诏，而伪张师期以骇贼。闻益集劲兵数万，虑不支，而张献忠方在蜀，乃遗书献忠，言孙督甚强，破豫必移兵于蜀，唇亡则齿寒矣，不可不助也，七月二十五日，献忠遣精兵万骑助闯，闻势益盛，然孙意且不出关。秦抚冯师孔数言：顿兵久安，非朝廷命战意也。且寇日强横，将何所终？传庭曰："出师有期，当图万全以报朝廷，无烦中丞虑。"冯故督之行曰："行师既有期，甚善。"命从吏速治酒，饯督师。既饯，孙不得已，即于八月二十日治兵出关剿贼……"

——钱馘甲申传信录

一

黑衣披发的战神，大步迈下祭神坛，

在饥饿线上，凶暴地扇着翅膀，

为呈示他那无比的雄威，吩咐北风把战云从延安送到函谷西。

　在战歌缭绕起的地方，

有建筑巍峨的古寺，有夹径蜿蜒着冷清清的桃林；

杏花开时，赤茶色的鹁鸪鸣的声音嘹亮，飘上丁香，

唤醒东风，唤醒羊群，唤醒了荒凉的少女梦。

天畔，高峰下，紫骝色的云，吸着山涧之雪，

美成一只凤凰，摇着彩羽，

飞到长川落日的所在……猛回头，

峰峦睥睨着的深处，群树间，

浮起了一座薄雾的重楼叠垛的关隘。

那里碧云压着高垒，北面接连一个牛羊结群的渡口，

南面便是涧水流出的秦岭；

长年的深谷流水积成了冰河，

造成中州万里沃野的绿原，

谁会知道这控制着长安咽喉高空上头，

曾有英雄喋血襟山带水的岩关，

　　滚滚的浊流，盘着崖谷向东流去，

黄莺在碧空里翱翔；娇音回环，

从东山传到西山。

大道笔直地通着要衢，舟车辐辏，

远望锯齿似的城郭升起一缕炊烟。

　　三四万居民蚁屯蜂聚在这负山面水的关隘里，

夏日，贫民在南山下，搭起绿荫荫的瓜棚；

已被人类，遗忘了的哀鸿，

在这处的山林里唱着，好像在同情

那冬日风雪中的乞儿眼泪

映着荒山孤庙里的孤灯。

黄昏降临的时候，黑幕笼罩着街城，

富贵人家的庭院，粉墙结着回廊，

牵牛花永远起腻似的纠缠着古松。

　　郊外，远山贴着暮云，

野田里团团鬼火烧起阡陌上的白杨。

谁骑在瘦驴背上斜过了这荒原之上呢？

是一位失散了的田家妇。

流浪的途中，正在幻想一只杳无音息的征魂。

一片片不知是血还是泪！

随着迷离的群树走。

　　一阵忧郁的叹息，随着鞭声从山谷疾驰而来，

似在怨恨一串串消逝的年华。

僻静的日没原野，幼狐哭着青冢，

路旁的老人涕零着谈起了旧事；

春天里，晨鸡喔喔唱晓了人家，

静穆的山村，灿烂地怒放了桃花。

二月晨曦中，家家春牛翻土，

赶紧地种上了新谷。

夏季的河岸上，丛密槐林，响彻着断续的蝉声。

炎热消逝，中秋节来临了，万里云树，草原上酸人的葡萄，

紫泥色的挂得枝头累累，热闹的棉田里，

壮年的农夫又正响起了镰刀。

年节刚到，家家户户门前贴得花红柳绿，傍晚

辞灶了，孩子们吃着糖饴说声喜欢。

　　河水汛滥的时候，北关外终日荡动起扁舟，

万里汹涛扫荡着狂奔的黄沙，

浊浪把岸草冲成拗折，

阵阵雁声随着远谷的晚霞沉落，

远去了，哀音悲惨而凄厉，

正如一阵急落的芭蕉雨，

催着深夜佛殿前的一盏青灯，

使人陡然描想那帝王之都里，一位

宫门深锁永巷佳人，

对着行将落尽的残枝，捧面而泣啼……

　　阴暗，凄惨，罪恶，跟着战神降临了，

紧张的空气充满了大街小巷。

南山下的土窖里，苍蝇飞着旋风舞，

凶蛮的撒娇，墙头上，

布满了朵朵乌云似的翅膀。

卖瓜的老人，一面用野蒲抽打这群顽皮的小动物，

一面望着一局正在决胜负的残棋，

叫你怀疑他不会还能用锋利的刀匀整地切下了

那许多立体的三角块：一块两块？三块？……

谁知牧童的笛声送走了这孤城的命运，

无言地送来城草上来年的血腥，

这串串哀怨之曲，尚未沉下的当儿，

讨寇的檄文在关西封封告急了……

　　附记：此诗凡三卷，共长一千二百行。首卷为宝丰之围，次卷为南阳秋色，三卷为潼关末日。此为描叙李自成破潼关，孙传庭死节的故事，全文过去曾寄上海文林月刊未及载出，毁于炮火。圣诞节来临，迺仁神父复以文相要，乃就首卷所记忆者，复补写之，然亦非庐山真面目矣！聊草此文，一祝圣诞一答知遇。

　　　　选自《公教学生》1943 年 3 卷 1 期

歧路

冯至

它们一条条地在面前

伸出去，同时在准备着
承受我们的脚步；
但我们不是流水，
只能先是犹疑着，
随后又是勇敢地
走上了一条，把些
其余的都丢在身后——
看那高高的树木，
曾经有多少嫩绿的
枝条，被风雨，被斤斧
折断了，如今都早已
不知去处。

    朋友们，
我们越是向前走，
我们便有更多的
不得不割舍的道路。
当我们感到不可能，
把那些折断的枝条
聚起来，堆集成一座
望得见的坟墓，

     我们
全生命无处不感到
永久的割裂的痛苦。

1943 年

选自《十四行集》，文化生活出版社 1949 年 1 月版

山水

杜运燮

是我们的敬畏、羡慕
撑起这天空的崇高，
这些紫色弥漫的雾，给
奇山异石新的安排：
幸福的灵魂正有无数丘壑；
有利斧竖立，有的半隐
如灵感般羞怯。远的已经不见，
童年记忆的大半都已被淹没。
雾只溶解，不动；孤独的
情人遗落了自己；树不见叶，
屋不见窗，山坡不见崎岖，
都只为没有走进太阳长箭的射程。
所以小楼上，也许有许多幻梦的眼睛，
推窗越过电线，凝视晨山的蓝色
有海水的深远与诱惑，想自私的海边人
当还在颠倒的梦里徘徊，城郊的农民
开始活跃，听得见街上挑菜的脚步声。

所以夏天的水有秋的凉快与明净，
静静地从夜的残余里流出来，
没有喧闹，一样渴望到陌生的地方去，

船户的双桨没有伸进水，桅杆是湿的，

江心小舟上的渔人如一个布袋子，

看风景的人便跟着流，流，仿佛

坐着飞机，一程程溶进粉蓝的天宇。

1943 年

选自杜运燮、张同道编选《西南联大现代诗钞》，中国文学出版社 1997 年版

水上

杜运燮

一直就在流，时间卷带一切；

薄薄的船板载着安全，江水

满足的自语无非是一种发泄，

摇桨声提醒你原始的堕落，

那黧黑的手足、面孔也藏着火；

燃烧，燃烧，都为这壮丽的表现。

两岸多是野草野树，久远的风

仍是那样吹拂，讨人欢喜，行人

都是匆促的，引不起乡愁；

暮霭淡而稀薄，一天累积的

沉淀没有淹过山头，朴素的云，

朴素的天色，水本来没有颜色。

荒草间经营着人家，吐不出

预备晚饭的兴奋，风吹叶落

黄色水泡里旋转着腐臭的

什么，一只寂寞的萤火虫

太早点灯了，水里没有景物，

是永恒的流动使我们晕眩。

有了无尽的流动才珍惜寂静，

没有城市的地方才有栖云

歇雪的高山。孤独者太罗曼蒂克了，

沙漠上的风景笔触更轻柔，

黄昏战栗着走近黑暗：也许

就是今晚，月亮会笑着迎出来。

1943 年

选自杜运燮、张同道编选《西南联大现代诗钞》，中国文学出版社 1997 年版

1944^年

等待（其二）

戴望舒

你们走了，留下我在这里等，
看血污的铺石上徘徊着鬼影，
饥饿的眼睛凝望着铁栅，
勇敢的胸膛迎着白刃：
耻辱粘着每一颗赤心，
在那里，炽烈地燃烧着悲愤。

把我遗忘在这里，让我见见
屈辱的极度，沉痛的界限，
做个证人，做你们的耳，你们的眼，
尤其做你们的心，受苦难，磨练，
仿佛是大地的一块，让铁蹄蹂践，
仿佛是你们的一滴血，遗在你们后面。

没有眼泪没有语言的等待：
生和死那么紧地相贴相挨，
而在两者间，颀长的岁月在那里挤，
结伴儿走路，好像难兄难弟。

冢地只两步远近，我知道
安然占六尺黄土，盖六尺青草；

可是这儿也没有什么大不同，

在这阴湿、窒息的窄笼：

做白虱的巢穴，做泔脚缸，

让脚气慢慢延伸到小腹上，

做柔道的呆对手，剑术的靶子，

从口鼻一齐喝水，然后给踩肚子，

膝头压在尖钉上，砖头垫在脚踵上，

听鞭子在皮骨上舞，做飞机在梁上荡……

多少人从此就没有回来，

然而活着的却耐心地等待。

让我在这里等待，

耐心地等你们回来：

做你们的耳目，我曾经生活，

做你们的心，我永远不屈服。

1944 年 1 月 18 日

选自《灾难的岁月》，上海星群出版社 1948 年版

求诉

　　——给 Ray

阿垅

曾经，我踯躅在河边

一朵洁白的花开得多好

好得不敢伸手就采。

　生命啊！……

痛苦也是高贵的享受

我享受过最好的一些了！

生命是

在江岸，项羽提着自刎的头

在狱底，苏格拉底吞掉人馈的酒。

　我叹赏于敌人底剑底光彩底力量

那剑像一头挺角的牡鹿

正盛怒地

向我满胸撞来！

　当满捧珍珠时

我倒无法持取，无法摩抚了，

只要最亮丽的那里面的一粒——

不

我要把它撒到天空

作星。

　不要爱惜自己底尸体吧

不要蓝玉雕的棺材，

不要赤金打的大门

不过于爱惜自己吧，

有满地的花丛在

有满天的繁星在。

为个人的自私是坏的

为一个以上的是好的

——在爱情我大胆地自私了！①

我们底四面是坟地，

而坟上啊

是比我们身材更高大的丛芦

没有嘴巴的，用风唱！

没有机能飞或爬的，用风摇摆

生命是这个！

一切好的存在底肯定。

露珠不是干掉

是被麦苗吸收了

麦穗更青绿；

红果肉不是腐毁了

是果核中有果仁要和人类见面说话

——要结更多的红果实

要更多更多长红果实的树林。

---

①周良沛自阿垅手稿选编《无题》（湖南文艺出版社 1986 年版）中此句为"——爱情最难于容受一切不属于它自己底东西/然而，没有条件而完全给与。"——编者注

即使说是一支纸烟
生命也不理解作最后的灰烬，
想一想时
现在在灵魂里蠢动起来的是什么？
——不是烟味底悠久吗？

今天种的花
在明天
开呢。

有从石壳里冲出的火浆
有从树根下渗透的温泉
有从沙丘中磨亮的金粒。

只是满路的荆棘与群猪！
而且我知道不远我们就要倒下的，
但是我拔除
悲哀的是
猪们先挥着短尾巴过去了！……

你向我祈求毁灭么
我不是什么美丽的暴力，
即使台风与雷霆
也得带来辽远高爽的大晴朗
带来七色虹
我是肯定世界的；

我更肯定世界地肯定你!

　　棕色羊惊奇地瞠视
村犬,连吠叫的脾气也没有了
轻悄地来了,立刻又轻悄地走了
小孩子在旁边学样
成年人照常来往与耕作
一切为了我们底安静!
自然指挥着秩序。

　　生命呵
是人,赋与了人形的
于是非生物
也庄严与流盼了。

　　1944 年 3 月 8 日成都
　　选自《文艺杂志(桂林)》1945 年新 1 第 3 期,署名"亦门"

乌鸦

南星

我的庭院中遗留下了什么呢?
风携带了雪呼啸地奔驰,
而我在阴暗地黄昏的窗前
伫立了一点钟,两点钟,三点钟,

觉得五十年没有人来过了，

而且所不见鬼灵的轻细的嘘叹。

我却忽然看见站在屋顶上的，

疲倦而又严肃的，不瞬地注视着我的

一只乌鸦，像是也等待了五十年，

又像是刚刚经历过一个艰险的长途旅行

于是我有所希冀地用力地凝望着它，

等待它开口说一声"我从花溪来"。

　　　　选自《中国文学（北京）》1944 年 1 卷 3 期

金色的橙子
——赠 C. J.
赵瑞蕻

爱，你是喜欢金色的橙子的，

秋光绚烂中的一片明辉的欢笑。

我记得那个芭蕉味的黄昏，

你那么孩子气的又那么爱娇，

独自跑向响满牛铃的泥泞的街头，

擒住几只鲜橙进来："你瞧，这多好！"

你从书橱上取下茜红色的瓷碟，

还有一把镂花的银刀……

（这记忆也是橙色的呢。）

你——抚摸这些大自然骄傲的孩子
你在窗前展开一幅乐园的美景——
那儿有翠羽鸟，高翔着的百灵，
神异的蟒蛇盘踞在幽深的树丛下；
原始林中有做着昼梦的红狮的家。
清泉在玫瑰花枝下流逝着玎玞，
一派碎玉的啼声投落在嫩绿的湖中。
啊，那儿一切都是清新，香甜和奇异，
我们漫游，终日无忧地逍遥；
云变幻，星星闪烁，木叶的萧萧。
五月，在橙花间盖了我们轻暖的窝，
十月，枝头挂满了累累的金色的果，
柔和的爱随着你的歌声飘落；
季节的醇醪醉了你在果园中睡，
圆熟的橙子便往你裙里流星似的下坠。

金色的橙子，你啊，生命温暖的象征，
阳光和流泉酿成了盈盈的柔情；
（流泉赐给你心肠水一样的清净，
阳光造就你鲜美的容颜，圣洁的核心）
你染着山林清气和原野的风情，
大地泥又滋长了你一分坚贞。

你离别了家乡的故枝，在凝露的清晨，
烟霞中你上了长河中乌篷的果船，
于是，你开始又喜悦又惆怅的路程。

谁能预料你命运中的风雨阴晴？
谁能猜度你将向哪双手掌投生？
谁知道你将往哪个方向航行？

爱，你是喜欢金色的橙子的，
秋光里开出一朵朵欢愉的花；
今年橙子为你长得分外丰硕，
鲜嫩的果皮仿佛落日的云华。

如今你还跑向街心，还那样爱娇，
还手剖新橙，犹如写你的诗篇？
或似一枝怀着多情心意的春桃，
随着你的韵律在记忆里曳摇？

然而，我愿你以那双眼眸凝视我，
永远寻觅那乐园里的无边的欢乐；
犹如夏日的永昼，繁荫芳菲的山林，
在那儿，爱，橙色的梦魂随风飘过。

　　　1944 年 5 月，重庆，柏溪
　　　选自《时与潮文艺》，1944 年 2 卷 5 期

初夏

赵瑞蕻

当薰风拂过这苹果形的星球时，
野生蒲公英向蓝天飞散鹅白的种子，
似向人间传递季候变换的消息。
明净的窗玻璃上爬着，爬着沉思的金蝇，
嗡嗡的昼午梦入了远方故园的梦里，
仿佛在沉沉的院落听梁上清脆的呢喃。
啊，初夏是有娇滴滴的新娘子的香味的，
牛乳、茴香、罂粟花，婴儿肌肤的香气；
你不相信吗？你嗅，闭上眼睛！

生命的酵母酿成了一瓮浓烈的酒，
蔷薇和红蛇莓醉得满脖子的绯红；
羊齿植物在幽径炸裂了紫色的胞囊，
晴空回响着鸽子的夐辽的风铃；
田野是新婚的床，稻秧编成翠绿的流苏。
这时候，人们的思绪染上欢快的色彩，
季节缔结了快感和热情的婚盟。
郊外是辽阔的，心灵是希望的家，
初夏迷惑的风采，如赛尚的水彩画。
有一个穿水绿罗衫的年轻的女郎，
撑着把遮阳伞，从槐花深处走出来：

"明儿见，你瞧，多恼人明媚的天气！"

不知何处已经有悠长的蝉鸣了。

1944 年

选自《时与潮文艺》，1944 年 2 卷 5 期

在天晴了的时候

戴望舒

在天晴了的时候，

该到小径中去走走：

给雨润过的泥路，

一定是凉爽又温柔；

炫耀着新绿的小草，

已一下子洗净了尘垢；

不再胆怯的小白菊，

慢慢地抬起它们的头，

试试寒，试试暖，

然后一瓣瓣地绽透；

抖去水珠的凤蝶儿

在木叶间自在闲游，

把它的饰彩的智慧书页

曝着阳光一开一收。

到小径中去走走吧，

在天晴了的时候：

赤着脚，携着手，

踏着新泥，涉过溪流。

新阳推开了阴霾了，

溪水在温风中晕皱，

看山间移动的暗绿——

云的脚迹——它也在闲游。

1944 年 6 月 2 日

选自《灾难的岁月》，上海星群出版社 1948 年版

黄金国

俞铭传

马哥孛罗的黄金国

是一个神秘的珊瑚岛

绞尽冒险家的脑汁。

让苏丹的仓库锁在地下，

飞蝗扫荡了花和叶，

臭虫藉人血而繁殖。

夸耀着五千年的寿命，

绿毛龟在泥泞里冬眠，

骨骼中沉淀了过分的石灰：

自从麒麟的末裔中了猎人的箭，
凤凰的窠里
孵出倒毛的黑鸡：

中庸的圣庙里供奉
极端的正名的偶像；
写满格言的经典
做了生活的替罪羊。

溜之大吉的阿 Q 的辫子
像不像和平女神的翅膀？
田园诗人神往的
秋海棠的叶子
原是西班牙的斗牛场。

淮南的橘变成了淮北的枳，
而且历史还是一张底片：
民主和独裁演着双簧，
卢骚的名字解释了荒淫，
科学的理论用作发财的本钱，
宗教建筑了现世的龙门，
罂粟花开遍都市与乡村。

五岳上的松柏
不死也不生；
稻麦一代又一代，
田地中的元气已经拔光：

为着土质的肥沃，

需要一次洪水的泛滥。

　　1944 年 6 月 19 日马坊

　　选自《文艺复兴》1946 年 1 卷 1 期

偶成

废名

行树之影，

古今之身，

又是小孩子的涂鸦，

又是女子的梦幻，

却在明月之下，

却是感伤的颜色，

声音也不落在画以外了。

　　选自《诗领土》第 3 号，1944 年 6 月 25 日

示长女

戴望舒

记得那些幸福的日子，

女儿，记在你幼小的心灵，

你童年点缀着海鸟的彩翎，
贝壳的珠色，潮汐的清音，
山岚的苍翠，繁花的锈锦，
和爱你的父母的温存。

我们曾有一个安乐的家，
环绕着淙淙的泉水声，
冬天曝着太阳，夏天笼着清荫，
白天有朋友，晚上有恬静，
岁月在窗外流，不来打扰，
屋里终年长驻的欢欣，
如果人家窥见我们在灯下谈笑，
就会觉得单为了这也值得过一生。

我们曾有一个临海的园子，
它给我们滋养的西红柿和金笋，
你爸爸读倦了书去垦地，
你呢，你在草地上追彩蝶，
然后在温柔的怀里寻温柔的梦境。

人人说我们最快活，
也许因为我们生活得蠢，
也许因为你妈妈温柔又美丽，
也许因为你爸爸诗句最清新。

可是，女儿，这幸福是短暂的，

一霎时都被云锁烟埋；
你记得我们的小园临大海，
从那里你一去就不再回来，
从此我对着那迢遥的天河，
松树下常常徘徊到暮霭。

那些绚烂的日子，像彩蝶，
现在枉费你摸索追寻，
我仿佛看见你从这间房
到那间，用小手挥逐阴影，
然后，缅想着天外的父亲，
把疲倦的头搁在小小的绣枕。

可是，记得那些幸福的日子，
女儿，记在你幼小的心灵，
你爸爸仍旧会来，像往日，
守护你的梦，守护你的醒。

1944 年 6 月 27 日

选自《新中国月报》1946 年新 1 第 2 期，收入《灾难的岁月》，上海星群出
版社 1948 年版

江雨中

刘荣恩

听见的是船的轱辘声；
近岸有渔船的火，鬼灯笼……
在江水声中
十一月的夜雨下
在甲板上走——
在异域人的船上
走末一里祖国的水路。
扬子江的夜雨中
在夜底甲板上
放逐人走着，来回的走着；
惦念着在雨中哭，
看不见的故国的水村。

选自《艺术与生活（北京）》38、39 合刊，1944 年 6 月

无题

阿垅

不要踏着露水——
因为有过人夜哭。……

哦，我底人啊，我记得极清楚，
在白鱼烛光里为你读过《雅歌》。

但是不要这样为我祷告，不要！
我无罪，我会赤裸着你这身体去见上帝。……

但是不要计算星和星间的空间吧
不要用光年；用万有引力，用相照的光。

要开做一枝白色花——
因为我要这样宣告，我们无罪，然后我们凋谢。

> 1944 年 9 月 9 日，蜗居
> 选自《诗垦地丛刊》1944 年 6 期《百色花》，署名"圣门"

街

蔡仪

房子只是面对面的站着，
谁也不和谁招呼一下；
人们只是面对面的走过，
谁也不和谁说一句话。

这里是开店周年纪念，

那里又是秋季大廉价，
外面贴满了红绿纸条儿，
里面在吹吹打打。

人们都停了脚步来张望，
也有几个到店里绕了一圈，
眼睛忙着看了这样又那样，
手在口袋里捏住一把冷汗。

店门口蹲着一个黑瘦的少年，
睛紧盯住每个人的脚尖
"擦皮鞋吧？先生，擦一擦吧！"
声音带着一点饥饿和嘶哑。

右手旁的那个什么店里，
正敲着铁锅叮叮当当，
随着这声音一齐飘来了，
一阵阵中午的饭香和肉香。

忽然街心的人向两边逃窜，
接着是一片唏哩哗喇的声音，
接着是黑泥水向左右飞溅，
一辆汽车威武地冲过街心。

而从前巷里又转出了一个汉子，
手提片锣，肩上坐个猴子

背后跟着一群吵闹的小孩
在人们的脚下窜去又窜来。

斜对过就是那座古老的城门，
门口摆着许多破铜烂铁的担子，
还有一堆破铜烂铁一样的活人，
还有一个昨晚就倒在那里的死尸。

然而街只是在嚷着闹着拥挤
好像一点也没有那么回事，
它是那样麻木，那样无知，
那样丝毫也不知道羞耻！

选自《新华日报》1944 年 11 月 9 日

萧红墓畔口占

戴望舒

走六小时寂寞的长途，
到你头边放一束红山茶，
我等待着，长夜漫漫，
你却卧听着海涛闲话。

1944 年 11 月 20 日

选自《鲁迅文艺月刊》1946 年 1 卷 1 期，题名"吊萧红"，同年 10 月 15 日

重刊《文艺春秋》3 卷 4 期时改题名为"萧红墓畔口占",收入《灾难的岁月》,
上海星群出版社 1948 年版

三个瞎子

屈楚

命运的鹰爪挖去了瞎子的眼睛,
没有眼睛的人却喜欢预言人底命运。
大街上睁着眼睛的人们一个个围了上来,
听这从不曾见过阳光的人讲说虚构的光彩。
那个老婆婆居然感动得红了眼睛,
为的是瞎眼人讲述了她悲惨的命运。
于是第一个瞎子站起身来,
用一条竹杖代替他们的双眼。
第二个瞎子也收拾起了三弦,
他们后面是顶会预言的第三个瞎子。
三个瞎子静静的笑着弹起了三弦琴,开始旅行,
一大群睁大了眼睛的人出神地望着他们的背影。

1944 年秋,重庆

选自《摘星者的死亡》,春草诗社 1946 年版

寒村

丁芒

寒风吹得
水冻了，
泥白了，
树枝抖了，
虫儿们藏了。

早晨，霜覆在
菜叶上，
麦苗上，
车篷上，
和草堆上。

有三五只母鸡，
在土场角，
太阳里，
爬搔着泥沙。

孩子们穿得
像树桩，
像爆竹，
聚挤在朝阳的土墙角。

村妇走去，

用木桶

碰破一池冰肤，

提一桶浓浓的水，

去烧一锅

稀薄的玉米粥。

1944 年 12 月 8 日

选自《南通报》1944 年

给天真的乐观主义者们（选三）

绿原

六

可爱的读者，我还谈谈可怜的知识分子吧。

在骄傲与颓废的轮替里，他们不敢大声说话。

你看，一些精神蔓长着胡须的丑角儿嘤嘤哭泣起来了……

在泥泞的时间的走廊上，他们用虚无主义的酒灌醉自己，避免窗外的噪音。

在像海一样汹涌着波涛的大陆上，他们迷信地怀疑一切——甚至专门寻找

哀伤的街，丧气的屋子，流泪的书……做他们一朵离世的岛屿，

潜伏着他们的做手势的灵魂，恐惧地聆听着斗争的阵亡者的作怪的呼喊……

他们非常苦闷，常常用手按住自己的脉搏检查自己的病症，

有时不觉将自己的思想孵化出变节的幼虫！

于是，阅读着错误的哲学；巧妙地注解着慈善家杀戮婴儿的原因；

模仿蟋蟀用尾巴歌吹——庆祝圣者以神的名义统治他们的同胞。

他们逃避着巨大的爱情和仇恨，他们自嘲：鲁滨逊不需要钱币！

然而，可爱的读者，这群幼稚的犬儒们将永远回复到

神权时代的恐怖与羞耻里去：恐怖自己的影子，羞耻于接近阳光；

他们渐渐昏迷了，可怜这些夭折在母胎里的婴儿。我附带举一个例证——

常常有人说我的邻居犯了罪，

因为在那洁白的粉墙上的

庄严的肖像和滑稽的刺刀面前，

他竟无缘无故地微微喟叹。

谁晓得他想到什么了？

他为什么喟叹，他为什么喟叹呢？

狱卒们常常在夜半听见这样浓重的喟叹的——

这蓝天下面的轻轻的雷声证明了他的罪状："你说，他叫什么名字？"

哎，我的邻居从这世界失踪了，

我仿佛还听到沉睡的森林里

有一只受难的小兔低低泣着……

他正是一个胆小怕事的知识分子呢，

愿你保佑他，上帝！

我们离开他们吧，让他们像从梦中醒来一样死去吧，可爱的读者。

让他们在时代的石块上撞破脑袋，

让他们的脑袋象鸡蛋一样碎裂：让他们的勇敢同懦怯像蛋黄同蛋白一样分开！

七

不过，可爱的读者，我也是一个低级知识分子，皮肤奇痒，肌肉溃烂。

太阳使我的身体发热，小河给我以清洁的水，

燕子，它唱得多好，从自己胸脯撕落

一片片棕色的羽毛，在我的屋梁上筑它的窠……

可是，我却常常无端哆嗦，嘴唇发白……

我的朋友曾刻薄地骂我是从忧郁里享乐！

可爱的读者，这批评是对的。从前我真是一个神经衰弱的无神论者，

曾经荒谬地信奉悲哀的宗教，用弥撒来咒骂耶和华……

但是，今天，那样可笑的我已经完全变了——

我的急剧的心脏渐渐坚硬，像一块泡浸在酒精里的印地安橡皮。

我的心脏究竟泡浸在什么里面呢，是演现在世界各处的悲惨的历史吧？

是的，是那悲惨的历史像洪水一样冲击着，而人不能是一块水成岩……

我知道我还有泪水，但是我再没有哭泣过，甚至叹气，自从我结交了一群浓重的冤魂……

当然，我还不能大声欢笑，因为一切痛苦的过去远没有完全否决！

因此，我厌弃轻浮的颂歌。叫我赞美那些腐朽的上流社会吗？

不如叫一个犯人去赞美断头台的堂皇：要他的命吧！

可爱的读者，在严肃的光阴里，我的诗是一文不值的——那又算什么呢。

我并不信仰西欧的德漠克拉西，亚细亚也不需要人道主义的惠特曼；

这无光的大陆正在从事反抗和斗争！

在中国，伟大的诗人们正向你，可爱的读者，写着革命史；

我不过是一个渺小的猎人，发现一两滴兔子或者松鼠的血迹后，

再告诉力士们去追寻那些猛兽和凶禽！

你以为，可爱的读者，我还没有见到一些光明的体积吧？看见的。

虽然圣经不敢发表他们的史迹，博物馆不敢陈设他们的塑像，

甚至百科全书不敢记载他们的姓名，然而我正走向他们……

不过，我不必赞美他们——这些战斗者，

正如我不必赞美我自己的诗。

八

请温暖地批判吧，可爱的读者！

这几行不完整的诗句再不能删减，可是也不好增加了。

就算这是一个新从中国这古老的胎盘里出世的同志的报告：

愿他的希望比他的回忆愉快些！

1944 年 12 月

选自《希望（上海 1945）》1946 年 1 卷 3 期

真理

路易士

掀开历史之次一页，

乃有一切美的和理想的

尸横遍野。

于是掀下去，……

掀下去，永远。

选自《苦竹》1944 年 1 期

色盲者

胡大麦

请告诉我,
青草有几种颜色?
蝴蝶和 ZINNIAS① 的色彩
是一致的吗?

什么是灰山,和蓝烟?
金黄的打麦场又是怎样的呢?

红色是可爱的颜色吧? ——
我听见人家这样说的。

选自《诗领土》1944 年 2 期

花束

南星

蜿蜒的城市街道上
有太多的过客。

①Zinnia 即百日菊属,一年或多年生草本或亚灌木,约 20 种。——编者注

我也在他们中间，
我携带了一缕花香，
因为追随着我的
是一个微笑的
淡蓝色服装的
捧着闪耀的花束的人。

我们是不相识的，
而我似乎认识那些花朵，
白色的，紫色的，淡黄色的，
像是刚辞别了它们的细枝的
湿润而清冷地散放着
三月的梦的气味的，
应该是从静静的庭院中摘来
做我的赠礼的。

黄昏的钟响了，
过客分散而隐灭。
我知道那捧着花束的人
追随着我，在无限长的街道上。

选自《诗领土》1944 年 3 期

失去的望远镜

纪弦

大熊七星又当头了。

我昔日的望远镜呢？

那是极星。

那是美丽的银河。

那三颗是我最熟悉的猎户的腰带。

那朦胧的是使人发狂的仙女座的大星云。

啊啊星空！庄严。灿烂。神秘。

那些是永恒的秩序，永恒的结构和律动。

失去的还可以复得吗？

夏夜的星空无乱世。

选自《文艺世纪（上海）》1944 年 1 卷 1 期

筵席

罗念生

碰巧，我们坐在这桌席，

不必客气，也不必拘礼；

菜未来时先酌上酒，

让我们欢饮呀，别再忧愁。

盖面菜只有这三两块，

这要看谁的筷子来得快；

剩下的只是骨头与菜根，

一点儿不吃又饿得要命。

谁要酸醋这儿有点，

白糖吃多了不会尽甜；

顶好是加上几滴酱油，

辛的苦的，样样可口。

烛光一暗，我们就分手，

剩菜残羹不许带走；

跟着又摆上一桌新的，

留待那些后来的客人。

选自《燕京新闻》1944 年第 10 卷第 26 期

长春藤

许伽

一切都沉寂，

一切都好似没有消息，

唯有长春藤悄悄地爬上窗子了。

默默地读着歌德，

默默地研究着农民问题，

我心里生起了嫩绿的芽子。

选自成都《华西晚报》副刊，1944 年

晨祷

李超岚

今早的山上，

景象是这么愉悦，

太阳早就泛起金色的笑波，

一行行人，

一串笑歌，

鸟也叫的这么细碎，

风也吹的这么轻和。

今早的山上，

景象是这么清新，

年青的岩石，

早披了满天的云锦，

一列花朵，

一行行人，

竹影也这么欣欣，

花影也这么欣欣。

我知道，这是预征，

大地将有一次庆祝的大典，

宇宙的生灵，

竞来齐赴豪华的酒宴，

拽着笑着，

同举美盏。

"上帝呀，这原是你

赐予大地的祝福，

凡晨光所照临处，

都跳舞着万物的和平之母……"

在金色的山头，

一个人儿，

默默地跪向光明祈祷。

选自《诗前哨》丛刊 2 辑《收获之歌》，1944 年

荒店

程康定

夜色浓了，

月光泼一地冰冷，

行路人长长的影子，

紧挤在一堆。

荒店豆大的光，

在风中摇红——

招引他们到店中过夜，

一壶土味的水酒，

醉去八百里的疲劳；

一床金黄的草，

好编织旅途的长梦。

对着陌生的耳朵，

店主东细细的

告诉人明天的路。

门前的灯火

亮着：鸡鸣早看天。

选自《诗前哨》丛刊 2 辑《收获之歌》，1944 年

水的怀念（选一）
——献给一个崇高的信仰

孙艺秋

诗的女神

在天青色的梦里，我诗的女神啊！

从无边的海水上，你的小舟带我到无边的遥远。

美丽的蓬帆是黄昏时落日的颜色，

使我们的小舟在绿水上照见了自己的影子。

那远方，更远的远方啊，

　什么亦没有！

只有天青色的，一片未来的行程。

我打着桨，打着桨在船头上坐着，
水沫飞起来溅湿了我的头发。
白色的桨一下一下击打在深得无底的海水上，
摇篮一样振荡着轻快的船身。
你想要告诉我什么，但你又闭起了嘴唇。
你想笑一下，但你又更像要哭。

在生长我的那块地方，唉，我怀念啊，
我不值钱的生命与不值钱的歌声，
曾经是原野的爱人，牛马人民的财富。
当母亲把我交给了大地，河水洗涤了我的眼睛，
我便爱着了那片乡土，永远不忍离去。
而现在，啊，我诗的女神，
你带着我，一声不响的，要到什么地方去呢？
这行程和希望一样遥远，
在这寂寞的行程上，让我献给你一点礼物。
这是两杯不同颜色的酒，亦是我在这世界上仅有的东西。
在我的童年有一个夜晚，母亲含泪给我整理行装，
他低哑的声音叮嘱我，颤抖的手指抚摸着我的头发：
——不要把你的所有全给你的爱人！
但她却把她的所有全给了我。
如今，我背着她的嘱咐把这酒杯献在你的面前，
啊，我诗的女神啊，你看：
第一杯，白玉的酒杯，缠绕着绿色的藤萝，

杯中的酒是白色的，晶莹得像我妈妈的眼泪。

啊，女神，这第二杯，绿玉的杯子是年远的珍宝，

用喇叭形的花朵织成的花环扣起。

杯中的酒是红色的，殷红得像强盗们刀上的血，

啊，喝下去吧，女神，喝下去啊………

痛苦就是幸福，不必为我悲愁，让我们到远方去吧！

只要你不遗弃我，我会永远为你打桨的。

你看：在这天青色的水上什么都没有，

你像要疲倦了，让我把那些乡土的歌曲唱给你听吧！

选自《枫林文艺丛刊》1944 年 5 辑

呼唤

南星

我的田野在远处：

高大的白杨闪着八月的光辉，

紫色的禾稼遮满了全地，

从丛草间阴湿的路上，

来了骡车的迟缓的轮声。

我看见自己登上多荆棘的土丘，

对骡车里的人招手呼唤，

而他们的应答渐渐地，

隐没在蒙雾的黄昏中，

黄昏中城市的灯火亮了。

选自《文学集刊》1944 年 1 期

默坐

沈宝基

你见我闭了眼

有苦笑的沉默

于是你低下头去

又抬起头来

想说没有说出

关闭了门户坐暮了长日

窗外风吹我亲植的小树

无路中我有路

让我的手握住你的

谁是谁的领路人呢

我们同在黑暗中隐灭

素墙无影

——你无语我无语——

头上升起了双星

选自《文学集刊》1944 年 1 期

那边

夏穆天

那边
淹死了
一个孤苦的
不知名的孩子

泛滥的
潮水，下去了
滩上，和着些贝壳
他的尸身

一根棒
一个黑土碗
淹死了的
一个在海边饥饿得
不能行走的孩子

——不要看他！一个乞儿
在星光下，踏过去
和着被人遗落的贝壳
这孩子的尸身

而这饥饿的

淹死的乞儿

在他的小口袋

还有一卷，母亲的头发呢

泛滥的

潮水，下去了

滩上，远远的

一个乞妇寻她的儿子

啊！那边

淹死了

一个孤苦的

不知名的母亲底儿子

选自《文艺（南京）》1944 年 1 卷 4 期

致波多莱尔

汪铭竹

人生是一杯浓烈的酒

而你太贪杯了，直喝得酩酊

大醉。人笑你以头倒置行走。

犬儒者流自满于其智慧

像孩子以麦管吹起肥皂

泡沫，五彩但经不起一阵风

你是走向赌局的浪子吗

不，你，一个出色的拳师。胜利

你大笑；失败，你铿然倒地，作金石响

你，人中之一朵恶之花

外方人，我多着了迷，当看见

你这一朵神异的云的时候。

选自《枫林文艺丛刊》1944 年 6 辑

月

杜运燮

年龄没有减少

你女性的魔力，

忠实的纯洁爱情，

（看遍地梦的眼睛）

今夜的一如古昔。

科学家造过谣言，

说你只是个小星，

寒冷而没有人色，

得到亿万人的倾心，

还是靠太阳的势力；

白天你永远躲在家里，
晚上才洗干净出来，
带一队亮眼睛的星子
徘徊，徘徊到天亮，
因为打寒噤才回去。

但谣言没有减少
对你的饥饿的爱情：
电灯只是电灯，你仍旧，
利用种种时间与风景
激起情感的普遍泛滥：

一对年青人花瓣一般
飘上的草场，唱
好莱坞的老歌，背诵
应景的警句，苍白的河水
拉扯着垃圾闪闪而流；

异邦的兵士枯叶一般
被桥栏挡住在桥的一边，
念李白的诗句，咀嚼着
"低头思故乡"，"思故乡"，
仿佛故乡是一颗橡皮糖；

褴褛的苦力烂布一般

被丢弃在路旁，生半死的火

相对沉默，树上剩余的

点点金光就跳闪在脸上

失望地在徘徊寻找诗行

我像满载难民的破船

失了柁在柏油马路上

航行，后面已经没有家，

前面不知有没有沙滩，

望着天，分析狗吠的情感。

今夜一如其他的夜，

我们在地上不免狭窄，

你有女性的镇静，欣赏

这一切奇怪的情感波澜，露着

孙女的羞涩与祖母的慈祥。

1944 年（于印度）

选自《诗四十首》，上海文化生活出版社 1946 年 10 月版

一个疑问（仿莎士比亚十四行诗）

邵洵美

我的中年的身体，却有老年的眼睛，

我已把世界上的一切完全识清，

我已懂得什么是物的本来，事的始终，

我已看穿了时光他计算的秘诀，

我知道云从何处飞来复向何处飞去，

我知道雨为什么要下又为什么要停止，

今天招展的花枝不便是昨天招展的花枝，

要寻昨天招展的花枝便得回复到昨天里，

我更知道人类原始的祖宗还是个人，

还有鸡比鸡蛋先生也是不变的定理，

可是我的知心的朋友请你们仔细静听，

我眼睛前面还有一个更大的疑问，

我始终想不明白现在这一个时局，

究竟是我的开始还是我的结束。

创作于 1944 年，未正式发表

选自洪子诚、程光炜主编《中国新诗百年大典》，长江文艺出版社 2013 年版

1945年

太阳旅行去了

化石

太阳旅行去了，
剩满天的寂寞……

风，
抓落了白色的
云朵；
树林，
流着缠绵的泪水。

麻雀，
丢掉了翅膀；
苍鹰
压落在屋顶低飞。

有人，
看看这霉渌的天，
眉头打个结，
担心着一场风雨。

天地，
撒一网浓雾；

还在孕育着

又一个

冰冷的冬天。

选自 1945 年元旦《海燕》创刊号

望中原

臧云远

我站在山顶上

望着遥远的北方，

红冬冬的云彩在天边飞翔，

背后的喜玛拉雅山捧着傍晚的太阳。

在几千里外的大平原上，

在那古老的黄河两旁，

在那七零八碎的寂静的村庄，

在那联接着村庄的大路上，

现在该又落满了白雪。

独轮的小车子在雪地上

转动着，低着声音歌唱，

毛驴儿在雪地上

点点头走着，叮玲叮玲地摇着铃铛，

人们的脚步在雪地上量

这痛苦的年月能有多长，

嘴上的热气在寒冷的路上
吐出几年的艰苦和希望。

这几年骡马都被拉光
仓里空着没有一点口粮，
草垛平了只剩下腐烂的草
谁还敢白天里走进磨房，
牛儿驴儿放在地窖子里
小声地吩咐着不要露出声响，
年青力壮的都悄悄走了
老头老婆儿看守着村庄。

就在这傍晚的阳光下
黄河嗦嗦地流着冰块，
大平原上的白雪闪着金色的光
天顶上飞着红冬冬的云彩，
村里的人望着黄河边
我们的队伍过了河来了，
多么英武多么强壮呵
我们的队伍回到了家乡，
把牛把羊都牵出来吧，
好日子已经来到了，
飞鸟忘了回巢，太阳不肯落下，
几年了今天村头上才有欢笑。

就在那傍晚的村头上

老头儿拿出多年的爆杖

挂在竹竿上在村头点放，

老婆婆高兴得有一点哆嗦

喊着孙儿给战士唱歌，

姑娘媳妇小声地谈

快回去给战士烧水烧饭，

屋顶上吐出轻快的白烟。

这是我们自己的队伍，

多高兴呵快敲起锣鼓，

告诉大伙都出来吧

平原上的男儿回了老家。

几千年的黄河第一次听见

人民的欢呼响遍了平原……

我站在山顶上望着北方

好像听见了那儿的欢唱，

那儿的秧歌那儿的歌舞，

那儿土地上不再痛苦，

连麦苗在白雪下都很舒服……

有多少北方的儿子像我一样

在这里望着天边背着夕阳

望着几千里外的家乡……

1945 年 1 月 26 日

选自《新华日报》1945 年 2 月 1 日

京胡

徐迟

难得啊，难得得很，
叫我爱一只京胡的歌，
我可以说，从来都没有过。

这全世界最响亮的乐器，
他总在你耳朵边吵闹，
总在你不要他的时候来到，
我总是等它自己疲倦，
它从来不疲倦，我只有逃走，
可是我逃出了半里路还听见
这全世界最响亮的乐器，
而且，我在半里路之外，听见
半里路之外的另一只京胡。

总有一个嗓子跟着他的，
也总是全世界最响亮的嗓子，
而且也从来不知道疲倦，
摆着他的头，背向着京胡，
反绑了自己的手，哎哎……哎……

选自《文学新报》1卷5期，1945年2月20日

给春天

灰马

春天哪，天蓝得叫你寻找一个

寻不着的翡翠戒指

春天哪，许多花朵都穿错了衣服

跑到外面来

春天哪，贫穷的孩子要把太阳里蔽着的钱币拿来买糖吃

春天哪，里尔克说：因为敌人

我们的旗帜是红艳的火瀑

春天哪，一只怀孕的蜘蛛躲在屋檐下

无声的缀网

春天哪，学会恋爱，连自己的诗稿

羞得也要偷偷地烧掉

春天哪，站在早晨摇动着的地方

我真想解下领带把它来绊住……

卅四年二月·歌乐山

选自《诗文学》1945 年 2 期

一隅

灰马

散落着败叶的路

弯弯曲曲地经过一个池塘

那里禽兽的骨、羽毛

和磨损的牙齿遗留在上面

几乎是没有行人的

有时候从远处近处

哗响着风和树纠缠的闹声

填补那些空洞的缺口

四围的山也倾斜过来

把半圆形的一条蓝线挡住在中腰

天渐渐低下去，看不见了……

水面上常是映着三两片云影

显得更平静更深邃

右边的路荒凉得容易使你想起

那远行人所抛下的一根腿带

这是个好寂寞的地方

它仿佛寂寞得要靠近着我

卅四年三月·歌乐山

选自《诗文学》1945 年 2 期

洗澡

杜运燮

　　这也是一种娱乐。我们洗澡的地方是一条百码宽的小河，河边有很好的沙滩、大石，有更好的浓荫。这里没有行人和维持持风化的警察，把衣服挂在树枝上，把整个身体陶醉在水的凉爽里，洗得干干净净，而后让温煦的阳光与知道适可而止的微风细细按摩。这时，不想唱歌的实在太少了。

树木们一直是裸体的：真诚
如所有的真话，不自觉地把倒影
滤过浮沫与水草，构成梦话，
现在它们是我的老师，做榜样；
绿叶与肥枝，那么沉默地雄辩，
我想学惠特曼唱歌：啊，大腿，小腹，
腰围，臂膊，十指……
人体和树木多么相像！

有学问的在学问上翻滚，有钱的
在钱上翻滚，没有一切的就在身边琐事里
翻滚，都不过是肌肉和神经的满足；
而我们用重重衣服包裹了心，
高楼大厦使忧郁日渐发霉，
还侥幸我们是"守生奴"、"守命奴"，

于是魔鬼有高大身体与血红的嘴，

小行星的皮毛上有人流汗流泪。

本来只有血肉重要；它有要求，

满足要孕育笑纹笑声；这些水

终要投进恒河，变为神圣，

或者给船航驶，把它研成粉，

切成片，搅成泡沫而奔腾；

小动物们则开始张牙舞爪，

心目中只有阳光，水，皮肤的陶醉，

在水流凉快的抚摸里尽情欢笑。

　　写于印度

　　选自《大公报》（桂林）1945 年 3 月 25 日

林中鬼夜哭

杜运燮

死是我一生最有意义的时候，

　　也是最快乐的：

　　终于有了自由。

罪恶要永在，但究竟有机会

大声地向你们说我们是朋友。

樱花还是最使我伤感的眼睛，

还有富士山的白发，

　　它们曾教我忘记地狱。

它们已看不见我；而我只能哭；

它们还继续鼓励我的妻子儿女。

他们仍然都要活着，等待耻辱，

　　为一天最后的审判来临：

　　那时候日本才有大团圆。

啊，你们都要原谅会哭的死人，

有一天我们也许会使你们惊叹。

我忽然喜欢起静夜的哭声，

　　因为我需要回声：因为警察

　　不让我有享受寂寞的习惯。

啊，你们不要在月夜出来，我们不堪

再听叹息着家人在遥远遥远的海边。

死就是我最后的需要，再没有愿望，

　　虽然也还想看看人类是不是从此聪明。

　　但是，啊，吹起冷风，让枝叶战栗咽泣，

我还是不能一个人在夜里徘徊呻吟。

1945 年 3 月于缅甸虎康河谷

选自《文艺复兴》1946 年 1 卷 2 期

季感诗抄

路易士

一、冬天的窗户

单调的排叠着的
大理石的纹状的云，
流过瑟缩的窗
迟缓地。

人家的屋脊的
雪的地平线
遮断了远方季节之
每一个窈窕的消息。

二、

又是春天来了
这使我连一声
最轻微的叹息
也不敢的季节啊！

少年人哼着
二月流行的小调，
轻快的步子

像晚风
掠过我的窗的迟暮。

凝视着天边
那流逝着的
朵朵馥郁的云，
我乃有了一缕的怀念，
如春歌，一片的憧憬
如萌芽的大地。

沉默呀，
哎，便是祝福。

1945 年 5 月 8 日

选自《光化》1945 年 1 卷 5 期

森林之歌
——祭胡康河上的白骨

穆旦

森林：
没有人知道我，我站在世界的一方。
我的容量大如海，随微风而起舞，
张开绿色肥大的叶子，我的牙齿。
没有人看见我笑，我笑而无声，
我又自己倒下去，长久的腐烂，

仍旧是滋养了自己的内心。

从山坡到河谷，从河谷到群山，

仙子早死去，人也不再来，

那幽深的小径埋在榛莽下，

我出自原始，重把密密的原始展开。

那飘来飘去的白云在我头顶，

全不过来遮盖，多种掩盖下的我

是一个生命，隐藏而不能移动。

人：

离开文明，是离开了众多的敌人，

在青苔藤蔓间，在百年的枯叶上，

死去了世间的声音。这青青杂草，

这红色小花，和花丛中的嗡营，

这不知名的虫类，爬行或飞走，

和跳跃的猿鸣，鸟叫，和水中的

游鱼，路上的蟒和象和更大的畏惧，

以自然之名，全得到自然的崇奉，

无始无终，窒息在难懂的梦里。

我不和谐的旅程把一切惊动。

森林：

欢迎你来，把血肉脱尽。

人：

是什么声音呼唤？有什么东西

忽然躲避我？在绿叶后面

它露出眼睛，向我注视，我移动

它轻轻跟随。黑夜带来它嫉妒的沉默

贴近我全身。而树和树织成的网

压住我的呼吸，隔去我享有的天空！

是饥饿的空间，低语又飞旋，

像多智的灵魂，使我渐渐明白

它的要求温柔而邪恶，它散布

疾病和绝望，和憩静，要我依从。

在横倒的大树旁，在腐烂的叶上，

绿色的毒，你瘫痪了我的血肉和深心！

森林：

这不过是我，设法朝你走近，

我要把你领过黑暗的门径；

美丽的一切，由我无形的掌握，

全在这一边，等你枯萎后来临。

美丽的将是你无目的眼，

一个梦去了，另一个梦来代替，

无言的牙齿，它有更好听的声音。

从此我们一起，在空幻的世界游走，

空幻的是所有你血液里的纷争，

你的花你的叶你的幼虫。

祭歌：

在阴暗的树下，在急流的水边，

逝去的六月和七月，在无人的山间，
你们的身体还挣扎着想要回返，
而无名的野花已在头上开满。

那刻骨的饥饿，那山洪的冲击，
那毒虫的啮咬和痛楚的夜晚，
你们受不了要向人讲述，
如今却是欣欣的树木把一切遗忘。

过去的是你们对死的抗争，
你们死去为了要活的人们的生存，
那白热的纷争还没有停止，
你们却在森林的周期内，不再听闻。

静静的，在那被遗忘的山坡上，
还下着密雨，还吹着细风，
没有人知道历史曾在此走过，
留下了英灵化入树干而滋生。

1945 年 9 月
选自《文艺复兴》1946 年 1 卷 6 期，1948 年 2 月收入文化生活出版社《旗》
时改标题为"森林之魅"

主人要辞职

袁水拍

我亲爱的公仆大人，
蒙你赐我主人翁的名称，
我感到极大惶恐，
同时也觉得你在寻开心！

明明你是高高在上的大人，
明明我是低低在下的百姓。
你发命令，我来拼命。
倒说你是公仆，我是主人？

我住马棚，你住厅堂
我吃骨头，你吃蹄髈。
弄得不好，大人肝火旺，
把我出气，遍体鳞伤！

大人自称公仆实在冤枉，
把我叫主人更不敢当。
你的名字应该修改修改，
我也不愿再干这一行。

我想辞职，你看怎样？

主人翁的台衔原封奉上。

我情愿名副其实地做驴子，

动物学上的驴子，倒也堂皇！

我给你骑，理所应当；

我给你踢，理所应当；

我给你打，理所应当。

不声不响，驴子之相！

我亲爱的骑师大人！

请骑吧！请不必作势装腔！

贱驴的脑筋简单异常，

你的缰绳，我的方向！

但愿你不要打得我太伤，

好让我的服务岁月长久，

标语口号，概请节省，

驴主，驴主，何必再唱！

　　　1945 年 11 月 12 日

　　　选自《北方杂志》1947 年 2 卷 1—2 期

诗六首（选一）

罗寄一

1

阳光又一次给我慈爱的提携。
要是能用敏感多血的手掌，
抚摸一下皱折的山峦，起伏与光暗，
有如人类全部波涛的凝固；

要是能摹拟鹏鸟的轻盈，
也将振翼而起，在无穷广远的
高空，凝视地球的整体，
它底欢笑与泪水的纵横；

如果能实现这不可能的距离，
我将更领悟血和肉的意义，
感官世界如一幅画里的烟云，
和她面对如我面对沉默的爱人，

怎么能不流下透明的眼泪，
呼吸她深沉的情热与悲哀，
我像一朵凌空的叹息，
在静寂里缓缓地展开……

选自《文聚》1945 年 2 卷 2 期

桂柳车上

程鹤西

欢喜铁的路

我爱它们的正直

和在重载下的歌唱

我也爱那些人的手

他们是粗糙的

但只有他们配动这

神圣的土地

山是他们开的

土是他们堆的

这一切都已被遗忘了

甚至被他们自己——

只剩有这峭削的石壁

静候着来往的行人

劈面而袭来

如一面镜子

要你照一照自己的行迹

选自《文聚》1945 年 2 卷 3 期

筵散作

吴兴华

月上梧桐墙缺处光影正微茫
静听车马与笑语沉没在远方
砌下哀虫尚思效弦管的幽咽
院角花枝犹颤摇美人的鬓香
薪当尽处有谁知火焰尚未死
梦已醒时怕听说人事的凄凉
车尘十丈奔波在邯郸的衢市
不知它人在何处炊煮着黄粱

选自《新语》1945 年第 5 期

十四行诗

——给沙合

唐祈

虽说是最亲切的人，
一次离别，会划开两个人生；
在微明的曙色里，
想象不出更远的疏淡的黄昏。

虽然你的影子闪在记忆的

湖面，一棵树下我寻找你的声音，
你的形象幻作过一朵夕阳里的云；
但云和树都向我宣告了异乡的陌生。

别离，寓言里一次短暂的死亡；
为什么时间，这茫茫的
海水，不在眼前的都流得渐渐遗忘，
直流到再相见的泪水里……

愿远方彼此的静默和同在时一样，
像故乡的树守着门前的池塘。

　　1945 年作于成都

　　选自《诗·第一册》，1948 年 5 月版

1946年

游魂曲

天戈

一

这是我自己的身躯，

今晚，

　　倒在荒凉的山野里。

好冷静的夜啊！

让我悄悄的亲一亲——

　　这我就要离开的自己。

唉！唉！

　　这可叫做死？

我怎能就这样死去？

摸一摸鼻孔确实没透气。

完了！惨啊！

这个兵，真该死！

那一颗内战的子弹，

　　穿过我的脑子，

　　　　毫没道理。

我来不及抗议，

它已经使我死去！

二

现在，是完了。
　　我旁边的这个死尸。
不用黄土掩埋，
让秋赐落叶为葬仪。
更用不着墓碑，
因为他本来就没有名字。

夜是这么阴沉沉，
风是这么冷凄凄。
天空里该有多少颗——
　　无光的流星，
庄严地为他划着十字，
　　悄悄地，悄悄地。

啊！这夜的大地！
尽量张开臂膀吧，
　　来拥抱这个新的死尸；
他生前或许是糊涂虫，
　　死后可很明事理。
他可知道战争是没有道理，
他可听得出风信是悲是喜。

三

好，我就这样交代了事。

我要拍拍这身尘泥，
　　再选择我的去处。
我晓得抗战纪念碑，
　　没有我的名字，
忠孝烈祠，
也没有我的位置。

但是，我必得去，
去寻找我的位置。
不管那是天涯海角，
我总得占有一席位置。

不然，别人驱使我这样死去，
死后却又使我这样颠沛流离；
那我的心永远不甘，
我的眼睛永远不闭。

　　　　选自重庆《新蜀报》1946 年 1 月 7 日

木偶戏

穆仁

是凶手
出场来打人杀人
也是法官

假作正经来审判

是威风凛凛的将军
举起刀乱剁乱砍
也是和事佬的笑和尚
做好做歹的永远有一副笑脸

是坤角，是生角
是小丑，是花脸
各式各样假装的声音
而嗓子仍旧只是那一个

在自吹自打的热闹锣鼓中
有人得意地自以为
一块幕布全蒙住了观众的眼

　　　　1946 年，重庆
　　　　选自《新民报（重庆）》副刊《呼吸》，1947 年 1 月 11 日

孕

杜运燮

我全身充实得要爆裂。
有时像漫天阴霾的夏日，
来的将是一场暴风雨；

有时像黎明前的黑暗，

来的将是粉碎一切的太阳；

有时像一堆吸够阳光的干草，

一点火便是一片欢愉的红光；

有时又像到了梦的结局，

醒来后不过是一场自慰。

我完整地意识到新的力量：

每条路有了新的启示，

每双眼光都有了新的标志，

每幅风景，鸟飞，水唱，

小巷里小孩们的打闹，

忽然都浴着更奇异的光。

我仿佛忽然已变为发光体，

把我又湿又狭的斗室

点亮，像一个春日的早晨。

1946 年

选自《大公报·文艺》1 月 28 日津新 58 期

暴雷雨岸然轰轰而至

化铁

风走在前面，前面。

现在，云块搬动着。

从天底每个低沉乌暗的边际，

无穷尽的灰黑而狰狞的云块底轰响，

奔驰而来，

以一长列的保卫天底真实的铁甲列车

奔驰而来，

更压近地面，更压近地面，

以阴沉的面孔，压向贫苦的田庄，压向狂啸着的森林。

无穷尽的云块底搬动，云块底破裂，

奔驰而来，

从每个阴暗的角落里扯起狂风底挑战的旗帜。

风走在前面，前面。

向摇摆着绿色的稻子报着信，

向温驯的水牛底黄色大眼睛报着信，

向农民们报着信；

从破朽的茅草屋顶掠过，

揭去茅草，向里面的蓬着头发的结实而苦恼的农妇报着信，

向流着鼻涕的她底饥饿的儿子们报着信，

向山岭打着招呼，

向黑色的森林，使它发着欢乐的跃跳，

向河流报着信，

向正在河岸上搬运货物的赤裸的小伙子们报着信，

让浑浊的波浪追逐着波浪，

向一切它所爱着的东西报着信，

亲切地报着信，狂暴地报着信。……

于是

几根灼烧的电火突然攫了一下，夺去了天，

从急驶着的云底牙齿缝里迸出，照亮。

一列天之运煤的铁甲列车放倒了，

吓住胆小的女人们，

吓住正在关着窗户的富人们，

从地里爆裂出来，从天上轰响而来，

把完全愤怒了的黑色的沉重的云，压得更低，压得更低；

然后，雨

以它千万只颤栗的手指，

敲打着玻璃窗，

敲打着茅草蓬，敲打着河边翻过来的船底，

敲打着还在杆子上悬挂着的飘动的旗帜，

花花花花，

是冰冷的理智的手指，

是升华的人底甘露啊！

随后，一个大的破坏在地面开始了。

旧的脆弱的折断在风底急浪里；

山洪从地里爆发，响应，

河流崩溃，

古老的房屋摇动，吱吱地响了——

让地主们从被窝里伸出头来，想着他底谷仓。

好呀，一个大的破坏在地面行进！

喏，喏！

暴雷雨不过是一次酷热的结果；

沉闷的电子磨着牙齿，

轻快的雨粒和雨粒底碰击，

原是从地面升起，

现在从天际蜂拥奔驶而来。

喏，喏！

在暴风雨底后面还有温暖的像海水一样的蓝天，

还有拖长着身体的柔美的白云，

还有雀鸟，

还有太阳底黄金。

选自《希望》1 集 2 期（1946 年 1 月）。收入《希望》1 集 2 期（1946 年 1 月）、《泥土》（1947 年 4 期）、《暴雷雨岸然轰轰而至》（泥土社 1951 年版）以及绿原、牛汉编《白色花》（人民文学出版社 1981 年版）时均为此版本。另有一版除个别用词与分节有出入，倒数第二节"现在从天际蜂拥奔驶而来"之后接"低，压得更低！"，其后另起一节"然后，雨，/以它千万只颤栗的手指，/敲打着玻璃窗，/敲打着茅草蓬，敲打着河边翻过来的船底，/敲打着还在杆子上悬挂着的飘动的旗帜，/花，花，花，花，/是冰冷的理智的手指。"——编者注

长廊上的雨

吴兴华

在长廊尽处，石隙里羞涩的探出
凤尾草纤弱的腰肢，让我们停下，
生命中疲倦的行旅也是舞会中
疲倦的舞者。适才我们俩不是曾
笑过，争论过，交换过精致的赞词
（如同天鹅绒腰带上光亮的匕首）？
音乐的漩涡卷着我，把我举起来，
我觉得每一条神经被扭离原处
彼此纠缠着——现在才开始松弛；
突然你的发拂着我火热的面颊，
突然无名的悲戚将我的心充满，
在这里，当夜风吹送潮湿的香气，
粗大的雨点把清醒带来给庭前，
半卷的蕉叶……
                            我想对你说，对你说
那自初见面我就挣扎想说出的，
挣扎想表现，却找寻不到语言的，
已经吐露了，又往往半途中迸碎，
如喷泉向天低洒为柔细的泪点，
我想说：你所认识的不是我自身，
我想说：我也曾有过严肃的生命，

当，一个狂妄的少年，我运足膀力
把岁月欢乐的殿柱撼倒下之前。
我曾经看见花绕生在我的笔端，
我曾经听见风鼓荡在我的耳际，
现在只余下焦黑的灰烬上缕缕
烟雾记念着旧日的情热。多少次
望入你清扬的眼里，然后兴奋的
像一个孩子急于想把新的玩具
显示给别人，我转向自己的内心
想掘出那一条澄澈甘美的溪水，
然而无限的暗径引我向陷阱中，
无限的小波折将我的善心压灭。
我想：人类有谁知道正确的路线？
谁不是白卷：任何手可在上面涂鸦？
于是我耸肩沿斜坡向下面走去，
不悔恨，不哀祈，只感到空虚，绝望。

然而，啊，今夜长廊上繁密的雨声
唤醒我推脱的责任，我感觉羞惭，
如无赖的父亲赌博，享乐，忽略了
子女的成长，我凝视颜色的轮盘
把所有浅薄的能力押在一注上——
我脚趾感到悬崖侧万丈的坠落，
我耳中听见未掷前骰子的声音，
但在一瞥间投射到我的知觉里
那光辉的景象，毫无朕兆或原因，

那被践踏的，百计摧残而不死的，

地层下喷涌的寒水挟带着暖流。

我向四方的风高呼；借给我你们

白鬃的群马以速度好使我晕眩。

我向每分钟，每秒钟，徒然的要求：

压榨出些微的酒浆好使我沉醉。

为什么你偏要来在喧攘纷乱中，

当自我如一枚蒿箭隐在萎蒿里，

打扰我自欺的安宁？剖出给别人，

讥嘲和冷笑将枯萎嫩黄的花瓣，

还不如崩倒，被埋没，像一片废墟，

暮色凄然里只有红日作凭吊者，

更不让牧人从残基碧瓦里构想

全盛时壮丽的宫阙——

　　　　　　　对你的问题

我微笑着答道：并不是在追念着什么，

觉得这雨声正好像另一种乐声，

曾经听见过，如今却记不清楚了……

揭起拖地的裙衣，你伸出雪手去，

转瞬凹下的掌心中聚满了液体，

杨树和芭蕉的太息不中断，一棵

凤尾草悄然攀住你薄薄的罗袜。

选自《文艺时代》1946 年第 1 卷第 2 期

地狱的探戈舞

陈敬容

假如我相信月亮会跳跃

石头会唱歌

你会流泪

假若我相信原子弹

只是另一世界的谷粒

暴戾是爱的果子

假若盐失掉了盐味

会变得比糖更甜蜜

假若感情是一条鞭子

生活是一阵雷

假若整个世界只是

可以任你信足一踢的皮球

那末当鸥枭狞笑的午夜

跳起地狱的探戈舞吧

它将会带给你

一个比夜更黑的白昼

1946 年 3 月 1 日

选自《交响集》，上海星群出版社 1948 年 5 月版

你们的死叫我格外不怕死

李公朴

献给若飞、博古、邓发、希夷与黄齐生诸先生

你们的死，
超过了晴天霹雳，
震撼着每个爱好和平民主的人们的心灵！
我从来没有过这样的悲痛；
这几天来的脑子，似乎已经失却了作用！
像我这样渺小的人，
还有什么值得生存。

你们的死，使我没有什么话说，
只有格外叫我不怕死！

你们的死，叫我没有什么能说，
只有格外多做事，以便准备随时死！

你们的死，叫我没有什么可说，
只有增加我的责任和勇气，在未死之
　前要尽力打击法西斯蒂！

你们的死掀起了广大人民的愤怒与悲痛，

　　我们将更坚强的联合起来，把反动的
　　顽固分子一齐都向坟墓里送！

你们的死，叫全国受伤的，都不再呻吟，
你们为了挽救人类灾难而牺牲，
中华民族永生之花已经开放在黑茶山上！

你们的死，只有格外叫我们要坚持政协
　　决议与宪章原则；
若是做不到，宁死不屈辱！

你们的死，超过了晴天霹雳，
震撼着每个爱好和平民主的人们的心灵！
我们将要更广大的团结起来，
在你们的红光照耀之下，
努力坚持，誓死争取三大协议百分之一百的实现。

　　1946 年 4 月 16 日
　　选自重庆《新华日报》1946 年 4 月 19 日

诀别
　　——给死难者

马逢华

我们每天穿过同一座大门，

像出入于一个温暖的家庭；

这里多少副生疏的面孔，

分别时都显得那么可亲。

但今天我只能忍泪凝视

你们苍白如蜡的脸皮，

涂染着紫黑的血迹；

我无言，却感到美丽。

一如平日，度过了最后的夜晚

你们还带着祝福的心看见

一个新的早晨，再也不信

死亡就要迫临，如一朵灰云。

你们是羊，不是豺狼，

在混乱的烟雾里你们献上

无辜的身体；却使徒然的浪费

也滋生了丰富的意义。

我看到一个永恒的质问，

艰涩地出自你们青色的口唇，

也为我们留下了沉重的课题：

去叩问人类的明日。

呵，朋友，请忘记抚育者底叹息，

和远方停着你底摇篮的土地；

虽然你们满怀的纯洁

与理想，为人亵渎而毁灭，

但谁也不能闭着眼，不看

从你们血泊中燃起的火焰；

我们将从此认识更多的事物，

胜过多少部无用的书。

你们底兄弟已许下沉痛的心愿：

"我们也要一死。"既然

你们替众人死去，谁活着

就再也不该囿于自己底哀乐。

何况你们并没有死去，

你们必将复活，永生；

当自由幸福和正义

像春草般怒茁于大地，

举世都将浸浴于爱的光辉，

再没有仇恨，再没有眼泪；

那时到处将重见你们再生的

面容，一如今日：美丽，坚定。

 1945 年 12 月 4 日，初稿

 1946 年元月，改正，昆明

 选自《文艺复兴》1 卷 3 期，1946 年 4 月

新世纪旋舞

陈敬容

沉垂的帘幕拉开，
观众们，听吧，瞧吧，
礼赞这伟大的舞台：

音乐弥漫了汹涌的海，
白的，蓝的，紫的波浪，
而你们是一只只船舶，
不自主地飘泛在海上。

辽阔的原野，深邃的丛林，
蓝天里飞鸣着一只鹞鹰，
无边无际的沙漠，
沙漠上的黄昏，归去的羊群。

远古的驼铃响进现代都市，
乡民惊叹人造的虹彩。
屋顶和屋顶相接，一片烟，
机器转动，轮子唱着什么？
你说："世纪的催眠。"

世纪可没有睡眠！

它正睁着狰狞的巨眼

安排着一个血的盛筵。

好饮料啊，你也许会想，

那该比酒还香，比蜜汁还甜。

奇怪的市场！在那儿

人肉不论斤两，一概奉送。

高贵的小姐先生，可还要看

学者翻跟斗，诗人唱春？

海愤怒，海叹息……

天地悠悠

谁是最先一个来

穿越过世纪

而最后一个死去？

轰隆，轰隆……

炮声呢，还是地震？

那么，地久已凝固，

久已干裂和皱缩。

地心的火浆从裂缝里流出来，

南极到北极，一片火的海。

舞台转过去，观众们，

现在请看这新的大地：

金色的阳光照耀着一片新绿：

请啜饮这些露珠——

世纪的眼泪。

1946 年 12 月 8 日

选自《交响集》，上海星群出版社 1948 年 5 月版

倾倒苦水的大会

严文井

把长凳子都搭出来，

让后面的女人有个地方站

叫小孩们不要啼哭

卖烟卷儿的不要叫喊

现在控诉那抓劳工逼死七条命的伪区长

控诉那把儿子改名叫化中归日郎的大汉奸

乡亲们，只管往下讲

一肚子苦水尽管往外倒

这毒汁再不去掉，就会受不了

台上有县长作主

不怕那家伙向谁瞪眼

三天说不完，还有第四天

不要惊讶这些质朴的人们

突然学会了不绝的雄辩

丰富大伙语言的是长期的痛苦与灾难。

选自《解放日报》1946 年 7 月 10 日

女犯监狱

唐祈

死亡，鼓着盆大的腹，
在暗屋里孕育。

进来，一个女犯牵着自己的
小孩：走过黑暗的甬道里跌入
铁的栅栏，许多乌合前来的
女犯们，突出阴暗的眼球，
向你漠然险恶地注看——
她们的脸，是怎样饥饿、狂暴，
对着亡人突然嚎哭过，
而现在连寂寞都没有。

墙角里你听见撕裂的呼喊：
黑暗监狱的看守人也不能
用鞭打制止的；可怜的女犯在流产，
血泊中，世界是一个乞丐
向你伸手，
婴胎三个黑夜没有下来。

啊！让罪恶像子宫一样
割裂吧：为了我们哭泣着的

这个世界！

阴暗监狱的女犯们，

没有一点别的声响，

铁窗漏下几缕冰凉的月光；

她们都在长久地注视

死亡——

还有比它更恐怖的地方。

1946 年

选自《中国新诗》第 3 集，1946 年 8 月

苦难

南星

拥聚着，

在石阶的近旁的

是柳树们，槐树们，桑树们，和蛛网们。

我在石阶上坐着，坐着，

而我的心迷乱了。

那些不了解生活和死亡

和人类的苦难的

柳树们，槐树们，桑树们，和蛛网们

紧紧地围绕住我，

我仍然不能成为它们之一。

选自《文艺时代》1946 年 1 卷 3 期

给美国议员鲁克斯先生 （《民主短简》选一）

黄宁婴

聪明的鲁克斯先生，请接受我的敬礼！
您到了中国之后的新发掘，使我敬佩！

欢迎您呀，欢迎您到香港来，要快！
我乐意做一个绝对有利于您的向导，凭着我底智慧。

我带您到京沪饭店吃一顿驰名的俄国大餐，
再带您到东方戏院去看今晚演的《苏联游击战》。

甚至我还跟您翻译银幕上的一张广告，
说"红棉"的俄罗斯面包全香港最好。

这样，您可以回去了，您可以根据这俯瞰即是的现象
对欢送者斩钉截铁地说："苏联现正控制全香港！"

选自《文艺生活（桂林）》（光复版）1946 年 9 期

算命瞎子

杜运燮

我只有一支单调的歌，
在轻重怜悯的眼光中，
弹奏又弹奏，渺茫地摸索
门缝后面焦虑的呼唤声。

我给简单的歌以生命，
歌就尽其悲痛来哀悼我。
小孩跟着我，大人吆喝他们：
哑嗓子的狗也会起来追赶我。

想起我的，只有不幸的人们，
但把我奉做神明而又骂我
是疯子，开门而又关门，
终于是往更深的深处沉落。

对于我，路没有一点意义，
我只知道有个大的空虚。
我的琴声绕不出自己的
身边，仿佛是不忍远离而去。

我所要踏的每一步都是危险，

只有歌声才继续给我安全。
所以我弹奏又弹奏，勇敢
而怯懦地，想把一切遗忘。

选自《诗四十首》，上海文化生活出版社 1946 年 10 月版

登龙门

杜运燮

造物者在沉思：丰厚的静穆！
他正凝神在修改他的创作。
至高的耐性与信心使他永远微笑，
为作品的完成，他要不倦地思索。
无数小舌头在湖面上竞吐着，
也想为它们的主人解释什么，
帆船静止了，又慢慢航行：
是个好意象，也使他顿感寂寞。

人类在那边喧嚣着居住，
结群而隔离，他们没有快乐，
营造各式的房子，一样的封闭，
穿着鞋子，诅咒命运的刻薄。
美树为自己画朦胧的倒影，
还围绕一道小堤，鸭步婆娑；
每家的田里都有好看的绿色，

只是有田埂，涂写太多的"你""我"。

微风如灵感不绝地从水面流

远山的顶巅有阳光不断闪烁，

白色的鸟翅颠簸着匆匆掠过，

云影在水底被浸成没有轮廓。

忽然她抬头，笑容满面，伸着手

连说"有了，有了"，望远处指着，

原来阳光又烧白了另一块：

大云彩，湖树后面还有村落。

于昆明

选自《诗四十首》，上海文化生活出版社 1946 年 10 月版

一个有名字的兵

——轻松诗（Light Verse）试作

杜运燮

张必胜的一生，

    做过两次人：

一次在家里种田，

    另一次是当兵。

有人说，当兵

    那能算做了人？

张必胜笑着说过：

　　　　"要算嘛也算是人。"

现在先讲在家里，

　　　　在家里他不叫张必胜，

叫"麻子"，"十麻九怪"，

　　　　这麻子却老实得出名。

小时候他母亲说，

　　　　"你是麻子，要好好地干活，

要比村里的人都能做，

　　　　不然就休想讨得到老婆。"

麻子果然很听话，

　　　　母亲却心里有点疼：

哪能倒马桶也叫他，

　　　　天没亮做到晚上点灯。

麻子好比铁做的牛，

　　　　犁田割稻样样都行；

样样都比人家多一倍，

　　　　"铁牛麻子"就这样出了名。

有事情都想起麻子，

　　　　有事情麻子也都做；

没事情也叫麻子来，逗着，

"听说你妈给你定了老婆。"

就是这一点麻子还不行，
　　好像山上的叶子见了霜，
一下子红了，一下子低头，
　　几乎要"笃"的一声落在地上。

晚上他对母亲说，
　　"我，我，我不要讨老婆。"
母亲揩一揩眼睛，说：
　　"我会替你打算，急什么。"

那是哪一年哪一月？
　　麻子家里来了个客人。
门缝窗下躲满了小孩，
　　溪边洗衣的女人纷纷谈论。

客人走以后雨过天青，
　　村里好像就要过新年，
麻子在田里拉住牛，
　　高高地举竹鞭。

麻子上床总睡不着，
　　索性就起来舂几斗米，
一锤一锤，愈舂愈有力，
　　每个被窝里都裹满了欢喜。

可惜麻子第一次做人，
　　　就做到这里为止。
城里"抽壮丁"，他被抓去
　　　顶替，谁也没有通知。

麻子就变了"张必胜"，
　　　不久又变成"张麻子"，
张麻子很快又出了名，
　　　因为他有一副傻样子。

第一立正就老学不好：
　　　嘴边扯不掉那一朵傻笑，
两脚一靠拢，几乎要栽倒，
　　　闭了口就像闭了七窍。

排长调他当勤务兵，
　　　第一天就摔掉一个茶壶，
第二天忘记说"报告排长"，
　　　排长说"你只配当伙夫"。

张麻子一下了厨房，
　　　就同子弹装进枪筒，
不久就震醒了全连：
　　　无人不知道有个张必胜。

他包了挑水，

　　　又包了砍柴，

不向人讨烟抽，

　　　早上又起得来。

连长太太要个柜子，

　　　麻子两天可以做两个，

排长家里没有人挑粪，

　　　麻子说"我从前挑过"。

麻子的草鞋，

　　　打得又好看又快，

偶尔管了饷，

　　　也输得痛痛快快。

大伙儿猜拳喝酒，

　　　他在旁边剥花生米。

大伙儿要去找姑娘，

　　　他说他还要筛一筛米。

被服发得破旧，

　　　麻子是不会说话的，

草鞋费被吞掉，

　　　也喷不出个"他妈的"

没有饭吃，就睡觉，

　　枪声响，他精神更好，

　　　　这一次他也学会了：

　　　　　　"奶奶……让他们瞧瞧！"

麻子天黑了去送饭，

　　　　觉得像挑菜进城，

忽然一担饭撒在地上，

　　　　天空中飞满了金星。

张必胜上火线三次，

　　　　三次都没见到鬼子，

第一次丢个大拇指，

　　　　二三次都打中了腿子。

他在野地里躺十天十夜，

　　　　腿上都长满了蛆，

身旁的草都吃得精光，

　　　　仿佛还淋过一夜雨。

医生说："腿子要锯掉。"

　　　　慰劳队说："敌人真残酷。"

麻子一闭眼就看到母亲，

　　　　这是他第一次流泪痛哭。

有一天排长请吃茶，说，

　　　　"现在你可以回家娶老婆。"

麻子的眼前忽然变得漆黑：

这是第一次他真正想到"老婆"。

爆竹游行闹过了一夜，

　　说是日本鬼子已经投降，

麻子说不出心里想什么，

　　到附近灌进了几杯白干。

"胜利"转眼过了三个月，

　　他梦见回过两次家乡，

第二次到那里就没有回来，

　　有人奇怪他为什么要死在路旁。

　　　选自《诗四十首》，上海文化生活出版社，1946 年 10 月版

秩序（选三）

——向北方的诗人们写的一篇报告

郑思

　　一

同志，短行而跳跃的诗句

暂时只好让给玛耶可夫斯基或者田间

那些被新鲜的血液所鼓动的嘹亮的歌者，

洋车夫赤膊上的汗粒

和女郎在车上翘起二郎腿的姿势

令我有了一些奇异的灵感……

我只看见南方的海洋在不平地起伏

只看见一群越狱不遂的因犯

　在判决之前的死寂的脸孔

只看见大厦像重叠地堆起的堡垒

我所能见的只是在一场大雨之后

伏法者底尸首被亲属抬走的时候沿途滴下的污血

骑楼底下——

那些待埋的饿莩们睁着尚未完全死去的眼睛

那两块给饥饿蚕蚀得发绿的眼白

有如两块未曾填补的人生空白

露出了冤屈和仇恨……

那么，同志

我底奇异的灵感

将是多么不愉快而且大杀风景

在老爷们或者少爷们看来

简直就像那些卑微的临死之前的乞丐底

一场多余的悲切的呻吟

九

呵，诗人们!

真的，这里的一切都十分美观

海洋在大陆边缘起伏

色情的大厦一层层地建筑，升上了天空

收音机用白痴的喉咙大声叫喊

电风扇，悬挂在堂皇的酒巴上

以仆欧一样忙碌的典型的服务精神

为喝酒的嫖客们和老爷们在起劲的旋转

狗见主人，摇着尾巴，又吠着生客

男人，追逐女人

女人，娇媚地吊在男人的臂膀上向同性示威

老爷，在姨太太面前炫耀美国新到的朱古力，奶粉，透明衣，烟

斗，雪茄……

而下贱的农村女人，照旧推粪车

毫不假思索地，用粗手替人家洗着马桶……

环绕着

法律

这是

饱和的秩序

在这秩序的金光闪耀之下

流浪者只有资格让自己的腿饿成两条笔杆

去垃圾堆上选择苍蝇吃剩的食物……

而功绩的勋章

便悬挂在老爷们的胸膛

无数的官员们，也正因为这井然的秩序

在领薪水，摆官架子，讨姨太太，下判决书，

考试，坐小轿车，开会，打电话，发脾气，拍台子……以及
其他。

十

呵，同志
我底原意是想来写一首赞美诗

我底手却在不停地打抖
我底心似乎有火在燃烧
我想到原野上也许正燃着熊熊的野火
我有一股渴想出击的热力
我想着
人类一开始就以自己的集体击败了野兽

于是，我走到原野
我看见那些迷人的
闪耀着晶莹的亮点的星星
我底思想翻滚着
我想着那些和野花恋爱的古城
我想着那些没有眼泪的人民
我想着那些为汗珠装饰着的胸膛
我想着那些凡蛾玲和诗章……
而且，我也想着——
为了迎接大风雨
英雄们正在集体地死去……

于是，我便严肃而且静穆地

向远方送出了我底亲热的祝福……

选自《希望》2 集 4 期，1946 年 10 月

墓碑

袁可嘉

愿这诗是我底墓碑，

当生命熟透为尘埃；

当名字收拾起全存在，

独自看墓上花落花开；

说这人自远处走来，

这儿他只来过一回；

刚才卷一包山水，

去死底窗口望海！

1946 年

选自《益世报·文学周刊》11 期，1946 年 10 月 20 日

圣者

——悼闻一多先生

唐祈

每一个人死时：决定

一生匆促的行踪，

有的缩小，灰尘般虚渺……

有的却在这一秒钟，

从容地爆裂；

世界忽然显得震动。

生疏的因你开始认识；

熟悉的在行列中更热烈走在一起，

你无言的声音：张开

一面高空的旗，

飘扬在七月底晴空，如巨大的

一个启示般庄严，美丽。

你的灵魂将被无数青年人

歌唱；如一座未来崇高的形象。

1946 年写于重庆

选自《诗创造》4 期，1947 年 10 月

阿 Q 答问

辛笛

阿 Q，你居然也想说话哪。
你懂吗，会吗，配吗，
说那些时髦而不中听的话？

哼，你错了。
就算我还是阿 Q，我已是新生代，
我死也要说，死也要说。
就算你手里拿的是切菜刀罢，
我的头颅是滚圆的西瓜罢，
只要新生代的阿 Q 死不尽，
我总有一天要叫你死，叫你死。
我们要瞪着盘中你孤独的头颅，
哈哈笑出了我们的愤怒。

1946 年
选自《文艺复兴》1946 年 2 卷 3 期

夜潮

岑琦

江上，我们的船在等待一个黄昏。
当夕阳从海外带来一个金色的梦幻，
夜的潮汐来了，看漩涡吞没岩岸，
突然，船上的人惊惶地叫喊起来。

船在行驶着，我默默地望着江面，
一具裸尸像游泳家在水面沉浮，
他要趁着潮候泅回家乡去……
船上的人笑了，笑声带着颤抖。

两岸移动的绿野渐渐暗淡起来了，
夜的阴影便开始在人们心头扩大了。
潮汐退了，不愉快的感觉又浮现，
跟潮汐回到大海，饱涨着一肚思念！

船中人在可怕的静寂中轻语，
黑暗中有人叙说一个荒诞的故事，
蓦地，一阵风在江上激起一声叹息，
我仿佛听见一串从远方传来的号哭……

选自《浙江日报》副刊《江风》，1946 年 11 月 9 日

清道夫

郑敏

我是第一个人，从昨天里走出来

接受这新的一天，新的世界，

清晨的薄雾，不要这样痴呆，

没有美丽的绒幕能永远遮掩着

凌乱的舞台，不论是可悲的

可喜的，不祥之兆，还是佳音，

让必须呈露的早些呈露，

让虚伪的掩饰早些结束；

昨天的风吹出叹息，

昨天的雨洒尽泪滴，

云在昨天这样沉重

雷在昨天这样愤怒，

都为的是催促

人们在今天的晨曦里

迈进一步。

地下躺着废纸，垃圾堆里有鼠尸

酒瓶，曾经是焦渴者的天国

又成为幸福后的空虚；

烟蒂，点燃过希望的塔上的火

又任它在辽远处灭熄；

一切使我叹息，

曾有过的污秽重新又有，

没有过的智慧仍然没有；

时间推不动这一群人们

好像河水卷不走一片滩石

可惜，可惜

我们不能停止住飞逝的时间

像顽固的山羊缠住了牧羊人。

选自天津《大公报·星期文艺》，1946 年 11 月 24 日

赠逸群兄

程鹤西

埋在地下的种子会爆出青芽

渗下去的雨点会结成泉水

一只只被遗忘的脚印踏出来人间的路

从此去，这将是你，旅途上

无言的伴侣

向人间

你也多接受沉默

那也许是老弱者幼小者

脉脉的哀怨

让我们心里总藏有同情

那也许是壮健者刚强者的愠怒

让我们的脉管也跟着跳跃

捡起这一切

默默的背起

像捡柴的老人

掇拾起路畔的残枝

不论是为别人一夜的温暖

为自己一餐的燃料

或像我们的祖先

开辟无人的草莽

放一把野火

选自《文艺复兴》1946 年 2 卷 4 期

山城的星

臧云远

草坡灰蓬蓬

接着天空，

草里飞起了萤火虫

一闪一闪地像星光

在天边流动。

你指着天上

那颗明亮的星，

说她天天望着

衰老的山城，

像宇宙的眼睛。

你跑到草坡上

去接近那颗星

问她的星球上

可也有革命,

星光笑着不作声。

我站在海边

望着那颗星,

仿佛看到她

正在望着山城,

星光里有你的眼睛。

草坡黄霜霜

萤火虫埋在土中,

只有你的眼睛

望着那颗明亮的星,

一问一答地在天空。

1946 年 12 月 25 日夜

选自《中国四十年代诗选》,重庆出版社 1985 年版

世界上有多少人在呼唤我的名字

杭约赫

我走到江边,

一群搬运麦粉的人在叫着我的名字：
"杭约赫，杭约赫，杭约赫……"
我走到山上，
那些砍伐树木的人在叫着我的名字：
"杭约，杭约，杭约——赫"
我走到街头，
抬着石像的人在叫着我的名字：
"杭，杭，杭约赫赫……"
我走到野外，
扛着墓碑的人在叫着我的名字：
"杭约，赫！杭约，赫！杭约，赫……"

呵，世界上有多少人呼喊我的名字，
而我——杭约赫，只是一个穷诗人，

"杭约赫，杭约赫，杭约赫……"
这吃力的呼声叫得我的心天天在沉重，
我多渴望着，有一天——
劳动者们能为另一部分人类去服务：
这些麦粉会搬运给饥饿的人们，
这些树木会伐给没有屋子住的人们，
这些矗立起来的石像
会一个个都是真真为人民舍身的英雄，
被野狗啃嚼的死尸
也都得到安息……

这些挨饿的，睡在露天里的

这些默默无闻的，死了没有葬身之地的，

这许多许多不幸的人们啊！

让我们手握着手站起来呵！

我们去寻求温饱，

我们去建造住房，

我们去争取荣誉，

我们去为死人开一块安息地……

而我——杭约赫，

和我那些穷苦的诗人，

还要自由自在快快乐乐去唱歌。

选自《文艺复兴》1946 年 2 卷 5 期

我不能够

阿垅

我不能够献花给你，即使我有渴望而花鲜美，

因为花在早春的枝上，并非我底。

我不能够献珠给你，即使我有渴望而珠晶莹，

因为珠在海底的蚝肉中，并非我底。

我不能够为了我的缘故，不，为了你的缘故——

而使花和枝、珠和蚝即使为我或者为你而有分离之苦，

我不能够以我底眼睛凝视你底眼睛，以手握你底手
因为这眼睛注视过一切的色和相，这手接触过一切的物

我用手抚摩自己底手，而眼睛俯视着尘土的地面
我要先给你的，只是这我自己，我只是以我底心向着你底心而默坐于
殿角。

1946 年于成都
选自《荒鸡小集》，1947 年，署名"墨法"

孤岛

阿垅

在掀腾的海波之中，我是小小的孤岛，如同其他的孤岛
在晴丽的天气，我能够清楚地望见大陆边岸的远景
似乎隐隐约约传来了人声，虽然远，但是传来了，人声传来了
有的时候，也有一叶小舟渡海而来，在我的岸边小泊
而在雾和冬的季节，在深夜无星之时，我
不能看到你了；我只在我的恋慕和向往的心情中看见你为我留
下的影子

我，是小小的孤岛，然而和大陆一样
我有乔木和灌木，你底乔木和灌木
我有小小的麦田和疏疏的村落，你底麦田和村落

我有飞来的候鸟和鸣鸟,从你那儿带着消息飞来

我有如珠的繁星的夜,和你共同在里面睡眠的华丽的夜

我有如桥的七色的虹霓,横跨你我之间的虹霓

我,似乎是一个弃儿然而不是

似乎是一个浪子然而不是

海面的波涛嚣然地隔断了我们,为了隔断我们

迷惘的海雾黯澹地隔断了我们,想使你以为丧失了我而我以为

丧失了你

然而在海流最深之处,我和你永远联结而属一体,连断层地震

也无力使你我分离

如同其他的孤岛,我是小小的孤岛,你底儿子,你底兄弟

1946 年于成都

选自《荒鸡小集》,1947 年,署名"墨法"

日影

阿垅

我底手托着下巴坐在山巅,每一个黄昏,我看你

脸色逐渐变得困倦和苍凉,彳亍独行经过城市和荒原

在那地平线尘烟云边,最后作一次回顾

掉头而去,我以为:你将永不再来人间

留下了世界的荒漠,密林的深暗

当我底眼中充满了新的生气而醒来,世界也如此遽然初醒

而你已经在无云的天空，光和热和昨天一样给与我们

回到我们，你有你底不改的红颜，你底喜悦

如同和山和江和我们约好了似的，你底周期，你给了一定以及无穷

我应该用我底感激和喜悦在露水之中怎样来感谢你底呼吸所生的时间？

当我走到开小菱花的湖边，或其奔流新涨的河边

我总看到你底影子，在荷叶底绿影下，在流水底明澈中

你高高在上，所以无所不在

而你底绚丽的影子，旁边就是淡淡而描的我底面影

我也看见了我自己如同看见了你，我岂不是你底一个儿子？

在小草底摇曳之上，在岩底永久幽邃潮泾的缝隙之中

在花冠底边缘上，在花冠底边缘上的露珠底圆心

在农夫手中的闪亮的镰刀光上，在小孩子微笑的红唇上

在乞丐底缓慢和孤独的步子上，在尘埃底寂寞和扰攘之中

你在！你在！

当我走过一洼注蓄的死水，那里嚣攘着溃烂的泡沫，蒸腾着恶劣的气味

浮生着恶草，繁殖毒虫和细菌，抛弃着渣滓

面目半沉半浮着一具尸体，窝藏着强盗和贼物

然而我也看见有你底面影，你底辉煌的！我是如此奇异，怀着祷告的心向你

你不是高居天上而怕污秽，而是高居天上而无所不给

我是如此激动而且羞愧；羞愧并不使我畏缩，即使我是谦虚
的，我也要走尽人间的路

当我到你底面影旁边而就看到了我自己底面影

我不过是地球上的一粒微尘，而地球是你底一粒。也并不比微
尘更大

我自觉有罪，为了我底僭越，我底虚妄；不，我感到了我是在
被鼓励

我底视力从你的光而来，我底体温是你底血液之一

然而，我在我便溺之处，一样看到你这面影

一样粲丽而灼热，并不为污秽而改变

我要战栗，而我不应该只有战栗，因为我知道：即使我是你底
血肉，而我是人

你放射着宇宙能力而我在排泄肉体的机物

这里，就是在这秽物之中，而我也能感到你底存在

你不弃卑微和秽浊，我更应该鄙弃么？

你是这样用卑微的我来照顾你自己的，我更应该拒绝秽物么？

什么是干净的？不是因为在温泉里沐了浴，不是因为满衣襟敷
了鲜花

我底面影应该在我所排泄的东西里，因为你也在

每一个黄昏，每一个清晨，而我应该怎样以我底祷歌和群鸟为
你合唱？

选自《荒鸡小集》，1947 年，署名"墨法"

他

王佐良

他有智慧的眼睛，正直的鼻子，

会说几种语言，也善于茶桌上的絮谈，

一慷慨，他会向你坦白他信仰什么，在半夜忏悔什么，

可是，街坊们，你们认识他么？

十八世纪的文雅与节制，

女人与性，人与兽，时间与石雕，蜘蛛网，

派别与原子，全分裂了，只剩下跑马厅的报告与地缘政治的社论。

可是，街坊们，你们认识他么？

在他的抽屉里藏着什么？

他暗中是吻还是打他的老婆？

在他那关了的门背后

有什么地图，什么山水的速写？

突然间他停住了，惯做姿势的手悬在半空，抓住了空洞的回声……

他看着你又越过你，一个未完成的笑凝固在嘴上。

诱人的城市，千万个明亮的窗子，一下子全黑了。

失去了安全，他听见撕裂的声音，

剥光、刺透、燃烧的声音，

震垮、压平、倒毁的声音，放弃和死亡的声音，

所有时代和所有恐惧的声音，在斗室之内，

他听到了所有的人和他自己的呼吸。

1946 年

选自杜运燮、张同道编选《西南联大现代诗钞》，中国文学出版社 1997 年版

铁栏与火

曾卓

虎在笼中旋转。

虎在狭的笼中

　　沉默地

　　旋转，

低声地

咆哮，

不理睬笼外的嘲弄和施舍。

它累了，俯卧着

铁栏内

一团灿烂的斑纹，

一团火！

站起来，

两眼炯炯地发光，

锋锐的长牙露出，

扑出去的姿势

使笼外发出一片惊呼！

它深深地俯嗅着

自己身上残留的

草莽的气息，

它怀念：

大山，森林，深谷……

无羁的岁月，

庄严的生活。

深夜

它扑站在栏前，

它的凝注着悲愤的长啸

震撼着黑夜

在暗空中流过，

像光芒

　　　流过！

铁栏锁着

火！

1946 年

选自周良沛编选《白色花》，人民文学出版社 1981 年版

古怪歌

宋扬

往年古怪少，
今年古怪多，
板凳爬上墙，
灯草打破了锅。

月亮西边出，
太阳东边落，
天上梭罗地下栽，
河里的石头滚上坡。

半夜三更里，
老虎闯进了门，
我问它来干什么，
它说保护小绵羊。

清早走进城，
看见了狗咬人，
只许它们汪汪叫，
不许人用嘴来讲话。

田里种石头，

灶里生青草，

人向老鼠讨米吃，

秀才做了强盗。

喜鹊号啕哭，

猫头鹰笑呵呵，

城隍庙里的小鬼，

白天也唱起了古怪歌。

古怪多，古怪多！

选自《新音乐》1946 年创刊号

我是王

田贲

我是王

端坐在恶魔的监牢

饥寒毒打全都不关我痛痒

你们卑鄙毒狼

不用趾高气扬

我知道

在这里就是我战斗的地方

我是王

把生命发出万道光

毁掉这恶牢的万道墙

跳到大路的当央

若活我就要主张

死也死在主张上

我是王

把大家的血肉筑成墙

一齐往前闯

把地狱建设在天堂以上

杀呀，杀呀

杀开这奴隶的枷锁吧

纵敲断脊梁

也要干一场

也要干这一场

选自《星火（沈阳）》1946 年 1 卷 1 期

遥祝

沈宝基

云外的朋友你们都好吗

我想春天到处有的

早些或晚些

此地草未绿花未开

而且今年特别寒冷

然而总是春天

我的过去是一张白纸

纸的价值

也许就在上面没有字

胜利后的心情却几经改变

我曾笑过哭过复归于沉默

尚含希望的沉默

你们的来临一定近了

炮火都不怕何况风雨呢

相见的喜悦会填满一向的空虚

老了些又算得什么

历史好像是故事

一个平凡的故事

而我们还不配称作故事中的节目

山河跋涉小屋困居

何必去争比斗士的艰苦

如今泰然地抽一斗烟

望窗外天色还是晴朗的

感世而浩叹有甚意义呢

只剩下只情是珍贵的

我遂静下心来

遥祝故人的康健

夜行人

沙蕾

挟一瓶浓郁的香槟，
步向午夜街心；
一面踯躅，一面痛饮；
看酒瓶中浮出大国的幻影。
让星月摇晃不宁，
让摩天大厦渐渐下倾；
唱着逸乐与死亡之歌，
静待宇宙末日的莅临。

选自《黑白》1946 年 4 期

1947年

我们都是猴子

史卫斯

战神在广场上弄调着猴子，
慷慨高歌的忠勇之士其实都是猴子！
他们在扮着呐喊，冲锋，流血，倒毙，
而壁上观戏的导演者，
正悠闲地挥摇着王孙的扇子！

哀哉，我们也都是猴子！
我们仰望山间的熟香蕉，
梦想跃入山泉沐一身夕照，
抽得满身酸痛的却是眼前的鞭子！
我们掮上枪，戴上红翎帽，
一脸孔勇气，一脸孔英豪，
歌颂，叫嚣，学人步，学犬叫，
在锣鼓中流一身汗，博一场笑，
无形的桎梏藏在鞭子的影里，
自由和幸福是何其遥远的期票。

哀哉，我们都只是猴子！
生而只是为着他人呼号，跳跃，
我们的生命是他人的赌注，
我们只是棋盘上的棋子，

被主人搬动，或者被对手斩除！

不问胜利者是属于谁，

不改变的是猴子们的命运：

用不完的廉价的猴子，

用不尽的战争的资本！

哀哉，我们永远是猴子，

永远的被鞭挞，被搬弄，被轻视。

幻想有一天棋盘上哗然了所有的棋子，

猴子们的长枪忽然向戏弄者举起，

战场上不再有忠勇慷慨之士，

请看你如何搬演无猴的猴戏？

　　选自《工程（武汉版）》1947 年第 3 期，另据《文艺复兴》1947 年 1 月 1 日 2 卷 6 期《新家训（外一章）》，有改动

归来

袁可嘉

我带着闪耀的青春归来，

家里人却说我老了，

老了——因为我的梦都说尽了。

有时，它们却像密集而来的风暴，

摇撼我如顶黑夜载风雨的秃树，

痛楚地辨认残枝枯叶的呼叫。

1947 年

选自《益世报·文学周刊》22 期，1947 年 1 月 4 日

让我们来歌唱民主

司马天健

让我们来歌唱民主，

我们底最好的歌是歌唱民主！

那歌曲由四万万人民底口中吐出

工人在机器底零落的噪音里唱它，

庄稼人唱它时眼望着荒瘠的地土。

　　一个个大烟筒都冒出了浓重的黑烟，

　　矗立着的机器像怪物似地叫喊

　　黄金色的麦浪像大海，

　　青纱帐宽广得直通天边。

让我们来歌唱民生，

我们底最好的歌是歌唱民主！

它早已便在人类底心底潜伏——

商店的同人们在萧条的市况下唱它，

吃不饱的公教人员唱它代替哭。

　　货架子和玻璃窗装满了灿烂的百货，

　　忙乱的店员们都在照顾穿梭似的顾客；

一群快乐的人有效率地为公家服务，

再不关心着生活指数，更没有贪污。

让我们来歌唱民主，

我们底最好的歌是歌唱民主！

它已经是人们唯一的救主——

失业的人们在妻儿啼饥号寒的时候唱它，

失学的孩子们唱它当作了背书。

无数大工厂大企业有做不完的工作在向人们招手，

大街小巷里再没有一个人闲走，

美丽的幼儿园和一切学校都免费入学，

未来的主人翁都在为学识为真理研究。

让我们来歌唱民主，

我们底最好的歌是歌唱民主！

它已经是人们最后的活路——

街头的流浪者讨饭时歌唱着它，

打内战的壮丁唱它代表遗嘱。

到处都是甜蜜的家庭，

欢聚着共享天伦的温情。

内战的惨剧将永不再演！

勇士们只在疆界上保卫和平。

让我们来歌唱民主，

我们底最好的歌是歌唱民主！

那歌曲叫醒了所有在黑暗中的人们——

来争取人类永恒的幸福，

来争取世界各民族底友谊永远巩固。

人人都瞻望着未来，

让我们用斧头，

用耕锄；

让我们用热血，

用头颅，

把和平的障碍

铲除！

三六年一月七日夜

选自《文艺复兴》1947 年 3 卷 2 期

时感四首（选一）

穆旦

多谢你们的谋士的机智，先生，

我们已为你们的号召感动又感动，

我们的心，意志，血汗都可以牺牲，

最后的获得原来是工具般的残忍。

你们的政治策略都很成功，

每一步自私和错误都涂上了人民，

我们从没有听过这么美丽的言语

先生，请快来领导，我们一定服从。

多谢你们飞来飞去在我们头顶，

在幕后高谈，折冲，策动；出来组织

用一挥手表示我们必须去死

而你们一丝不改：说这是历史和革命。

人民的世纪：多谢先知的你们，

但我们已倦于呼喊万岁和万岁；

常胜的将军们，一点不必犹疑，

战栗的是我们，越来越需要保卫。

正义，当然的，是燃烧在你们心中，

但我们只有冷冷地感到厌烦！

如果我们无力从谁的手里脱身，

先生，你们何妨稍吐露一点怜悯。

1947 年 1 月

选自《益世报·文学周刊》1947 年 2 月 8 日

在中国的冬夜里

罗寄一

静默。北风强劲地扫过流血的战场，

那些不睡觉的眼睛安顿在古老大厦里，

冷笑地俯瞰那成堆的白骨

从诚实凄苦的土地的梦里破碎成灰。

城市满布着凌乱的感伤，
躲避在摇摇欲坠的阁楼里，
风吹打他们战栗，那无辜的血液
正泛滥着庞大历史中渺小而真实的课题。

饥饿死亡的交响透过冻裂的时间缓缓奏鸣，
那边的黄土、破庙、沟渠，这边空虚狠毒的
陷阱、舞台，它们在静夜里抱紧，
我们已不再能哭泣，反应这弥天的灾害。

当雪花悄悄盖遍城市与乡村，
这寒冷的国度已埋葬好被绞死的人性。
只有黑暗的冬夜在积聚、凝缩、起雾，
那里面危险而沉重，是我们全在的痛苦。

1947 年 2 月于上海

原载《大公报·文艺》，选自杜运燮、张同道编选《西南联大现代诗钞》，
中国文学出版社 1997 年版

晚琴

宇菲

每晚：每到日头落土的时候

河边飘散着像星火一样的琴音……

那是一个最忧悒的孩子，最古老的琴弦在

河边拨弄起来的。

他拨动了第一根琴弦

好像拨下了少女心里第一朵爱情的花瓣

他拨动第二根琴弦了

天上的星子也掉落在孩子们的木碗里，

他不断地拨弄着；

牢狱里的囚徒挣断了铁链

那些酒徒们也疯也似的抱紧着老板娘，

那些过往的白帆也收起了他们的行程

那拉纤的，浣衣的男女们在向着江心祈祷着。

每晚：每到日头落土的时候

河边总是飘散着星火一样的……

河边总是痛楚地怨恨地流着人民的眼泪……

2 月于广州

选自《诗垒（汉口）》1947 年 1 卷 1 期

夜语

刘燕及

说墨水太厚

说秃笔太锈

说老爷太阔

说小民太瘦

说风月太旧

说煤灯无油

说民主

说言论自由

1947 年初

选自《海歌（青岛）》诗刊 39 期，1947 年 2 月

雪的原野

废名

雪的原野，

你是未生的婴儿，

明月不相识，

明日的朝阳不相识，——

今夜的足迹是野兽么？

树影不相识。

雪的原野，

你是未生的婴儿，——

灵魂是那里人家的灯么？

灯火不相识。

雪的原野，

你是未生的婴儿，

未生的婴儿，

是宇宙的灵魂，

是雪夜一首诗。

选自北平《平明日报》1947 年 3 月 2 日

晒太阳

余祖胜

太阳倾泻在石头上，

温暖着我的身躯，

呵？这也触犯了吸血鬼的法律！

"哼！不讲羞耻！"

眼珠翻滚，

怒目瞪瞪。

在这人和兽混居的城堡里——

　道德、法律、武力、金钱……

　全是吃人的野兽！

春天，是强盗们的，

穷人永远生活在冬天里。

愤怒地站在石头上，

我要回答——

总有一天，我们将

站在这个城堡上，

高声宣布：

太阳是我们的！

1947 年 3 月 9 日

选自《囚歌》，四川人民出版社 1978 年版

生命的流

宗白华

我生命的流

是海洋上的云波

永远地照见了海天的蔚蓝无尽。

我生命的流

是小河上的微波

永远地映着了两岸的青山碧树。

我生命的流

是琴弦上的音波

永远地绕住了松间的秋星明月。

我生命的流

是她心泉上的情波

永远地萦住了她胸中的昼夜思潮。

选自《妇女月刊》1947 年 5 卷 4 期

地层下面

苏金伞

冰雪
使大地沉默。

然而沉默，
并不是
死亡。

眼前：
虽然是冻结的池塘
是没有颜色的田野，
是游行过后
标语被撕去的墙壁，
和旗子的碎片飘散的大街。

但是，在地层下，
要飞翔的正在整理翅膀，
要跳跃的正在检点趾爪，
要歌唱的正在补缀乐曲，
要开花结子的正在膨胀着种子，
躺在枪膛里的子弹，
也正在测验着自己的甬道。

不久，
土壤就会暖和起来，
肌肉也松动了；
雷会来呼唤它们。

不久
就是彩色的节季
和音响的世界。

而匿居在洞穴里
或流放在海边的喑哑的歌者，
也将汇合在一起，
围绕着太阳
举行一次大合唱。

> 1947 年 4 月
>
> 选自《新诗歌》1947 年 3 期

去国

阿垅

我无罪；所以我有罪了么？——
而花有彩色和芳香的罪
长江有波浪和雷雨的罪么，
而基督有博爱的罪

欧几米得有几何头脑的罪么？

夺去我底花冠吧，夺去吧，夺去我底战剑吧，夺去吧

让我底头顽强地裸露，而让白蔷薇在你底加冕典礼上为你蔫
萎吧

让我底两臂默然地下垂，而让剑光在你底一握之中为你增加沉
重吧

夺去吧，连我底落在妻底墓前的泪珠，那和清晨草间的露珠一
样无罪的泪珠

连我底抚摩孑然的孩子底头皮的双手，和那阳光一样抚摩着他
底头皮的无罪的双手

夺去吧，连我底诗，我底不可夺去的诗

夺去吧，连我底一文不名的自由，连我底做做恶梦的自由。

我难道不是在我底祖国？然而这难道是为我所属的国？

这难道不是当我之前所展开的风景，这山，这江，这人烟和鸟
影？然而这难道是为我所有的国？

我到什么地方去？

我从什么地方来？——

我不是生命的悭吝人

花开得，江流得，那应该是多么慷慨！

我不是珍藏着这一点点的赌本而奇想着我底豪侈的赌彩

我只是，并没有义务向赌窟主底宪法纳税以及服役。

花在开，

雷雨在酝酿

孩子在梦醒时唤着爸爸回来

小草在妻底墓上用露珠幽然哭泣

炮兵连在闹市上轰然通过

既然没有糖果，当然没有犹豫

我无罪；但是我却把有罪当作我底寒伧的行囊了

我是在劫夺了我的祖国敞胸而岸然旅行。

一九四七年五月二日，雾边城。

选自周良沛编选《白色花》，人民文学出版社 1981 年版

无线电绞死春天

陈敬容

人们游春去了，

随便攀一枝杨柳，

摘几朵桃花，

带回给匆忙的都市，

天空好像忽而更蓝了，

更叫人记起生活的苦恼。

无线电绞死春天，

"香格丽拉"像条淫荡的狗，

吠过了，于是又来了商业广告，

银行，公司，店铺，算盘珠。

拨了又拨，找不出足够的盈余，
填满战争的贪吝的口腹。

灯红酒绿的夜，到处是喧嚣，
喧嚣盖不过马路上料峭的寒
深夜，黄浦江呻吟。
苏州河叹气，
睡梦里还有人盘算着，
油盐柴米，担心一早起
报纸又带来什么坏消息。

1947 年 4 月 8 日

选自《诗创造》创刊号，1947 年 7 月

电杆木

郭风

电杆木
都市的不可或缺的装饰物
牵连着纵横交错的电线
电杆木
和山砌的高层建筑物
和四方八面而来的玻璃的眩目的乱反射
和金属的噪音，人群的噪音
构成都市的迷雾

密集地

错综而又整齐地

排列在都市的两旁

那装置在那里的

黑色的火车头一样庞大的变压器

有一个工人，脸上满是燎渍和油垢

以船缆一样粗大的绳索

把自己悬吊着

在干什么

呵，那流转在连云的建筑物

与网样繁密的电线之间的

都市的惊涛骇浪的煤烟

和从远远滚来的车轮之轰响

和地面上碎纸、什物的急转

和灰尘的旋风

造成了怎样使人胆悸的，

迷眩的

都市的气氛

那个工人，从电杆木上急急地跳下

摔了一把黑汗

又把绳索绕成圆圈，套在肩上离开了

而站在十字街路口的红绿灯

以闪映的眼睛

在预告着一秒钟比一秒钟加深下去的

骚乱和永劫

电杆木

牵连着纵横交错的电线

神秘地

网着都市的天空

那穿行在下面的纷乱的人群

被怎样的一种力量

吸引到这里来

又唯恐不及分散的人群

他们以怎样匆忙的脚步奔跑着……

电杆木

以发生的，黑的电线

和白的磁杯

在都市的

汹涌着浓色煤烟的天空上面

鸣响出骚乱得无以复加的骚音呵

选自《大公报》1947 年 6 月 27 日

带路的人

杭约赫

我们常常迷失在自己的小世界里，

拾到一枚贝壳，捉到一个青虫，

都会引来一阵欣喜，好像

这世界已经属于自己；而自己却

被一团朦胧困守住，

翻过来，跳过去，在一只手掌心里。

有一天忽然醒来，

烧焦了自己的须发，

从水里的游鱼，天空的飞鸟

得到了启示。于是

涉过水，爬过山，

抛弃了心爱的镜子，

开始向自己的世界外去找寻世界。

路旁石缝里的一株小草，

悬崖下的一坳泉水，

还有那些蹦蹦跳跳的小动物，

都在告诉我们一段经历，

教我们怎样去磨炼自己，

从这个起点到另一个起点。

今天我们不会再轻易去叹息：

一朵花的凋谢，月亮的残缺；

一粒星的陨落，一只蛋壳的破裂，

都给我们预示了将要到来的一些忧患。

都给我们指点了面前的路，

因他们生命的变幻，

填平了多少崎岖和坎坷。

领我们到一个新的世界，

——自己的世界外的世界。

1947 年 6 月

选自《诗创造》1 期（1947 年 7 月），署名"江天漠"，收入《火烧的城》

中时，诗题改为"启示"

交响音乐

方平

当徐徐的银棒，从屏息的顶点落下，

像第一丝阳光划破了无限的冥苍，

于是来了鸡的报晓，鸟的和鸣，

接着是一片生之舞踊，白日的欢唱。

忽然一声霹雳，又像是大神的铁槌，

击落在云端，召来了暴风与暴雨；

啊，大自然变幻的节奏，既难捉摸，

也难领悟这一串空灵精邃的乐语：

是诉述星星与星星间，默契的心愿，

是回溯光影潮汐，印上贝壳的花纹，

是礼赞缕缕花纹，一丘一壑一宇宙？

在惶惑的惊异中，让我们却是一样
像海滨采拾贝壳的小孩子，敞开心
去交付美与未知：那最单纯的信仰。

选自《诗创造》创刊号，1947 年 7 月

小提琴

方平

啊，到了你的手里，放置的器皿
一旦到了你的手里，于是第一次
我们张开了眼，翩翔着神思，
忽然进入，从未接近过的梦境。

云端的天使，侍奉爱神的水仙，
浅浅银河，漠漠太空，织女的颤泣，
一切都是奇妙异幻；然而一切
只是真实，来自琤琤的四根细弦。

Stradivarius——人世的宝贝，
假使没有你献出毕生的艰巨
为了要在流水一瞬里给予
这样巍峨，这样雄辩的赞美，
歌者对于自己吟唱的言语

将被还原：喑默的几片木材。

选自《创造诗丛》，1947 年。Stradivarius 是最伟大的小提琴制造家所制的提琴，他生在十七世纪的意大利，名字便叫 Stradivarius。——作者注

鸟与林子

唐湜

鸟

（在林子里孤独地唱歌）

为你们，善良的人民
狗圈里，兽圈里的囚人
我歌唱，我歌唱明天
为你们，我歌唱明天的
愤怒的火焰，创造的火焰

当母亲用最后的一把力气
生下你们，像卸下一个包裹
你们就昼夜不息地
背起了这生活的重负
赶路，赶着泥泞的道路

过悬崖，过山谷，过黑黑的森林
过无边的漠视的荒野

自生自灭像一颗颗野菜

给你们生活，或死亡的地狱

仿佛全待别人的高兴

交粮，交租……扫光了谷仓

又赶走了小猪与老牛

天地是如此阔大无际

而你们，贫无立锥

像风子生活于别人的衣缝……

　林子

（从沉默里吐出叹息）

你在对谁，对虚空歌唱

这里没有人类，甚至还没有时间

天地在这里还是一片混沌

　鸟

（吐了一口鲜血仍然倔强地歌唱）

战争是发疯的野兽

到处喷射着灾祸的火花

在泛滥着血河的土地上

你们仍然倔强地种上杂粮

把自己的眼光局限于

　一小丘的收获上

黑黑的泥土就是你们的宇宙

跟着太阳一起上山下田

跟着太阳一起回来睡眠

阡陌是山脉，清渠是江河

村落是辽阔的国家

城市——地球以外的月亮

像衰老的受伤的牛

拖着笨重的苦难的破车

你们的背弓了，臂折了，腿弯了

但命运的重轭还在你们的颈上

绿色的希望也还在沙地的那一边

（又吐了一口鲜红的血）

林子

（沉默凝结得更浓

雾在枝叶间降下来

成了透明的露珠）

可敬的先生，你唱得真好

但我们只是沉默的草木

我们没有眼睛看见你所唱的

也没有灵魂接受你的声音

你不如去对流水唱去吧

流水会把你的歌唱播开去

鸟

（飞翔着，飞出林子

飞到明亮的草原上

草原上有宏大的流水的声音

与工作着的人们的呼喊）

走呵，走出这村落的世界

走向新人类的远景

命运给人苦难也给人聪明

你们将挺直脊骨如放开弯弓

射出愤怒的意志的箭

爱与恨，雨阵孪生的风

将推动你们的波浪前进

大水冲开阡陌，冲出堤防

森林的兽迹会永远泯灭

都市的岛屿将马上沉没

于是，你们从复仇的大火里

新生，如复活的凤凰

与热情的太阳同作同息

也与他同在崇高的崦嵫山上

拥抱无边无涯的世界

（吐了最后一口血

死在草原的阳光里）

选自《诗创造》1947年3期

危险的花卉

王道乾

人的皮肤下隐伏危机与动乱……
危险的口吹起气球要爆炸。
美妇人脸上隐藏着刀,
嘴里是恶毒,臂与腿裸欲裂的血肉。

人的皮肿胀:人与人在街上
比肩走,挺直,面孔不安又危险;
眼观自己的事,头计算自己的命运;
不讲话,口含过多或过大的舌。

只有一件事只有相同的命运。
人这样的体腔包在一张薄皮里
终于爆炸:那一天,人人血肉模糊,
走在街上如行走的满开红花的植物。

摩肩擦踵,肉体绷紧,走在街上;
美丽的女人姣好的幼童像发起的面团,
危险的沉默。饥寒死亡抢掠诈骗和
战争充实无常的人体,经验爱与恨。

选自天津《益世报·文学周刊》60 期,1947 年 10 月 4 日

骚动的城

唐湜

犁，让牛把你曳引

在我们的田间

锋利地掀起大地。

　　　　安德烈·纪德

洋油箱①，孩子们拖着你，

正如拖着锋利的犁，

犁过大街，犁过城市的心脏，

犁在人民的肩背上；

罢市，喧嚣的呼喊起来了！

罢工，城市的高大的建筑撼动了！

昏黄的夜，街灯灭熄了，

城市的眼睛灭熄了，

城市的脉搏停止了，

鬼影似的人们潮水般

涌过来，

　　　拥过去，

———————————

①拖洋油箱，温州一带罢市的信号。

一阵风扫灭了城市的浮光；

野狼似的卷风滚滚而来，

店铺的门窗——那嗅寻着黄金的

城市的鼻子随着闭上了，

一切香与色——城市的诱惑，

都给风吹散了；

在戏院里喝彩的绅士淑女，

猫似的溜走了，

只把那尴尬脸的白鼻头小丑，

穿着三不像的五色衣裳，

剩下在黑暗的空台上！

物价在烟突里奔出，

像黑烟一般望天上飞，

洋油箱的声音

播下了不灭的种子，

这城市永远不会平静；

呵，骚动的城，混乱的城，

生活的犁拖着每个人的足步

向城市的腹心奔去！

1947 年作

选自《骚动的城》（创造诗丛），上海星群出版社 1947 年 10 月版

家

田地

这条街上

到处散布着牛粪，猪粪，鸡粪，柴屑，青草蔓生

石卵路高低不平；

街的左边是一条污秽的小沟

猫的尸体，小鸡的尸体流下来

树枝，破草鞋流下来

村人在洗衣服，洗尿布，洗米，洗菜，洗便桶，洗锄头，洗脚……

一边洗着

一边聊新闻

大水沟边数过去第三道门

门口架着一个松毛凉棚，躺着一条狗

垃圾堆在烧着冒白烟

就是我的家……

选自《告别》（创造诗丛），1947 年 10 月

小店

田地

红头绳，信纸信封，麦烧，篮花皂

几年前的东西如今没卖掉

打骨牌的人们，早过的过走的走

活着在这里的也没心打牌

排排坐在门口长条凳上

说新闻和打听新闻的人也没有

左右是打仗，捐税，抽丁，死了人

自身难保

谁愿意一次次多打听

小店的油腻柜上

灰尘厚得好画花

小店老板的脸像一块生铁

小店门口写着：

"无论亲友概不赊欠"的梅红纸

一半已经撕掉

一半被雨淋得发白

选自《告别》（创造诗丛），1947 年 10 月

我歌颂肉体

穆旦

我歌颂肉体，因为它是岩石
在我们的不肯定中肯定的岛屿。

我歌颂那被压迫的，和被蹂躏的，
有些人的吝啬和有些人的浪费：
那和神一样高，和蛆一样低的肉体。

我们从来没有触到它，
我们畏惧它而且给它封以一种律条，
但它原是自由的和那远山的花一样，丰富如同
蕴藏的煤一样，把平凡的轮廓露在外面，
它原是一颗种子而不是我们的掩蔽。

性别是我们给它的僵死的符咒，
我们幻化了它的实体而后伤害它，
我们感到了和外面的不可知的联系和一片大陆，
却又把它隔离。

那压制着它的是它的敌人：思想，
（笛卡尔说：我想，所以我存在。）
但是像不过是穿破的衣服越穿越薄弱越褪色

越不能保护它所要保护的，
自由而又丰富的是那肉体。

我歌颂肉体：因为它是大树的根，
摇吧，缤纷的树叶，这里是你坚实的根基；
一切的事物令我困扰，
一切事物使我们相信而又不能相信，就要得到
而又不能得到，开始抛弃而又抛弃不开，
但肉体使我们已经得到的，这里。
这里是黑暗的憩息。
是在这个岩石上，成立我们和世界的距离，
是在这个岩石上，自然存放一点东西，
风雨和太阳，时间和空间，都由于它的大胆的
网罗而投进我们怀里。
但是我们害怕它，歪曲它，幽禁它，
因为我们还没有把它的生命认为是我们的生命，
还没有把它的发展纳入我们的历史，因为它的秘密
还远在我们所有的语言之外。

我歌颂肉体，因为光明要从黑暗里出来：
你沉默而丰富的刹那，美的真实，我的肉体。

1947 年 10 月

选自《益世报·文学周刊》1947 年 11 月 22 日及《经世日报·文艺》1947
年 11 月 23 日

秋郊遥望

徐讦

淅沥黄昏的秋雨，
晚来在枝头点滴；
一夜来的萧瑟，
换取了五更的沉寂

云层里的阳光尚杳，
原野的露水似霜似雪；
滔滔的江水长歌古今，
远行的游帆忽隐忽灭。

此地多少的征人远去，
无数的寒衾无人惋惜；
已散的家室在梦里团聚，
团聚的人儿在埠头离别。

怅立的山峰深锁忧郁，
晨醒的宿鸟似诉似泣，
两岸的枫叶摇摇欲坠，
零落的残星待人采摘。

1947 年 11 月 5 日，上海

选自《徐讦文集》，上海三联出版社 2012 年版

冬日黄昏桥上

陈敬容

桥下是污黑的河水
桥两头是栉比的房屋
桥上是人
摩肩接踵的人
和车辆，喇叭与铃声
冬日黄昏的天空暗沉沉
将落的太阳
只增加入夜的寒冷
你们多么疲倦
而又焦急
你们低着头或是扬着脸
生命的琴键上
正奏起一片风雨之声

你们有的疾疾奔赴
有的又踌躇举步
（唉，这太多的
太多的尘土！）
当夜晚到来
多少窗上要亮起灯火
多少盛筵要在

机械的笑容下展开

多少人要回家去

一面叹着气

一面咽下他们的晚餐

当夜晚到来

多少船只要停泊在

休息的港岸

一个个墙角，屋隅，或是

随便什么躲避寒风的所在

躺下去

也许从此再不起来

黑夜将要揭露

这世界的真实面目

黄昏是它的序幕

这世界上很多座桥

很多人在这些桥上走过

1947 年 11 月 21 日

选自《交响集》，上海星群出版社 1948 年 5 月版

陌生的我

陈敬容

我时常看见自己

是另一个陌生的存在
独自想着陌生的思想
当我在街头兀立
一片风猛然袭来
我看着一个陌生的我
面对着陌生的世界

许多熟习的事物
我穿的衣裳
我住的房屋
我爱读的书籍
我爱听的音乐
它们都不是真正属于我
就连我的五官四肢
我说话的声音
我走路的姿势
也不过是一般之中的
一个偶然

在空间里和时间里
我随时占有
又随时失去
我如何能夸说
给出什么我的所有
虽然人类舞台上
永在扮演取予的悲剧

我没有我自己

当我写着短短的诗

或是长长的信

我想试把睡梦里

一片太阳的暖意

织进别人的思想里去

1947 年 11 月 26 日

选自《交响集》，上海星群出版社 1948 年 5 月版

最末的时辰

唐祈

天亮：少女在公园里

　割断自己

蔚蓝色的脉搏。

街道上的窗紧闭，

城市人的眼圈都

　陷落下去，

白日纷乱，空旷的

市郊，更寂寞。

饥饿，泛滥的河

汹涌吞没着

最末一个时辰的工作：

农人哭泣着田地；
工厂的大烟囱停止了
喘息；成群地
饥饿拧结成的学生队伍
从早晨游行……
远方士兵流行着
一种沉重的
怀乡病。

苍黄瘦削却凸突着的
孕妇，在昏黑的夜街中心
收拾着血婴，污秽的
哭嚎，阴沟十分寒冷。

一群群警察深夜巡行；
敲开每一扇门。

一切名字的枪，向自己底
兄弟：瞄准。

四方绝望的
叹息，像风雨
震撼全城市的屋脊。

所有熟悉的街坊

和故乡——

碉堡与碉堡张望；

吐着猛恶的炮火网。

许多人们没有住处；

死亡的人不闭目，

烈日下面期待

一堆土。

如果撒旦知道

这个国度阴森恐怖的

面目，他将乘着黑夜的飞机来，

来向你亲人般祝福，

而我将因愤怒呵；

失声痛哭……

我竟是诗人，历史学者，

预言家，最末的时辰终归来到，

我还有着更大失声的

欢呼，大笑！

当另一支军队，

踏着六尺的阔步开到。

　　　　1947 年于重庆

　　　　选自《诗创造》5 期，1947 年 11 月

卧轨

马君玠

这是理性的决定，知慧的指导；

"善人只能生存在善的国家里。"

我从学校走遍社会的角落，

在雪里从天黑等到天亮，

排成队买混合面，煤球，

有倒下死的。我跑到大后方，

跟西南人民一起支持抗战，

又游行在印度的林野里；

现在我回来了，北平；我真累！

我找不着工作。于是我来追寻

这个隐匿着的世界，它

对于无知者，缺乏探究之心的，

是隐匿着的。这不是冲动，

"善人只能生存在善的国家里。"

三十六年，北平清华

选自《文学杂志（上海 1937）》1948 年 3 卷 4 期，署名"马文珍"

不能住在十字街头

浪子

喂！
朋友：
我们不能住在十字街头。
不论向左
或是向右
总得要往前走；
这个闹嚷嚷的鬼地方，
我们岂可久留?！

你苦闷吗？
你困惑吗？
你决不定向那里走。
其实呢，
路就在咱们底前头。
黑暗，空虚，
让我们把它撇到背后；
走向前去，
去夺回我们底光明和自由。

但是，且慢，
这里还有很多朋友。

我们走了

他（她）们会更难受。

这都是同胞啊！

大家都如足如手。

我们要彼此互助，

我们要互相帮凑。

何况你我两个，

口粮路费都还不够。

要走，得大伙儿走。

成群结队，

风雨同舟。

我们要心连着心，

手拉住手。

组成家族样的一个团体，

为我们底大家利益而共同奋斗。

讨论时候大家开口，

劳作时候大家动手，

大家的事大家做，

大家所生产的大家享受。

我们要在海洋里垒砌荒岛，

我们要在沙漠中垦殖绿洲。

有温暖的地方就有幸福，

有力量了以后才有自由。

只要我们走的路对，

大家就会跟着来走，

洪流冲激着的人们，

谁也不肯放过挪亚的方舟。

新天地是要新青年来创造的，

让我们团结起来汇成一道澎湃的铁流。

流向人群，流遍地球，

使那些受到它底洗礼的人都能得救，

谁也不在凄风苦雨里边徘徊十字街头！

选自《合作青年》1947 年新 1 第 1 期，《绥远合作通讯》1948 年 2 卷 5 期转载

失眠

叶金

失眠的夜里辗转于床上

思想的小河越流越长

万千的幻像如浓雾般散去又奔还

寻不见睡眠憩止的方向

隔房的鼾声响得如雷鸣

可不知他们的梦是甜还是酸辛的

但失眠者怕用灯烛去照亮

那些熟睡者死尸般的脸相

魔鬼在床畔嘈杂地舞蹈

带给失眠人逝去的欢乐和哀悼

烦扰的担子愈压愈重

思想的捶子也一下一下地敲击着头脑——

神经如钟表滴答滴答地转着运轮

失眠的人在谛听时间磨蚀生命的声音……

选自《诗创造》1947 年 6 期

初夏

林蒲

黑云拖过一阵

西北雨，

长空豪迈，

挥着蓝毫

脱掉了衰病的颜色，

山青而又肥壮，

山外的天是更高，更圆

招伴的鸟声是悦耳的。

撒过种的鱼群

嬉游在丰腴的溪流中

经过新生的孵育
醒转来的大地
从不骗人的，
辛苦锄耨的期待
多皱纹面孔上隐隐的
欢愉：风吹禾末，
听：远近快乐的雷声

是的，燃烧着的，
碧色的枝儿，叶儿，
都准备花落后
沉重的负荷

一切将成熟，拟成熟的
都在迎接，都在等待……

选自《诗音丛刊》1947 年第 1 期

自由

沈宝基

我是健忘的但我没有忘记你，
你在我额上，你在我耳边，

有时是口里手里，

你在我阅读的书上诵出的句里。

我童时有你一如我现在，

我老时亦有你亦如我的存在，

你是海草草海你是山云云山，

海与草宇宙的色调，

云和山高远的情怀。

我是健忘的但我记得，

从前是我———如我现在

因为你和我一起游戏，

我出门又归来，

（怎么不出门又怎么不归来呢）

因为你在我出门的欲念里归来的欲念里

我回过头来或是闭了眼睛。

（没有回头与闭眼的权利吗）

因为你都有了意义，

我在破旧的门窗上日常的用具上，

因为你，因为你，

发现了天地万物的奥秘，

和我灵光四射的神奇。

选自《现代知识（北平）》1947 年创刊号

现代

沈宝基

五个……五十个……五百个……
我们都是二十世纪的现代人，
你比我年老或比我年轻，
彼此却有着同样的真诚。

现代人不应该靠死人活着，
但亦不会忘记我们是前者的子孙，
虽然站在世界的前面，
我们的"家"分明是东方的此地。

不分年龄聚在一起吧！
为己又为人乃人生的意义。
景物那能全是美好的，
谁不愿呼吸宇宙的清气？

何况五月的花草分外鲜明，
河川与路通达远处，
说我们是在做春天的白日梦吧？
至少我们的梦里充满了阳光。

选自《现代知识（北平）》1947 年创刊号

我，和我的梆子

沈明

好多年了，
夜把这黑暗的世界，
交给了我和我的梆子。

听不到一声祝福，
我踏过小桥，我穿过街坊，
在月光下，自己的影子
是我的好伙伴，在风里雨里，
听河水的歌声来解我的寂寞。

这里的每块石头都对我熟悉；
我也熟悉：那条巷子多深，
那家的门墙多高，
最会咬我裤管的
是那家的恶狗。

每天，我看见，人们怎样把油灯
轻轻吹熄，怎样地偎得紧紧
把两颗痛苦的心靠到黎明。
有时，那小茅屋里漏出了灯光，
使我停住脚步，抑止了梆子。

那年轻的母亲惯会拿我的名字
来吓唬她夜啼的孩子：
"别吵了，敲梆的来啦！"
在孩子心里，
我变成了可怖的野兽。

手里的梆子裂了，又换上新的，
孩子们也一个个推开了他母亲的乳房，
为了一个玩具的获得，
在梦里笑开了嘴；
或是为着走失了一只小鸡，
睁大了眼睛，
要我的梆声来给他催眠。

呵，孩子们呵，
每晚我带着梆子响过你们枕边，
我带给你们的不再是恐怖，
而是亲切了，
安心的睡吧，
在你的窗子下，你家的大门口，
有我在给你们守望，
等天发白了，我会呼唤你们起来，
去看刚出土的大太阳。

孩子们，我知道，你不会忘记，

用你好日子里剩下的一点爱，

爱我，和我的梆子。

选自《诗创造》，1947 年 1 期

号外三章

袁可嘉

一

我们确已久久等待

沉郁夏夜的霹雳响雷

青光扫过空星落树摧，

哗啦啦尘封的窗子一齐打开！

可悲的是悲剧都不配存在，

这儿可笑的实太多于可哀；

无耻的闹剧里死也失去尊贵，

"毁灭" 如西北风只把我们当喇叭吹！

近地蛙噪夹远处狗叫，

黑闷夜闪亮的叶片飞落像飞刀；

海上该已有蛟腾，山中该已有狼嗥，

闷得要发芽想破窗长啸！

哭够了总不妨笑笑，

你知道，他知道，我们也知道；

有一些东西要掉，要掉，要掉，

掉的不会是雪花——只是一二把烂稻草！

二

白昼看鹰旋，

深夜听呼唤；

风起处遍地哀怨，

造物主你还留得几许空宽？

石头沉默于愤怒，

仇恨如烂葡萄涨破；

人离心，木离土，

造物主你还受得几许痛苦？

三

当然要咒诅：多少生命倒下如泥土，

你们拿枪杆在死人身上划地图；

你争面，他占线，我们岂只能装糊涂，

伴随地名肉团子般任你们吞吞吐吐？

一种自私化生为两型无耻，

我们能报效的却只是一种死；——

冬夜远地的战争传来如闷鼓，
城市抱紧人畜为你们底自信受苦！

选自《文学杂志（上海 1937）》1947 年 2 卷 2 期

上海

袁可嘉

不问多少人预言它的陆沉，
说它每年都要下陷几寸，
新的建筑仍如魔掌般上伸，
攫取属于地面的阳光、水分

而撒落魔影。贪婪在高空进行；
一场绝望的战争扯响了电话铃，
陈列窗的数字如一串错乱的神经，
散步地面的是饥馑群真空的眼睛。

到处是不平。日子可过得轻盈，
从办公房到酒吧间铺一条单轨线，
人们花十小时赚钱，花十小时荒淫。

绅士们捧着大肚子走进写字间，
迎面是打字小姐红色的呵欠，

拿张报，遮住脸：等待南京的谣言。

选自《文学杂志（上海 1937）》1947 年 2 卷 3 期

野孩子们

邹荻帆

他们在海边拾捡贝壳
他们在沙滩上建造小屋
他们赤条条
像泥鳅般
在沙上打滚，
太阳烧焦了他们的背，
他们的母亲站在老远
一只手遮着太阳，一只手招动着
喊着他们的名字。

而潮水来了，
他们和潮水一道向岸上赛跑，
又转过身来
手和脚拍打着浪花
向潮水对游过去……

选自《书报精华》1947 第 36 期

美酒颂

路易士

啊啊，可称颂的美酒

我是多么渴于你的恩赐！

连这瓶中看来已不足一口了的余沥，

我也等不到明天，等不到夜啊！

而在你的不可抗的魅惑之下，

我岂不是成为一组叛逆的音阶了么？

我举杯一饮而尽。我说：

啊啊美酒，你的价值，

是在国家、民族、世界、人类、

甚至一切正义、一切真理之上。

是在宇宙之上。

是在上帝之上。

值得留恋。值得拥护。

啊啊！美酒！万岁！

可以为你而死，为你而战，

向你宣誓效忠，我的女王陛下！

因为你是比那最希腊的乳房还要动人，

比那最法兰西的嘴唇还要甜得致命，

而且，你在我内部发光，

比那最神秘的经验还要不可思议。

选自《纪弦精品》，人民文学出版社 1995 年版

去国行，1947（选二）

王佐良

1. 上海

有几个上海同时存在：

亭子间的上海，花园洋房的上海，

属于橱窗和夜总会的上海；

对于普通人，上海只是拥挤和欺诈。

我从来没有看过这样灰色的一群，

在外滩的马路上紧握着皮包，

痛苦地等待街头的绿灯。

他们行走如无声片里的卓别林。

我没有想到都市能像蜂房，

有人在角落和角落缝里坦然生活，

读书的照常读书，俏皮话照常流传，

年轻人约会在"大光明"。

商人们紧闭大门，不让女儿

出去。别人的借口是战后的新世界，

而他们守着算盘的微利，

和一个中国人口头的诚实。

4. 哥伦坡水边

在水边总有耻辱和苦难。
仰望大邮船的灰色城堡，
彩布包头的当地人在叫喊，
甲板上，白种人懒洋洋地聊天。

总不外一些象牙和乌木，
天生的宝石，奴隶的制作，
手工越来越粗：一个文明死去了，
喊声里再没有龙蛇和惊雷。

因此包头巾的颜色也黯淡。
尽管有暴烈的敲打和速度，
东南亚的音乐混浊如泥土，
而泥土已不再恶毒。

连大海也暂时驯服而无波涛。
防波堤上，一座灯塔的红绿灯光
切开了暮色，搜索着黑水，
却又狡猾地，布置了童话的奇幻。

1947 年

选自杜运燮、张同道编选《西南联大现代诗钞》，中国文学出版社 1997 年版

古庙

金克木

倒塌的古庙张着大口，
懒散的躺在山腰，
像死去已久的野兽的骸骨，
空自耸着瘦削崚嶒的尾巴。

古庙是夜间游魂的窟宅，
黑暗中隐匿着听不见的声响，
连狐兔也不能埋藏，
也没有蟒蛇和虎狼的足迹。

谁在暗夜里看得出闪烁的星辰？
谁在静默中听得到奔腾的乐曲？
鬼魂才欣赏这座空洞的古庙，
要把尘土重搭成神像和钟鼓。

没有生气的古庙在乱石堆中，
没有感情的摊开他的历史，
默对着唯一伴侣的古塔，
无望的期待着焚化他的火种。

1946—1947 年

选自《金克木集》1 卷，生活·读书·新知三联书店 2011 年版

留给我的孩子

金克木

我的孩子！
我希望你能来读这些行诗句。

写这些字的是你的父亲。
他在你生下以前就看见了你，
望着你的顽皮而天真的脸，
笑着说他不认识你。

他望着你蓬松的头发，
说他为你成了一个家，
说你是请来的客人做了家主，
说你要吃苦，要哭，要吵，要打，
要跑到天边去追赶一阵风，
要逃走，要恨他为什么让你来，
要忘了他，要划着小船浮海去，
要摔小泥人，撕衣裳，撕书，
再吃一口糖，又忘了叫爸爸。

他对着你喜欢说你不懂的话，
说你不懂才不会去告诉小泥人，
也不会在将来又照样说他的话，

只会忙着玩下去，什么也不问一问，

也不管什么地方，什么时候，又出了什么事情。

他说你喜欢山，喜欢海，喜欢树林，

喜欢花、草、虫、鸟、雨、雪、雾、云、月亮、星星，

喜欢河、湖、池塘、菜园、鸡、鸭、猫、狗，

可是又偏要跑进大城、大街、大楼，

去找你不喜欢的人。

他说，他不懂得你，不认识你，

请你来，也不知你哪天去，

说他也不懂你要说的话，

不知道你会不会也像他那样笨，

那样在火呀，枪呀，叫喊中老去，死去。

他看着你慢慢要睡了，

又出神地望着你要合上的眼睛。

忽然你的眼化做一片希望的大海，

大海中出现了你的母亲。

他向你母亲暗暗道谢，

忽然他眼前消失了一切。

我的孩子！

你真能来读这些行诗句么？

选自《金克木集》1卷，生活·读书·新知三联书店 2011 年版

1948^年

下雨天

田地

下雨天　我出来
走在泥泞的街上做一条蚯蚓

我低头缩颈的走着
两只手插在裤袋袋里
我没有一顶纸伞
撑起来像蜗牛
甚至于没有一顶破呢帽
就这样
我毫无遮蔽的
在人家屋檐下
在人家铺子前
躲躲闪闪的走着
雨落下来
披着的头发湿了
蓝布的工装上衣也湿了
裤脚也湿了
破布鞋也湿了
泥水像潮涨一样涌进来，
混身都湿了

我拖了两脚泥水

在这泥泞的街上跋涉

像一只湿了毛羽的丑小鸭……

就这样

我走过生意清淡的铺子

伙计在打瞌睡……

我走过面摊

面摊烧不起湿的炉子

也没有一个客人肯安闲的

在雨里坐下来

来一碗阳春面和一杯烧酒……

我走过茶馆

茶馆比大晴天热闹

为了下雨不能工作的人都来了

一屋子烟圈水汽和人们的话语……

我走过一个跪着的人

铺着地状纸打湿了看不见

还屹然不动地等待着布施

我摸摸袋袋　惭愧呵只有水

不好意思的走过了

这样我走着

后面传过来一阵哄笑

我回转头去

看见一辆老虎车在水里挣扎

车夫急红脸

汗比雨落下来多

没有人帮他一臂力

我立下来想动手推

恰巧黄包车拉过

泥点溅在我脚边

恰巧汽车跑过

泥点溅在我脸上

好像绅士啐过来的一口痰

我怒目向相

看他若无其事的开远

嘴里不觉咒骂出来……

下雨天，我出来

走在泥泞的街上做一条蚯蚓

雨落在我头上

我委曲了

但是这有什么呢，

我想不能永远永远下雨吧，不能的

我想下完雨出太阳的日子

万物会有金子的外套

而每一个心都很愉快，一定的

于是，我走着

吊儿郎当的耸耸肩膀

于是，我吹吹哨

学晴天麻雀们的聒噪

于是，我笑了……

选自《诗创造》1948 年 8 期

甘地之死

穆旦

1

不用卫队，特务，或者黑色
的枪口，保卫你和人共有的光荣，
人民中的父亲，不用厚的墙壁，
把你的心隔绝像一座皇宫，

不用另一种想法，而只信仰
力和力的猜疑所放逐的和平，
不容忍借口或等待，拥抱它，
一如混乱的今日拥抱混乱的英雄，

于是被一颗子弹遗弃了，被
这充满火药的时代和我们的聪明，
甘地，累赘的善良，被挤出今日的大门，

一切向你挑战的从此可以歇手，
从此你是无害的名字，全世界都纪念

用流畅的演说，和遗忘你的行动。

2

恒河的水呵，接受着一点点灰烬，

接受举世暴乱中这寂灭的中心，

因为甘地已经死了，生命的微笑已经死了，

人类曾瞄准过多的伤害，倒不如

任你的波涛给淹没于无形；

那不洁的曾是他的身体；不忠的，

是束缚他的欲念；像紧闭的门，

如今也已完全打开，让你流入，

他的祈祷从此安息为你流动的声音。

自然给出而又收回：但从没有

这样广大的它自己，容纳这样多人群，

恒河的水呵，接受它复归于一的灰烬，

甘地已经死了，虽然没有人死得这样少：

留下一片凝固的风景，一隅蓝天，阿门。

1948 年 2 月 4 日

选自《大公报·文艺》（天津）第 69 期，1948 年 2 月 22 日

甘地的葬仪

辛笛

甘地死了
尚未死去的只是他留在人间的名字
在庄严和朴素中
忍耐说服的精神
敌不过狂信者的枪

甘地死了
他的骨灰撒向恒河的水
从者们以最美丽的理想说
他将化作无量数沙碛的化身
与历史同其永久

天昏暗了
从者们仿佛初从佛经里走出来
跪在两岸的原野上
喃喃祈祷着　哭泣着
圣雄　他们的耶稣和印度的再造

鹰飞起来
盘在高空
隼视着匍匐于下的人类

宇宙与时间冥合了

今夜仍将进行土地分配的战争

1948 年初

选自《海王》1948 年 20 卷 34 期

窗外桃花

周定一

家乡的门外小河有座小岛，

我曾向人说归去要种满桃花。

于是梦中几度花开花谢，

醒来向朝云书一笔颜色。

记起古代诗人画出的一个世界，

他的桃源是忘言的悲哀。

古城自有风沙中的春信，

我打开今年第一扇南窗。

1948 年 3 月 15 日

选自《周定一文集》，中国社会科学出版社 2012 年版

站在这小小的土岗上，我望着……

罗洛

站在这小小的土岗上，我望着……

我底脚下是葱绿的田，田间隐没着小路；

春天多富饶啊！大麦快要转黄，菜花也要结子了！

小路上有人行走，稍远处有人家，有荒落的狗吠声

有稀疏的树木和茂密的丛林，有群鸟在半空飞鸣远去

有小河，冬天枯竭的小河，我曾从它底瘦瘠的河床走过……

我望着，望着我住的那间小屋，就在那下面

那间跳蚤跟灰尘一样众多的昏暗的小屋

在现在，在我底眼里，它显得多么寒伧！

我底面前是春天的原野，然而，我的小屋啊

你将要伴我度过几多光亮的白昼，和黄昏，和夜晚？

我底梦，我底生命底一部分，和你连系在一起了……

远处是起伏的群山，云雾缭绕，我看也看不清

而我曾从它们底背脊翻过，跋涉而来，我记得的

为了贪赶一段路程，一步高一步低，在昏夜中几次我几乎跌倒。

山底那一方，我就只能想像了，我底想像无穷

朋友们啊，我和你们在一起！
青天无垠，友谊的握手是分不开的！

黄昏，落日的霞辉箭一样直射而下
在金色的光芒下，云层美丽，山峰美丽
我站着，我望着，我底想像美丽

夜晚，这里也有星的
繁星满天，北斗与猎户对侍而立
站在这小小的土岗上，我望着……

　　1948 年 4 月，川西多蚕室
　　选自《奔星（成都）》诗刊，1948 年 1 期

游万牲园感其凋敝

周定一

鸵鸟迈着孤傲的步伐，
毫不理会同一栏内的鸸鹋。
小鳄鱼的梦泡在浅水里，
像哭累了的迷路孩子。
只有猴儿们的兴致还好，
争抢投来的劣质花生米。
可是跟游人相对无言时，
也毕竟打了个呵欠。

狮熊虎豹都成了标本，

生命似早已各归其位。

游人不用为它们埋怨了，

可哀的是这一室静静的午后之影。

1948 年 5 月 2 日作于北平

选自《周定一文集》（中国社会科学出版社 2012 年版），杜运燮、张同道编
选的《西南联大现代诗钞》（中国文学出版社 1997 年版）题为"游凋敝的万牲
园"

未来的季候

林庚

落叶呼唤着低卑的泥土

世界从好梦刚醒转过来

日子像流水已经过去了

从你薄薄的纸糊的窗下

说你也有过快乐的梦吗

然而你原是空无所有的

如同这低矮屋子的四周

于是天空里掉尽了落叶

你原是空无所有的你说

如同那过去的日子一样

拾起你今天新来的感情

如同穿一件新制的衣裳
站立在饥饿线上的人们
也有饥饿外更多耽想吗
我看见风声颤抖的枯枝
从那渗出了泪的睫毛上
冰已经冻得越发透明了
现在是一切都更为明白
是的风还想吹起什么呢
生命只是为生命而活着

我是流亡中夜之装饰者
从黄昏的星到黎明的星
让那些一直未完的诗篇
永远就如此是未完成吧
因为把寂寞交给了感情
我已支付了最后的储蓄
来吧你曾经苦恼过的人
也有过一夜心的宁静吗
在你紧闭的多风的门前
明天是随着今夜而来的

选自《文学杂志》2 卷 12 期，1948 年 5 月

台阶上

苏金伞

台阶上：
立过祖父，
手里捏着派款条子
无可奈何地抖索着，
脸上底肌肉乱跳。

台阶上：
坐过祖母，
为我们讲述
隔壁底媳妇上吊了，
两个孩子
一个抱住一条腿
往下拉着哭喊着的故事。

台阶上：
作过父亲底木作场，
祖父逼着他，
为祖先牌位做龛套，
一条花纹不如意，
就用刨子打他底头
龛套做好了，

父亲不久也就死了，
却再没人为他做牌位。

台阶上，
母亲曾在那里舂过米
舂出了满天星辰，
舂过了一遍又一遍的更声
枭鸟在树上笑，
冷汗湿透了她底布衫。

现在
台阶早已塌坏，
砖缝里
生满了车前草
屋子里住着兵
台阶上再也没有我插脚的余地。

选自《诗创造》1948 年 11 期

最后的晚祷

郑敏

人们被枪声惊醒，发现世界在重复它的愚蠢
那幅记载着爱与罪恶的画又在这绿草上复活，耶稣
这一次他没有分给面包，却将手举起

放在额上：宽恕，犹大，是他分得耶稣的最后宽恕！

圣河与圣河汇合，然而我们的灵魂里却汇合着神性
与魔鬼，甘地，他的归宿是两条圣水的交点，回忆
那漫长的奋斗，他的起点却是这样谦卑，在这里
就在你的胸上，那一片产生了约翰与犹大的国土上。

是我们的爱哺育了他，是我们的恨击倒了他，
同一块土地哺育了慈悲，又孕育了仇恨，孕育了圆寂
又孕育了斗争，呵，最光辉最黑暗的印度，人性的象征。

她先加给我们光荣，又掷给我们耻辱，暴力终于使
一座顽强的火山沉寂了，纵然死去，他是农夫早已
在心灵的泥土里布下种子，那总有长成绿苗的一日。

　　　　选自《中国新诗》1 集，1948 年 6 月

猫

马逢华

（我们底大园子空有草色凄迷，你底莅临
像是碧波千顷中驶来一只小帆船，
完成画幅的美丽，也为我们载来了欢喜。）

有什么东西的飘坠像这样轻、软，

落地缓缓？你底步履是暮春的
花朵，你有大家闺秀的风范。

有时候却又像淘气的小姑娘，
你发愣，皱眉，为了一只蝴蝶底逃脱；
忽然又追绕着自己底尾巴捉迷藏。

阳光下你底身体像水的倾注，舒展
得那么没有保留。你困惝的姿态
也这般好看；还眯着眼，学老太婆参禅。

女性的一切美德你都拥有，
有时也像一个谜，在无邪的游戏里
毫无预告，突然抓破我底手。

有人说你是伪善，我想你是出于
疑心或顽皮，但若这样够多么好：
没有疑心，顽皮也顽皮得合理。

选自《中国新诗》1 集，1948 年 6 月

熊山一日游

辛笛

八百万的人烟外

何意竟得有此幽居

流水渐灌我情怀清浅

青林渐染我生命欣新

在七曲湖边啾咭鸟啼

暂许我一日时光来与三春同始

野棠花落无人问

时间在松针上栖止

白云随意舒卷

我但愿常有这一刻过客的余闲

可是给忧患叫破了的心

今已不能　今已不能

　　　1948 年春在纽约市郊外

　　　选自《中国新诗》2 集，1948 年 7 月版

我知道风的方向

罗洛

我走过平原　丘陵　和山谷

春天，久雨初晴，太阳正好

春风不断地吹着，温柔地吹着

给人带来幸福和欢乐地吹着……

群树摇曳着身子欢迎

群叶狂拍着手掌欢迎

群鸟自由自在地飞翔

鼓动着矫健的双翅欢迎

啊，我知道风的方向

从麦穗的俯伏的头

我知道风的方向

从池沼的笑的波纹

我知道风的方向

从山坡上倾斜的树干

我知道风的方向

从我的流泪的脸

我知道风的方向

风打从冬天走向春天

我知道风的方向

我们和风正走着同一的道路啊……

1948 年

选自《泥土》6 期，1948 年 7 月

难民

袁可嘉

要拯救你们必先毁灭你们，
这是实际政治的传统秘密①；
死也好，活也好，都只是为了别的，
逃难却成了你们的世代专业；

太多的信任把你们拖到城市，
向贪婪者乞求原是一种讽刺；
饥饿的疯狂掩不住本质的诚恳，
慧黠者却轻轻把诚恳变作资本。

像脚下的土地，你们是必须的多余，
重重的存在只为轻轻的死去；
深恨现实，你们缺乏必须的语言，
到死也说不明白这被人捉弄的苦难。

选自《文学杂志》3卷2期，1948年7月

---

①抗日战争期间，国统区官吏以救济难民为名，行贪污中饱之实。——诗人补注

生（外一章）

方宇晨

根须内寂然流动着的汁液
是秋天园中的一片枯叶；
火炉里默默燃烧的火焰
是许多年前的一座森林。
我们愚昧于这些无声的变异，
但只见那红的温暖，绿的苍劲。

闪荡在湛蓝色的天穹下的
可不是欢愉的春日底音响？
阳光涌向旷野：新芽萌放，
呼吸空气里柔和的馨香；
阳光洒入树丛：羽毛舒展，
渴望着第一次凌空的飞翔。
啊，美丽的季节，我们歌唱：
这一切的蜕化只为了一个永恒。
任废墟倾圮，任流星陨落，
不断的是新的建筑，新的光明。
我们虽被遗忘亦将含笑而死去，
如若新的人类能够有新的觉醒。

无题

当我走向一片久已向往的土地，
那迢迢的旅程为我带来了欣喜，
但悲哀的却是那些空中的静物，
它们无言，为着暂时或永远的别离。

停留在被安排好的每一个角落：
镜子向我凝视，茶杯飞吻我，
照相机瞅望着窗外美丽的风景，
雨伞低下头回忆天空里的乌云。

这一切用具我随时享用又随时失去，
仿佛生命中就没有恒久的归属。
一朝当我的灵魂开始那遥遥的跋涉，
即使自己的肉体我也得予以扬弃。

       选自《中国新诗》2 集，1948 年 7 月

一九四八年之献

杨禾

悄悄到荒废的庭院，
风落在树枝间召唤。

等到春天呀，三月，

我的墙跟前开了金钟花，

我的绿蔓里开了石竹花，

我的篱笆上开了牵牛花。

金钟花，透亮的杯盏，

太阳在大地摆出来辉煌席筵。

少女们摘呀摘下，

出发到南方的队伍要带去，

一朵在袖口，一朵在襟沿。

满满杯盏青春的祝福，

祝福南方，呈给南方，

把解放过的江南村镇，

屈辱的心灵酌入爱情。

石竹花，宁静的

朵朵，如盹睡的蝴蝶，

在歌儿前面翩翩举翅，

越过光荣的北方地带。

自由的蝴蝶要到处飞翔，

飞过天上地上的罗网，

枪弹不能把它伤害，

飞呀飞到中国的最南疆。

牵牛花，春天的号角，

甜蜜的预言的声响，

低低地，低低传播；

人民的胜利要南渡，

踏过滚滚长江的水波。

把号角遍地吹响吧，

吹透江南赤裸裸的田野，

每一扇门窗要打开迎迓，

哭泣的面孔突然喜悦。

选自《中国新诗》2 期，1948 年 7 月

海上小诗

辛笛

任凭船载几何万吨的重

巧夺神工地加上去罢

大海总归还是大海

芥子依然是芥子

巨鲸的讽刺只要歪一歪嘴

老水手看着游戏变为呕吐

一切都推出去

一切又悄悄地回来

要你管领而虚无所有

呵　那怅触的轻丝游絮

——记忆化作春泥

问生命能死几次

青山是白骨的归藏地

海正是泪的累积

在愁苦的人间

你写不出善颂善祷的诗

选自《中国新诗》2 期，1948 年 7 月

诗

唐湜

常汹涌的潮汐退去

沙滩才能呈献光耀的排贝

诗如其可以在生活的土壤里伸根

它应该出现在生活的胜利里

果实是为了花的落去

闪烁的白日之后才能有夜晚的含蓄

如果人能生活在日夜的边际

薄光里将有一个神的和凝

看一天晴和，平野垂地而尽

灰色的鸽笛渐近渐近

主呵，苦难里我祈求你的雷火

烧焦这一个我，又烧焦那一个我

圆周重合，三角碶入

在自己之外又欢迎另一个自己

选自《中国新诗》2 期，1948 年 7 月

跨出门去的
——写在李公朴先生殉难的第二周年

杭约赫

第一章

当你的名字，第一次被人们熟悉，

灾祸便和你，结成了亲密的弟兄。

一天，你悲慷的歌声沸腾了世界，

这个垂危的古国，在战争里得救。

人们从图片文字上，描绘你一络胡须，

比年青人更年青，年青人举你当旗帜。

八年的岁月，检最危险地带寻觅安全，

执着如诗人，你鼓舞起战士们的爱情。

伟大的理想，完成一个热烈开始；
战争接着战争，假借的野心重新
猖獗。纠正历史越轨你押上生命：
"跨出了门，就不打算再跨进门来！"

谋杀与谎言，稳定不了这跛足的统治，
二十四回月圆里，遭遇多少惊心奇迹。
你的躯体变成灰，滋养了茁壮的苗芽，
看他们带着你丰盛的生命，开花结实。

第二章

在马槽的旁边，在庙廊的下面，
在沉重的炮声和走不完的山沟里，
我们听解放的号音来集合，
到刚开垦的土地上学习播种。

看这一片清新的绿色，曾融合了
我们多少生命，它也把生命的
技能传授给我们。充满
信心，回到这块不毛之地，
纵然魔鬼像屋瓦一样多。

你一直跑在我们前面，
跨过金色的诱惑，无数次

牢狱和死亡，一生的忧患
便是个好榜样。记着你的
名字，我们将永远伴着勇敢。

你曾经譬如自己是座桥，
一群群年青人经过你走向

耶路撒冷；现在，你横下了
身体，更像一座桥，迎来
人的觉识，和一个丰收的世界。

在燃烧的荆棘里，
通过白热的火候，你安顿进
一只小小的瓦罐。过去你肩负了
这片土地的命运，现在这片
土地要来偿付你的理想。

第三章

有时星球要陨灭，成熟的
果实会跌落，多少不测的
灾害，在我们每一秒钟里
我们每一寸空间里埋伏。

有人想回避它，失足堕入
死亡的泥坑；有人勇敢地

踏过，完成了人的荣耀和
历史的庄严。人间与冥世

仿佛相通，许多熟稔的
朋友，跨出门去便没有
回来。你，来不及用语言
告别，我们竟要把相逢
拟订在世界的外边，让
悲悼化作催生的春风。

选自《中国新诗》2 期，1948 年 7 月

月·火车

罗寄一

夜底露水冷，
夜底露水轻。

冰冷的双轨如银色丝带的飘摇，
回声悠远地来自世界的峰顶，

火车在战栗，虽然他急驰像枝箭
废墟，坟地，荒野，废墟，坟地，荒野，

想追求什么可更想逃避许多，

速度也白费，这跌碎在地面的概念，

空唤起可怕的消耗，一阵烟，一阵气，
血肉的灰烬都升起而没入天边……

当月底清纱拂过席终人散的地面，
点化每一寸空间都饱含忧戚的温柔，

　　起来，起来，半寐的小草，
　　五月购花朵，起来，起来，
　　（梦的密语，天上枝叶的微颤）

生命徘徊在铁皮车厢里，它谛听，渴望
弥散，徐徐的，如一曲典丽的幻想。

废墟，坟地，荒野，废墟，坟地，荒野，
怎么能解脱这激怒的冲动，沉重的
古代的烟火正弥漫这静谧的大谎，

枪弹刺刀在多重幻想外沸腾，
静静地沁入我不幸的运命，夜，
深沉，高大的实体从多度空间奔来，

我要求绝对，它们都要求绝对，
从这些对立中间，徒然去搜索
迷茫中起伏的双轨底交点。

久旱，五月的温暖，田园龟裂，
风正柔，一片不能凝结的
乐章，洞穿我全部感情。

废墟，坟地，荒野，废墟，坟地，荒野，
加速度驰骋，绝望的年青，

滑出去，翻倒，一颗黑甲虫底腐烂，
在冷漠的记忆里不留下一个斑点，

或者前面是海，透过风暴，底下有不灭的微明
我将有颜色，有音乐的大谐和，无为的执着。

死，是寂静的羽毛，从远方来，向远方飘，
废墟，坟地，荒野的连绵，什么也不多，不少。……

夜底露水冷，
夜底露水轻。

选自《闻一多全集》（四）《现代诗钞》，开明书店 1948 年 8 月版

女面狮

杨周翰

我们肩靠着肩，膝盖倚住
膝盖，亲爱的，坐在这节列车上，
绿草上翻筋斗的阳光向车窗欢呼，
车轮单调的韵律又把它辗伤。

亲爱的，车外鲜活的故事在我们
头脑的银幕上映成一串连续
不起的影片，我们在想，在做梦，
直到我们是奇怪的大头的动物；

生命载着永恒的蜜月中的你我，
在迷宫的循环铁道上，煤烟的长城里，
走向我们所自来的开始，

那就是母胎里的黑暗；黑暗爬过
高墙，又来抚摩我的灵魂，
我们停止了，没有一切的责任。

选自《闻一多全集》（四）《现代诗钞》，开明书店 1948 年 8 月版

广场

林庚

阴天都是云看不见太阳
今天的日子跟每天一样
我们要说话要走出大门
这世界今天是一个广场

我说这世界是一个广场
这正是人们集聚的地方
我们把今天写在墙壁上
我们的话是公开的思想

一切明白的用不着多讲
我们原来是跟每天一样
阴天都是云看不见太阳
这世界今天是一个广场

选自《文学杂志》3 卷 3 期，1948 年 8 月

东山旅行

徐迟

看啊，这一座果树林下的房子，

这四五个果树林下的小径和小溪，

这浓密的果树林组成的村镇，

这漫山漫谷的果树林的东山啊，

一忽儿各种花同时开放了，

一忽儿各式各形的果实累累，

条条巷子，条条山路，

都在樱桃林下面，

都在杨梅林下面，

那些是初夏的馨香和液汁，

至于银杏，白琥枣

洞庭红桔和栗子，

那将是今年秋天里的故事，

现在所见的只是青翠而已，

一个大湖将果林的土地包围了，

人们把这大湖称为太湖，

帆船和捕鱼船荡漾在水波上，

它正在一年年地淤塞而衰老，

然而那风浪依然能震吓旅客。

孩子们，现在爬山捉松鼠去了，

独自留下我一个在山腰的寺院中

比洗澡过后，我感觉到还更清洁，

清爽的空气洗拭了我的脏腑，

一卷《浮士德》，一壶碧萝春，

那是我的享受的大尖顶。

我等待着孩子们从大尖顶回来，

太阳沉下了果树林外的白茫茫的湖，

明天我又要回到我的工作中去了，

我将有更强的生命力与工作力。

因为在我的胸中添入了豁壑。

选自《中国新诗》3 集，1948 年 8 月

旅居印度作

金克木

深夜，异国人的歌声，

无心的男女才会歌唱

声声有情的无情。

愿我的耳不听说谎的嘴唇，

但我的嘴唇愿亲无情的额。

叹惜家乡，空怀心曲，

虽兵荒马乱，不忘嘉节，

故国的影子像热带的疟蚊。

恨不能化身千万亿，

做尽无朋友人的朋友。

选自《中国新诗》3 集，1948 年 8 月

一念

辛笛

早上起来

有写诗的心情

但纸币作蝴蝶飞

漫天是火药味

良知高声对我说

这是奢侈 矛盾 犯罪

我们已无时间品味传统

我们已无生命熔铸爱情

我们已无玄思侍奉宗教

我们如其写诗

是以被榨取的余闲

写出生活的沉痛

众人的   你的或是我的

我们在生活变成定型时就决意打破它

我们在呐喊缺乏内容时就坐下来读书

我们应知道世界何等广阔

个体写不成历史

革命有诗的热情

生活比书更丰富

如果只会写些眼睛的灾难

就呵责众人献上鲜花鲜果

当作先知或是导师供养

那我宁愿忘掉读书识字

埋头去做一名小工

　　1948 年夏在上海

　　选自《中国新诗》3 集，1948 年 8 月

风景

辛笛

列车轧在中国的肋骨上

一节接着一节社会问题

比邻而居的是茅屋和田野间的坟

生活距离终点这样近

夏天的土地绿得丰饶自然

兵士的新装黄得旧褪凄惨

惯爱想一路来行过的地方

说不出生疏却是一般的黯淡

瘦的耕牛和更瘦的人

都是病，不是风景！

　　1948 年夏在沪杭道中

　　选自《中国新诗》4 集，1948 年 9 月

诗四首

王道乾

（一）香料

在她眼里永远追寻一个流泪的原因，
在她奢华的香气里永远感伤时光破碎，
冰冷手臂挂在我肩上眼与手
因此都迷失于音乐里古代的灾难。

一个女人的命运像烟卷燃着，
我的鞋踏着地板寻求限制；
写着字和画着花纹的玻璃门开了又闭上，
时间与香气从印有字和年代的瓶中流出。

从她的美态我永远追索痛苦的根苗，
寒冷的身体以凉手传达一个暗澹的将来；
音乐在舞的深处召唤召唤焦急到极点，
我的同伴渐气化消失在失望的空中。

（二）夏日海滨

橄榄油色的女人卧在沙滩上，

疾病在砂上留有一层层印迹，

太阳晒着人，海洋摇着人，

女人以前病弱得像蓝宝石。

潮湿的南风使她们强健，

那些肢体在日光下晒得发黄，

有一层薄油；那些闭着眼的雌兽

如蜥蜴在空虚的海边喘气，

永远睡在那个庞大多变的东西身边吧！

无身世的砂石烤着一个个肉体，

肺叶倦得如旱地的豆苗；

女人空洞的眼常是疲倦的发现。

（三）圣奥古斯丁在花园里

受苦的奥古斯丁坐在花园的白石椅上，

他的黑袍子四周开满修辞学的玫瑰花。

可怜又年轻的灵魂在花的浓香里哭泣，

有一群大蝴蝶飞来花粉落满他一袍子。

可怜的奥古斯丁别看你一双可爱的空虚白手，

别听那浮在空中的声音，（黑翅金斑大蝴蝶

一大本修辞学！）奥古斯丁，翻开它第一页，

看看它怎么说寻求安慰的错，好奥古斯丁！

（太阳倾注所有节日的快乐在这偶然的花园，

时时都在演变时时归原有，这必然的花园。）

啊，奥古斯丁，他跑了！啊！软弱的奥古斯丁！

他的黑袍落在花上，修辞学至高的一笔！

（四）Pandora

下午如彩色的谜，人把乐器的感情都投给

花园。窗挂潘杜拉活肖像在慵懒的壁上，习惯。

一个小巧的欲望落在世界最繁华的一隅。

她的太息似蜂巢的多蜜。一串哑铃。

唉！倦人的秘密，美指长可三尺

爬在细镂象牙盒上，不宜嘱托的白蜈蚣。

孤独的潘杜拉欲言无语，欲睡无眠，

最后一次表现古昔美丽的疲倦。

庭中红牡丹吐送大粒香粉，室内乌木榻

纱帷迷漫。屋顶上鸽子昼眠。绿太阳

苦心经营这扇打开的窗。窗内潘杜拉

心细细琢磨那些不可闪失的手势。

选自《新路》周刊 1 卷 12 期，1948 年

时感

袁可嘉

为什么你还要在这时候伏案写作，
当汇来的稿金换不回寄去的稿纸；
当人们已不再关心你在说些什么，
只问你摇着呐喊的党派的旗帜；
当异己的才能已是洗不清的罪恶，
捡起同党的唾沫恍如闪烁的珠子？
为什么你还要在这时候埋头苦读，
当智识分子齐口同声的将智识咒诅；
上课的学生在课堂上疑心课本有毒，
在黑板与他们间的先生更是不可救药的书蠹；
在洋装书、线装书都像烟毒般一齐摆脱，
然后填鸭似的吞下漂亮而空洞的天书？

正因为包围我们的是空前的耻辱，
传播文化的中心竟时刻宣布学术的死讯，
在普遍的沉沦里总得有人奋力振作，
击溃愚昧者对于愚昧万能的迷信，
突破合围而来的时代的黑色地狱，
持一星微光，伫候劫后人类智慧的大黎明。

选自《新路》周刊 1 卷 21 期，1948 年 10 月 2 日

兰伽夜歌

唐祈

谁会想到在这里过夜？
暗红月光的树林间印度奇幻的
旷野，一首永不能用文字构成的诗呵，
风向我们吹，向我们吹——

城市的中心远了，静夜想起
古堡下面那么多沉郁的印度人
像一群蛇，一个雨季，一座有火的森林，
低沉的思想，是圣甘地祈祷的眼睛。

这儿背枪的男人像病了，被统治过久的
热带妇女懂得最深的忍受，全身跪在恒河边
夜里在田野间守候，瘟牛一样
静默，等到月亮圆圆的上升

印度舞曲激动的却又低沉的
乐音，在风里吹过来，
吹过来，红色血液似的溶解了。
一个古民族在奴隶的抵抗中回旋起来。

选自《中国新诗》5 集，1948 年 10 月

在墓园中

唐祈

这里从各方走来了世界底
旅客，上帝最后剩给一块沉默的
石头，问还有什么新鲜追求？
连一声回答的气力都没有。

是这样无赖，那些艳丽的花
装饰着白色的"死亡大厦"，
完成每个人真正哀诉的自私，
沉睡了各样时间的历史。

引起我惊心的是孩子的
夭折，谁给披上寒冷风雪的毯子，
母亲们的小太阳竟这般苍白。

呵，我只爱那些白杨树，
只有它们悄悄对风讲话；
而且越讲声音越大……

选自《中国新诗》5 集，1948 年 10 月

沉痛的悼念（选二）

李瑛

悼念二

你还没有死，你应该起来
你应该在真理面前拷问绞架的历史
你应该在血里打一个滚。
你还没有死，你应该起来
宣示你曾经生存过在这世界上
而且哭着，笑着，写着诗

你还没有死，你应该起来
诅咒荒年，用忿怒的文字。
歌颂工作，用嘹亮的文字。

你还没有死，你应该起来
你应该受训，学习，再锻炼
然后，你唱，你出发。

悼念三

我将以甚么来歌颂你？
文字太艰涩而语言又太短暂

想你是一个山地的路碑

或者是一座海里的灯塔，航空的磁针

生活的残酷和工作的庄严

都在我们所有的语言之外

然而，你爱，你承受

坚定得像一颗枪膛的子弹

我看见一座人格的高塔，你

透明而完整，铁一样的直立

荣耀的旗帜在顶上翻飞

第一个飘进明天，给未来作见证

啊！今天，我们这个世界还需要你的手掌

来改造和拥抱，你不许走

因为社会这个雕像还没有塑好

因为有很多地方还需要刀斧和燃烧

选自《中国新诗》5 集，1948 年 10 月

中学生

叶汝琏

你，那么愉快，有信心，平衡，

像立在球体上初次献技的顽童，

出现于欢呼的一个圆场的中心。

你，你的眼睛，你的发饰，
你的阅读，你的娱乐，像群
赢你的友爱而矜持的心腹。

你那双粗大的手，带着许多创伤，
像操作过泥土的。英俊的身量像
株在五月阳光下抖擞的小白杨。

你对自身的专制像一个小亲王，
对诸般趣味的培育像个小鉴赏家，
对秩序的安排像勤劳的园丁那样，

我将出现在你眼里的视为单纯，
将你的心所欲望的看作美好，
将你的手握过的记作温情。

我目为坏运命的是你放弃的，
将一切欣喜的存在之实现
设想在你最欢喜唱的那支歌曲。

我并非藉私心的爱赞美你的存在，
虽说这是血腥的时代，怎能不感动？
对生命的向荣，像花朵在那样开。

活在外在的舍弃中，这是串良辰：

昨天明净的午后我们听萧班的壮丽的
雄辩的舞曲，共同放纵对工作的分心。

在极端从心的意欲里，从你的眼睛，
我瞥见两朵雨云，从你的嘴唇，
我瞥见晨风中花瓣的颤动，从眉心

我瞥见一种焦虑：陡然对生命不安，
猝然又在负担和逃遁中抵抗这种袭击，
终于你，像雨后的晴空肃然重新发蓝！

今天午后，我们游湖和访问动物，
在欢欣里我捡拾一块块嶷重的悲戚，
像悭吝人发现他的一盒珍珠宝石

被人换上了赝品：当我闲看
映在湖水里大理石的建筑，
我像置身于寒冷清晨的山涧

面怔于一堆被遗忘的战栗的白骨；
当我瞥见眩目的孔雀毛的蓝色，心像
穿过黑夜受难土地上交织蓝焰的残酷。

别责备我抓住的像是瞬间的感兴，
我并不企图将诗写得如何的难读，
我知道，我能告诉你的，你会信；

对你的爱超过我能说的；中学的灵魂，
正当你跳着出远门的心起始阅读人生，
你逢到，你加入这场正进行的斗争：

为存在之幸福和真实！光荣的选择，
善良的都是这战斗中的尖兵；你懂得
在这个剧里取一个合你演的脚色：

正直是你的性格，成功是你的愿望，
台词如号角那般响亮：要个好政府！
像不倦的鸟儿清晨在我窗前树上歌唱。

选自《中国新诗》1948 年 5 期

铜像

方宇晨

在另一个世界里
你底幽灵正独自地啜泣，
屹立在这闹市里的
只是你凝结不动的形体。

廿几年前你离开了这里
为众多的人留下一枝待放的蓓蕾，

可惜未等到那结果的季节

少数人就已吸干那香醇的花蜜。

那些昔日追随你的

如今在你底遗像前纵酒以寻欢，

你所要解救的众多的人

却加速度地死亡于饥荒和灾难。

有时候你也会看见

满街的旗帜飞舞，锣鼓震天，

可是四周苍白的面孔告诉你——

那不过是繁华的荒凉，无耻的欺骗。

于是在这暴风雨前的黄昏，

你不禁惊悸于一次太快的循环，

遥望半天倦游的归鸟，

你竟欲哭而无泪，欲怒而无言。

选自《大学评论》1948 年 1 卷 2 期

艺术的魔力（选二）

沈宝基

琴边

地底涌出水泉

流过草青流上山青
又流入云青
天地的水流中
陋室化作蜃楼

西方的神马东方的凤凰
水气中挨近我耳边
诉说宇宙最初的神秘
飞鱼掠过海藻时
我闻松谷的幽响

眼花中的水花
水花中许多的你
洛神的脸委娜斯的身体
步舞着欲前又退
足下波痕
远到远的边际

如水如水
在如水的黄昏
感到难能感觉的神怡
抓住难以抓住的神奇
你以如水的柔指
我以如水的心情

舞蹈

香菌下
你小仙女的敏步
踏在水上云上
踏在升起的歌声上
我们飞扬的心上

你的手
是要采摘风的笑
还是天上的星呢
如果我们是果树
我们如何期待着你来采摘
我们的膨胀着欲念的果

你的手
在空中描绘出
宇宙的真形与节奏
你的手你柔弱的手
像是能举起
全人类寄生的地球

你从天上人间海底
取得自然的神秘
你在你自己深处

蕴藏着秘密的一切

生命的光万物的喜悦

天帝在你的心中

又创造了一个

比日月照耀着的世界

更美好的世界

故大地的花草树木

如果要把

失去的神奇重复召回

它们应该怎样模仿

你和风之神的挥扇的姿态

因为在你辉煌的轻摇中

在你每一个象征的启示中

顽石的灵魂

也会起闪闪的波动

选自《现代知识（北平）》2 卷 10 期，1948 年

巴黎码头边

王佐良

是这种桥头的凝神，

面对着烟雾里的白水，

听任身边千车万车过去，

沉默地注视桥下的流水，
是这种永恒的姿势
给了萨特快乐和绝望？

走路的个个是可敬的市民，
各自盼望着开胃酒和打盹的下午。
有一天凝神的眼睛忽然放了光：
她矮小而苍白，他不断抽着烟，
不说话，缓缓地走向码头边，
苦难使他们慷慨地温柔。

于是准备去做小妇人，
投降给菜市和杂货店，
开始有笑声，开始想锁门，
买了桌灯和窗帘布，
他却死在轮下。没有眼泪，
只有孩子和肺病在身体里生长。

也许得了救，她变成老驼背，
头上包一块黑巾，去服侍一个交际花，
看她在黑礼服上露出白胸膛，
又随手挂上钻石的项链。
你认为她看见了自己，或者
猛然迎面了三十年前的他？

她却只偎着小火炉，

打盹如无记忆的猫。

尸骨早已化泥，孩子长成了水手，

肺上的洞也结了壳，

只有这通往水边小小港尽头，

又看见别人在桥头凝神。

1948 年

选自杜运燮、张同道编选《西南联大现代诗钞》，中国文学出版社 1997 年版

长夜行

王佐良

他想望的不过是一个水彩盒，

想画出寒江上的寂寞，

然而让想象一渲染，

又涂上了热烈的红绿。

喜欢听教堂里管风琴的呜咽，

想追寻那幽暗的高穹下

彩玻璃的灿烂和甜蜜，

却涌起了都市的烦腻。

烦腻有动人的侧影，

那样懒散，轻轻地一转，

却像时装上的长裙，

拖曳着诱惑的灰色

沉重的是半夜雾里的脚步，
走不到天明，垂着头，
坐下在潮湿的台阶，
想起曾经有过的春天。

春天，哎，春天已不是大野的疾风，
或者黑发下红白的人脸。
四月的咳嗽最为痛苦，
五月只带来绞刑似的忌妒。

高热下，眼睛忽然可怕地明亮，
像是一切在燃烧，
像是一切在消耗，
像是世界已经衰老。

1948 年

选自杜运燮、张同道编选《西南联大现代诗钞》，中国文学出版社 1997 年版

1948 年圣诞

王佐良

贺年片上有马车在雪地穿行，
一条路通向有炉火的小屋，

一条路通向河边的渡船，

船夫粗线条的木刻脸，

比那荒山的石头更古老。

翻过另一张来自巴黎，

黄领带，黑上衣，浅红的背心，

独行在郊外的大森林，

智慧和思辨，才情和诗意，

却寻不回闪耀而痛苦的昨天。

伦敦的阴雾笼罩了丝头巾，

巾下的人脸何等洁白！

眼眶下却有忧郁的青色，

心头涌起的不是太阳，

只想躲进更浓的黑暗。

人的声音比不上提琴甜，

人的皮肉比不上大理石坚，

闲暇是古老的罪，

变心是古老的痛苦，

羞辱是古老的感情。

今夜处处窗子都亮着，

却有寂寞从四面袭来，

像是那灰色城楼外的军队，

悄悄地逼近又逼近，

包围了一个无救的敌人。

1948 年

选自杜运燮、张同道编选《西南联大现代诗钞》，中国文学出版社 1997 年版

穷人的女儿
路易士

穷人的女儿坐在垃圾堆上，
用她的天蓝的眼睛凝视着街的远处。
她是那么庄严，那么高贵，那么美，
像一个有许多王子在追求她，
有许多骑士向她宣誓效忠的
古城堡的公主

选自《纪弦精品》，人民文学出版社 1995 年版

贫民窟的颂歌
路易士

我住在贫民窟，
我是贫民窟的桂冠诗人，
故我作贫民窟的颂歌。

晚上，我的纸烟完了

打着呵欠如燃料匮乏停驶于旷野中的列车。

出了污秽阴暗狭窄丑陋烦琐而嚣骚的里弄，

便是大街。

黑而臭的苏州河

流着流着注入浑浊而汹涌的黄浦江了。

啊！好大的风，刮起了一地的垃圾；

谁吐的甘蔗渣，落在我身上。

无数的穷人！

无数的穷人！

无数的穷人！

无数的被欺骗与虐待的潮澎湃着。

作为贫民窟的苍白的众生物之一的我的血澎湃着。

崩溃！崩溃！崩溃！

履着这解体的冰山之一碎片，

沉默和抗议和发狂是等价的。

但是小烟店的存在是一种美。

和我稔熟了的可以赊账的

那家静立在街头并橙色地微笑着的打烊前的小烟店

是一种美。

选自《纪弦精品》，人民文学出版社 1995 年版

1937 — 1948年

具体日期不详

无题

张爱玲

他的过去里没有我；

曲折的流年，

深深的庭院，

空房里晒着太阳，

已经成为古代的太阳了。

我要一直跑过去，

大喊："我在这儿！

我在这儿呀！"

　　　　选自胡兰成《张爱玲与左派》，（《天地（上海）》1945 年 6 月版，题目为编者所加

村落的早春

郑敏

我谛视着它：

蜷伏在城市的脚边，

用千百张暗褐的庐顶，

无数片飞舞的碎布

向宇宙描绘着自己

正如住在那里的人们

说着，画着，呼喊着生命

却用他们粗糙的肌肤。

知恩的舌尖从成熟的果实里

体味出：树木在经过

寒冬的坚忍，春天的迷惘

夏季的风雨后

所留下的一口生命的甘美；

同情的心透过

这阳光里微笑着的村落

重看见每一个久雨阴湿的黑夜

当茅顶颤抖着，墙摇晃着

保护着一群人们

贫穷在他们的后面

化成树丛里的恶犬。

但是，现在，瞧它如何骄傲的打开胸怀

像炎夏里的一口井，把同情的水掏给路人

它将柔和的景色展开为了

有些无端被认为愚笨的人，

他们的泥泞的赤足，疲倦的肩

憔悴的面容和被漠视的寂寞的心；

现在，女人在洗衣裳，孩童游戏，

犬在跑，轻烟跳上天空，

更像解冻的河流的是那久久闭锁着的欢欣，

开始缓缓的流了，当他们看见

树梢上，每一个夜晚添多几面

绿色的希望的旗帜。

选自《诗集一九四二／一九四七》，上海文化生活出版社 1949 年 4 月版

和一个小兵喝酒

钱素凡

斤半的酒烫暖了他的心

他开始告诉我一个

传奇般的小经历。

在他夸张的描写中

天地慢慢地在缩小，

他更唾骂天下的强人没死尽。

油干灯草尽，

月照雪色如银。

他说——

这正像那样一个寒冬的夜，

只是没有枪声的串珠，

只是没有火焰照半天。

选自《中国四十年代诗选》，重庆出版社 1985 年版

无题（过度泛滥的音乐最应该提防）

吴兴华

过度泛滥的音乐最应该提防，

诗近乎歌曲就是远离了文章；

词又何不然，只以悦耳为重要，

西江月与一剪梅易入俗调。

短句参入时，不可不格外小心

轶出范围总要有充足的原因，

上行尽管是下行韵律的预告

极度自然里有一半想不到

因此最严最难莫过自由诗

思想向四方流溢将以何为师

诗人自己的观念如果不可靠

从头到尾定为无稽的玩笑。

选自《吴兴华诗文集·诗卷》，人民文学出版社 2005 年版

本卷作者简介

常任侠（1904—1996），安徽颍上人，著名艺术考古学家、东方艺术史研究专家。1927 年加入北伐学生军，1938 年春到武汉国民政府军委政治部三厅郭沫若麾下从事抗日文化宣传工作。1942 年与孙望合编《中国现代新诗选》。1945 年应泰戈尔之邀，赴印度国际大学讲授中国文化史。主要从事中国以及中亚、东亚、东南亚诸国美术史以及音乐、舞蹈史的研究，对中国与印度、日本、南亚的文化艺术交流史研究做出了开拓性贡献。

程千帆（1913—2000），祖籍湖南宁乡，生于长沙。原名逢会，改名会昌，字伯昊，四十以后，别号闲堂。沈祖棻之夫。在校雠学、历史学、古代文学、古代文学批评领域均有杰出成就。历任金陵中学、金陵大学、四川大学、武汉大学教职，"文革"后受南京大学校长匡亚明之邀赴南京大学工作并培养出大量人才。

沈祖棻（1909—1977），字子蕊，别号紫曼，笔名绛燕、苏珂，浙江海盐人，生于苏州。在古典文学研究和旧体诗词上有着很高的造诣，格律体新诗先驱诗人之一，对于中国格律新诗的创建和完善有着重要的影响。程千帆之妻，两人合称"程沈"，有《沈祖棻程千帆新诗集》。

南星（1910—1996），原名杜文成，尚有笔名林栖、石雨等，河北怀柔人。毕业于北京大学外文系，曾任教于北京孔德学校、贵州大学，1950 年代以后执教于国际关系学院英语系。著有诗集《石像辞》、散文集《蠹鱼集》《松堂集》等，译著有《一知半解》（温源宁原著）、《清流传》（辜鸿铭原著）、《尼古拉斯·尼克尔贝》（狄更斯原著，合译）等。

　　罗大冈（1909—1998），浙江绍兴上虞人，法国文学专家、翻译家。1939 年获法国巴黎大学文学博士学位后旅居法国及瑞士。1947 年回国，先后工作于南开大学、清华大学和北京大学等。

　　赵萝蕤（1912—1998），浙江德清人，著名翻译家和比较文学家，陈梦家夫人。1932 年毕业于燕京大学英语系，1935 年毕业于国立清华大学外国文学研究所，1946 年和 1948 年先后获美国芝加哥大学文学硕士、哲学博士学位。曾任云南大学讲师。1949 年后，历任燕京大学、北京大学教授。长期从事英国文学研究工作，译有惠特曼《草叶集》、艾略特《荒原》等。

　　周煦良（1905—1984），安徽至德人，英国文学翻译家，1928 年毕业于光华大学化学系，1932 年获英国爱丁堡大学文学硕士。

　　陈梦家（1911—1966），曾用笔名陈慢哉，浙江上虞人，生于南京。著名古文字学家、考古学家、诗人。在中央大学法律系读书时师从闻一多与徐志摩习诗，是后期新月派的重要成员。注重音韵和谐及整体匀称，善于吸收格律诗特点写自由诗，对新月派的形成和发展影响较大。后应闻一多之邀到青岛大学任其助教，并在其指导下开始转向甲骨文研究。

　　林庚（1910—2006），字静希，原籍福建闽侯，生于北京。现代诗人、古代文学学者。1928 年北京师范大学附属中学毕业后考入清华大学物理系，1930 年转入中文系。1933 年毕业后留校，并出版了第一本新诗集《夜》，1934 年以后开始尝试新的格律体。"七七事变"后到厦门大学任教。1947 年返京任燕京大学中文系教授，1952 年以后改任北京大学教授，2004 年任北京大学诗歌中心主任。著有《中国文学史》《唐诗综论》《新诗格律与语言的诗化》等十一部文集。

钱君匋（1907—1998），祖籍海宁，生于桐乡。著名篆刻家、书画家。曾任西泠印社副社长、上海文艺出版社编审等职。

苏金伞（1906—1997），河南睢县人，原名苏鹤田。1926 年毕业于河南省体育专科学校，1927 年加入中国共产党，曾被捕入狱。历任开封第一高中、河南水利专科学校、河南省立女中教员，河南大学体育系主任。1949 年 10 月调回河南筹办河南省文联。50 年代被划为"右派"。著有诗集《地层下》《窗外》等。

钟鼎文（1914—2012），原名钟庆衍，号国藩，笔名番草，安徽舒城人。台湾蓝星诗社发起人之一，20 世纪 30 年代曾以番草为笔名发表大量诗歌作品。抗战前曾任南京中央军校教官、上海《天下日报》总编辑、复旦大学教授，1949 年去台湾，历任《自立晚报》总主笔、《联合报》主笔著，有诗集《饥饿者及其他》《行吟者》《钟鼎文短诗选》等。

何其芳（1912—1977），重庆万州人，著名诗人、散文家、文学评论家。毕业于北京大学哲学系，1935 年创办刊物《工作》，曾任"鲁艺"文学系主任、中国社会科学院文学研究所所长等职务，在"文革"中不幸遭害。著有散文集《画梦录》，诗集《预言》《我们的生活是多么广阔》等。

石民（1901—1941），字影清，湖南邵阳人。毕业于北京大学英文系，后任北新书局编辑。有诗集《良夜与恶梦》（1929 年），还有外国诗文翻译多种，波德莱尔作品的翻译尤多。1938 年随武汉大学内迁四川乐山，不久因肺病加剧告假，回原籍医治，1941 年初病逝。与鲁迅交从甚密，1930 年冬石民肺病发作时，鲁迅五次引其去平井博士寓所就诊。

孙毓棠（1911—1985），江苏无锡人，生于天津。毕业于清华大学历史系。历史学家、新月派诗人。1952 年起先后在中科院经济所、历史所任研究员等职。代表作品有《中国近代工业史资料》《中国古代社会经济论丛》等经济学著作，诗集《宝马与渔夫》等。

陈时（1916—?），原名陈良时，安徽六安人。1935 年入燕京大学中文系，1940 年转入西南联大历史学系，文聚社成员。据林元回忆，后来精神分裂，卒年不详。

陈江帆（1910—1970），广东梅州人。现代派成员。1932 年就读于广州中山大学，1935 年出版诗集《南国风》。

冯文炳（1901—1967），字蕴仲，笔名废名，湖北黄梅县人。语丝社成员，京派小说家。1925 年后开始用"废名"的笔名出版《竹林的故事》《桃园》《莫须有先生传》等。其作品以田园牧歌的风味和诗化的意境在中国现代小说史上独树一帜，被称为田园小说和诗化小说。

黄宁婴（1915—1979），广东台山人。1938 年毕业于中山大学经济系。1940 年后在桂林、柳州、广州任中学教师。1945 年起曾先后任香港"文协"理事和《华商报》影剧双周刊编辑。著有诗集《九月的太阳》《民主短简》《迎人民的春天》等。曾任中国剧协广东分会副主席、中国作家协会广东分会副主席、《作品》副主编。

陈敬容（1917—1989），四川乐山人。1934 年底独自离家前往北京，在北京大学和清华大学中文系旁听。1938 年在成都参加中华全国文艺界抗敌协会。1945 年到上海专门从事创作和翻译。1948 年春与友人王辛迪、曹辛之等共同发起创编《中国新诗》月刊，为了避免向反动当局登记，一直使用丛刊名义，实际上每月出版。1949 年在华北大学学习，同年底开始从事政法工作。1952 年出版译作《绞刑架下的报告》，1956 年任《世界文学》编辑。

艾青（1910—1996），原名蒋正涵，曾用笔名莪加、克阿、林壁等，浙江金华人。早年曾出国留学，1932 年回国开始写诗，曾担任"文抗"作家、《天下日报》副刊主编、《诗刊》主编、《收获》编委，"文革"结束后担任中国作家协会副主席，出版《向太阳》《火把》《献给乡村的诗》等诗集近五十部。

卞之琳（1910—2000），笔名季陵，祖籍南京，生于江苏海门。1929 年于北京大学英文系就读，曾师从徐志摩。1936 年与李广田、何其芳合出《汉园集》，被合称"汉园三诗人"。抗日战争时期，先后在四川大学、西南联合大学任教。1938—1939 年任教于鲁迅艺术文学院。1940 年任教于昆明西南联大。1949 年从英国牛津大学返回北京，先后任职于北京大学、中国社会科学院等单位。著有《慰劳信集》《第七七二团在太行山一带》《十年诗草》《雕虫纪历 1930—1958》等。

冯至（1905—1993），原名冯承植，字君培，直隶涿州人。现代诗人、翻译家。1923 年加入浅草社，1925 年参与成立沉钟社，出版《沉钟》周刊、半月刊和《沉钟丛刊》。著有诗集《昨日之歌》《十四行集》等。

蒲风（1911—1942），原名黄日华，曾用名黄浦芳、黄飘霞等，广东梅州人。1930 年加入中国共产党，左翼诗人，1932 年与杨骚、穆木天、任钧等人组织"中国诗歌会"，任总务干事。1938 年春第二次国共合作时期，受中共组织派遣，到国民党陆军 154 师922 团任上尉书记。1940 年秋参加新四军，曾任皖南文联（当时称"总文抗"）副主任等职。

　　成仿吾（1897—1984），原名成灏，字仿吾，曾用笔名石厚生，湖南新化人。1921 年参与发起成立创造社，先后编辑《创造季刊》《洪水》等文学刊物，积极倡导革命文学运动。

　　巴金（1904—2005），原名李尧棠，祖籍浙江嘉兴，四川成都人。1923 年离家赴上海、南京等地求学，1925 年参加发起无政府主义组织上海民众社，出版《民众》半月刊，并翻译了克鲁泡特金的一些著作。1935 年主持上海文化生活出版社编务，主编《文化生活丛刊》《文学丛刊》《文学生活小丛刊》等。1937 年任《救亡日报》编委，与茅盾共同主编《呐喊》（后改名《烽火》）杂志。1940 年起从事抗日文化宣传活动。晚年有《随想录》行世。

　　林丁（1915—1996），山东济南人，原名王今然，后改名王化东。曾任合肥市委副书记、副市长，离休后任合肥市老年大学校长等职。

　　沙蕾（1912—1986），原名沙凤骞，江苏宜兴人，回族诗人，陈敬容前夫。1932 年在上海文化书院法律系毕业。1933 年出版首部诗集《心跳进行曲》，同时任上海《金城月刊》文艺主编。1936 年到湖北财政厅工作。抗战时期发起组织"中国回教青年抗敌协会"，出版《回教大众》半月刊。1949 年后任上海星火出版社总编辑。1979 年任中央民族学院少数民族文学研究所顾问、中国伊斯兰教协会委员、中国通俗文学会理事。

　　施蛰存（1905—2003），原名施德普，浙江杭州人。1923 年考入上海大学，后转大同大学、震旦大学。1929 年在中国第一次运用心理分析创作小说《鸠摩罗什》《将军底头》，成为中国现代小说的奠基人之一。1932 年起主编大型文学月刊《现代》。1937 年起相继在云南大学、厦门大学、暨南大学等校任教。1952 年调任华东师范大学教授并迁回岐山村居住，直至逝世。后期告别文学创作和翻译工作，转而从事古典文学和碑版文物的研究工作。

　　萧红（1911—1942），原名张廼莹，祖籍山东莘县，生于黑龙江呼兰。1930 年初中毕业，不顾家庭反对而出走北平，入北平大学女子师范学院附属女子中学读高中一年级，因为没有家庭的支持，不久生活陷入困顿，返回呼兰后被软禁家中。1933 年与萧军合著的小说散文集《跋涉》在东北引起轰动，为躲避统治者迫害次年与萧军逃至青岛，完成中篇小说《生死场》。这期间与鲁迅取得联系并得到其指导与鼓励。1942 年病逝于香港。

　　路易士（1913—2013），即纪弦，原名路逾，陕西周至人，生于河北清苑。1933 年毕业于苏州美专，创办、主编《诗志》《诗领土》《现代诗》等诗歌刊物，抗日战争爆发后流转于汉口、长沙、昆明、香港等地，曾任国际通讯社日文翻译，抗战胜利后始用纪弦笔名写稿。1948 年赴台，曾编辑《和平日报》副刊《热风》，创办《现代诗》季刊，发起成立现代诗社，与覃子豪、钟鼎文为台湾诗坛三位元老。1976 年赴美。

　　李金发（1900—1976），原名李淑良，广东梅县人。早年就读于香港圣约瑟中学，1919 年赴法勤工俭学，1921 年就读于第戎美术专门学校和巴黎帝国美术学校。1945 年移居美国。1974 年，台湾诗人痖弦为研究李金发诗歌创作开始与李本人通信，李金发写下《答痖弦先生二十问》，为了解他的生平创作及文艺思想提供了丰富的第一手资料。他早年诗歌深受法国象征派诗歌影响，被称为"诗怪"。著有《微雨》《为幸福而歌》《食客与凶年》等。

　　覃子豪（1912—1963），原名覃基，四川广汉人。1947 年赴台，与钟鼎文、纪弦并称台湾现代"诗坛三老"，1954 年参与创办蓝星诗社，任社长，曾就新诗创作问题与纪弦展开论战，批判台湾新诗的西化倾向。

胡适（1891—1962），原名嗣穈，学名洪骍，字希疆，后改名胡适，字适之。安徽绩溪人。早年因提倡文学革命而成为新文化运动的领袖之一，于 1917 年发表的白话诗是现代文学史上的第一批新诗。著作有《尝试集》《胡适文存》（四集）等。

章铁昭，生卒年不详，安徽绩溪人。曾与南京国立中央大学、金陵大学等校的几位青年诗人汪铭竹、程千帆、沈祖棻、孙望、常任侠、艾珂、滕刚等创办南京"土星笔会"和新诗半月刊《诗帆》。

阿垅（1907—1967），原名陈守梅，又名陈亦门，浙江杭州人。七月诗派诗人。国民党中央军校第十期毕业生，参加过淞沪抗战。1939 年到延安，在抗日军政大学学习。后在重庆国民党陆军大学学习，毕业后任战术教官。1955 年因胡风案被捕，1967 年患骨髓炎死于狱中。

李长之（1910—1978），原名李长治、李长植，山东利津人。1929 年入北京大学预科学习，1931 年考入清华大学生物系，两年后转哲学系。1936 年出版《鲁迅批判》一书，同年毕业后留校任教，以后又历任京华美术学院、云南大学、重庆中央大学的教职。1940 年任教育部研究员。1944 年主编《时与潮》副刊。1945 年任国立编译馆编审。1946 年任北京师范大学副教授，并参与《时报》《世界日报》的编务。有著作《迎中国的文艺复兴》等。

曹葆华（1906—1978），男，汉族，四川乐山人。1935 年从清华大学研究院毕业。1939 年赴延安，任鲁迅艺术学院文学系教员，次年加入中国共产党。曾翻译梵乐希《现代诗论》、瑞恰慈《科学与诗》等，后在中共中央宣传部翻译马恩列斯著作。1962 年任中国科学院外国文学研究所研究员。1978 年 9 月翻译普列汉诺夫文学艺术论文集《哲学选集》第五卷时逝世。

吴奔星（1913—2004），湖南安化人。1937 年从北平师范大学国文系毕业。早年参加湖南农民运动、"一二·九"学生运动。先后在桂林师范学院、国立武汉大学、江苏师范大学、南京师范大学等高校工作，是 1949 年后中国大陆最早一批现代文学研究教授之一。他于 1957 年被错划为"右派分子"，下放徐州师范学院"戴帽"任教，1982 年获得平反，重返南京师范大学中文系任教。

林徽因（1904—1955），原籍福建闽县，生于浙江杭州。1924 年与梁思成（梁启超长子）同赴美攻读学位。1927 年美术系毕业后，又入耶鲁大学戏剧学院学习舞台美术设计半年。1928 年回国后受聘于东北大学建筑系。1930—1945 年，与梁思成同走了中国的 15 个省，190 多个县，考察测绘了 2738 处古建筑物，是中国古代建筑研究领域的开拓者之一。

章毅，生平不详。

朱英诞（1913—1983），笔名有庄损衣等，生于天津。曾任教于沦陷区伪北大。与沈启无一起编辑《文学集刊》，并编选废名、沈启无的诗合集《水边》。1949 年后在贝满女中教书，直至退休。补充废名的《新诗讲稿》并由北京大学出版社出版（2008 年）。逝世前写下两万字的自传《梅花依旧》。

鸥外鸥（1912—1995），原名李宗大，广东东莞虎门镇人。1936 年在广州、香港任中学教师，1940 年后历任香港国际印刷厂经理，桂林新大地出版社编辑，广州国民大学、华南联合大学、华南师院副教授，中华书局广州编辑室主任，总编辑。有诗集《再见吧，好朋友》《书包说的话》等。

林以亮（1919—1996），原名宋淇，笔名宋悌芬、欧阳竟等，宋春舫之子，浙江吴兴人。1940 年毕业于燕京大学西语系并留校任教。抗战期间，在上海从事话剧和学术活动。40 年代末移居香港，先后任职于美国新闻处、电懋影业、邵氏影业和香港中文大学的管理层。有作品《昨日今日》《更上一层楼》《林以亮诗话》《林以亮论翻译》等。主持出版《译丛》（Renditions）中译英半年刊。与著名作家张爱玲关系甚笃，系张爱玲遗嘱执行人。

马君玠（1906—1997），原名马文珍，字君玠，湖北武昌人。1926 年毕业于北京财政商业专门学校。1932 年以后主要在高校图书馆工作。

李广田（1906—1968），山东邹平人。1923 年到济南山东省第一师范学校就读，曾因介绍中国进步文学与苏俄作品被捕入狱。1931 年入北京大学外语系，攻读英、日、法文，1935 年北大毕业后，到济南省立第一中学任教。1936 年，与北大学友卞之琳、何其芳合出诗集《汉园集》。抗战胜利后，先后在南开大学、清华大学任教。1948 年加入中国共产党。1949 后任清华大学中文系主任、云南大学校长。1959 年被划为"右倾机会主义分子"，1968 年被迫害致死。

杜白雨（1918—2014），本名王度，吉林市人。1948 年进入华北大学时改名李民，伪满洲国时期"艺文志"派作家。

穆旦（1918—1977），本名查良铮，亦用笔名梁真等，生于天津，原籍浙江海宁。在南开中学求学期间开始写诗。1935 年就读于清华大学外文系。抗日战争开始后随校南迁至昆明。1940 年毕业于西南联大。1948 年夏赴美国芝加哥大学英国文学系学习，1952 年获硕士学位。后回国任教于南开大学外文系，受政治运动冲击。1977 年初因心脏病突发去世。"九叶"派代表诗人。出版诗集《探险队》《穆旦诗集》《旗》《穆旦诗文集》等，翻译普希金、拜伦、雪莱、济慈、别林斯基等人的诗作和文论多种。

穆木天（1900—1971），原名穆敬熙。吉林伊通县靠山镇人。

中国现代诗人、翻译家，象征派诗人的代表人物。1921 年加入创造社，1931 年参加"左联"，负责左联诗歌组工作，并参与成立中国诗歌会。著有诗集《旅心》《流亡者之歌》《新的旅途》等。

李方立（1918—1999），原名李茂云，山东成武人。曾任延安《解放日报》记者、编辑。

井岩盾（1920—1964），原名井延盾。山东东平人。

周作人（1885—1967），原名櫆寿（后改为奎绶），字星杓，号知堂、药堂等。浙江绍兴人。新文化运动的杰出代表，是《新青年》的重要同人作者。五四运动后，参与发起成立"文学研究会"，并参与创办《语丝》周刊，任主编和主要撰稿人。

灰马（1915—2000），原名俞漱文，浙江杭州人，先后任江西《民国日报》副刊编辑、《万象画报》主编。著有《碎羽集》《夏夜短曲》《切线》《瓶居草》等。

秦佩珩（1914—1989），山东昌乐人。1934 年考入北京育英中学念书，3 年后考入燕京大学，1941 年毕业于燕京大学经济系。先后在四川大学、光华大学、西北大学、湖南大学等校任教，1953 年到中南财经学院工作。1956 年，河南筹备郑州大学，他作为历史系主要骨干，创设经济史专业。在史学、文学、经济学等方面均有建树。

郭风（1917—2010），原名郭嘉桂，回族，福建莆田人。1944 年毕业于福建师大中文系。历任县小学、中学、福州高级工业学校、福建师大教师，《星闽日报》编辑，《福建文艺》《园地》《热风》杂志副主编。著有童话诗集《木偶戏》等。

梁宗岱（1903—1983），广东新会人，诗人、翻译家、学者。中学时代开始写新诗，有"南国诗人"之称，1921 年加入文学研究会，1924 年留学法国，结识法国象征派诗人瓦雷里，将其诗作译成中文刊于《小说月报》。著有诗集《晚祷》、词集《芦笛风》、论文集《诗与真》等。

方然（1919—1966），原名朱声，安徽省怀宁人。1938 年赴延安陕北公学学习，后被延安方面疏散到成都，考入金陵大学中文系。这期间结识胡风、绿原等诗人，成为七月诗派的重要成员。1946 年在中共地下组织领导的以中学生为主要对象的半月刊《学生报》社任编委，公开身份是成都荫堂中学教员。1949 年在冯雪峰劝说下来到杭州，任杭州安徽中学校长。1950 年加入中国共产党。后调任浙江省文联和中共浙江省委。1955 年被列为"胡风集团骨干"而遭逮捕，后被迫害致死。"文革"结束后平反。译有拜伦《哈罗尔德的旅行》、雪莱《解放了的普罗米修斯》等。

军城（1919—1943），即司马军城，原名牟伦扬，又名顾宁，湖北利川人，回族。1937 年赴陕北，1938 年到晋察冀边区等担任报社记者等职。

孙望（1912—1990），原名自强，字止畺，也称子强，江苏常熟人。1932 年考入金陵大学中文系，1934 年同程千帆及校外友人汪铭竹、常任侠、滕刚等组织"土星笔会"，从事新诗创作，出版期刊《诗帆》。

韩北屏（1914—1970），原名韩立，江苏扬州人。1927 年后历任镇江、扬州等地记者、编辑、民教馆职员，《诗志》月刊主编，五路军救亡工作团团员，《广西日报》编辑、编辑主任，《扫荡报》编辑主任，香港南国等影片公司编导委员，广州华南人民文艺学院文学部教授，1961 年任中国作协对外联络委员会副主任。著有诗集《江南草》《人民之歌》《夜鼓》等。

陈迩冬（1913—1990），原名锺瑶，广西桂林人。1937 年毕业于广西大学文法学院，1954 年调人民文学出版社，整理《韩愈诗选》等。

绿原（1922—2009），湖北黄陂人。1941 年发表诗歌处女作，1942 年考入重庆复旦大学，出版第一本诗集《童话》。新中国成立后，主要从事报刊编辑、国际宣传、外国文学出版编译等工作，曾任职《长江日报》社、中共中央宣传部等。1955 年受"胡风事件"牵连。1962 年起，在人民文学出版社工作。出版诗集《又是一个起点》《集合》《人之诗》《另一只歌》等，并有诗话集、散文集及翻译作品多种。

陆人，生平不详。

孙羽（1921—2007），即孙道临，原名孙以亮，祖籍浙江嘉善，生于北京。1938 年入燕京大学哲学系，1941 年 12 月 8 日因美日两国开战失学。中国著名电影表演艺术家、导演、朗诵艺术家，代表作品有《早春二月》等。

吴兴华（1921—1966），原籍浙江杭州，生于天津塘沽。1937 年考入燕京大学西语系，同年发表长诗《森林的沉默》，轰动诗坛。曾任北京大学西语系副系主任、教授。曾译介《尤利西斯》《神曲》《亨利四世》等作品。

陈子展（1898—1990），原名炳堃，湖南长沙人，中国文学史家、杂文家。曾在东南大学教育系进修，结业后回湖南从事教育工作。1933 年起任复旦大学等校教授。著有《中国近代文学之变迁》《最近三十年中国文学》《诗经直解》《楚辞直解》等。

唐祈（1920—1990），原名唐克蕃，江苏苏州人，九叶派诗人之一。1942 年毕业于西北联大历史系，40 年代在上海参与创办《中国新诗》杂志。后任甘肃师范大学学报副主编，西北民族学院汉语系代主任，任教时曾复刊《中国新诗》。

徐讦（1908—1980），浙江慈溪人。1931 年毕业于北京大学并留校担任助教。1933 年离开北平，赴上海从事写作。1936 年与孙成合办《天地人》半月刊，同年赴法国巴黎大学攻读哲学。1944 年以《扫荡报》驻美特派员名义赴美国。1950 年到香港，1957 年担任珠海学院中文系讲师，出版《回到个人主义与自由主义》。1963 年以后在香港新亚书院、浸会学院任教。

罗寄一（1920—2003），安徽省贵池人。1943 年毕业于西南联大经济系。40 代在桂林、重庆的《大公报·文艺》和昆明《文聚》上面发表过新诗和散文。1949 年后为新闻从业人员，有多种译著问世。

高兰（1909—1987），原名郭德浩，黑龙江瑷珲县人。燕京大学国文系毕业，曾任山东大学中文系教授。中国民盟成员。出版《李后主评传》及诗集《高兰朗诵诗选》《朗诵诗新辑》《用和平力量推动地球前进》等。

戴望舒（1905—1950），浙江杭县人。1923 年入上海大学文学系，1925 年转入震旦大学学习法语。1932 年任《现代》编辑，同年赴法国留学。1936 年与卞之琳、孙大雨、梁宗岱、冯至等人创办《新诗》月刊。抗战爆发后，转至香港主编《大公报》文艺副刊，1941 年底，因宣传抗日，被日本人逮捕入狱。1946 年赴上海，先后在暨南大学、上海市立师范专科学校、上海音乐专科学校等校任职。

臧克家（1905—2004），曾用名臧瑷望，笔名少全、何嘉，山东潍坊诸城人。曾任《诗刊》主编、中国诗歌学会会长，2004 年去世。出版有诗集《烙印》《宝贝儿》《罪恶的黑手》《自己的写照》《运河》以及文论集《在文艺学习的道路上》等多种。

丹辉（1919—2007），即钱丹辉，江苏金坛人。1938 年后历任延安抗日军政大学学员，晋察冀军区一分区政治部宣传科干事、科长。晋察冀第一个诗歌团体铁流诗社的组织者与领导人。1936 年肄业于江苏省立南京高中二年级。

郭沫若（1892—1978），幼名文豹，原名开贞，字鼎堂，号尚武，四川乐山人。现代文学家、历史学家、中国新诗奠基人之一。1918 年开始创作新诗，参与组织发起创造社。著有诗集《女神》《长春集》《星空》等。

力扬（1909—1964），原名季信，浙江青田人。1929 年考入国立西湖艺术专门学校，"九一八"事变时因组织开展抗日救亡运动，反对国民党投降政策，遭校方开除。"一·二八"事变后，为东北义勇军募捐而被捕。1935 年与李岫石、艾青一起被移送苏州反省院。1948 年加入中国共产党。同年冬到晋察冀解放区，入马列主义学院学习，毕业后留院任教。1953 年春到中国科学院文学研究所工作，并参与编撰《中国文学史》。

彭燕郊（1920—2008），原名陈德矩，福建莆田人，七月派诗人。1941 年至 1946 年任桂林《力报》副刊编辑，中华全国文艺界抗敌协会桂林分会常务理事、创作部副部长、部长。1946 年至 1949 年任《广西日报》副刊编辑。1947 年，因为参加民主运动被国民党逮捕。1950 年至 1953 年任教于湖南大学，1955—1978 年受胡风案牵连被下放到长沙市街道工厂劳动。1979 年被聘为湘潭大学任中文系副教授。著有诗集《春天——大地的诱惑》、评论集《和亮亮谈诗》，编辑《国际诗坛》等。

公木（1910—1998），河北辛集人，原名张永年，又名张松甫、张松如，笔名公木、木农等，中国著名诗人、学者、教育家。先后考入直隶正定省立第七中学（现河北正定中学）、北平大学第一师范学院国文系。1932 年冬在北平拜访鲁迅，鲁迅为其筹办的《文学杂志》创刊号写了《听梦说》。其作词的《八路军进行曲》

1988 年被定为中国人民解放军军歌。东北师范大学创始人之一，东北师范大学校歌词作者。著有《公木诗选》《诗论》《中国古典诗论》《中国诗歌史》《中国诗歌史论》等。

王佐良（1916—1995），浙江上虞人。1939 年毕业于西南联合大学外语系后留校任教，1946 年秋回到北京，任清华大学讲师。1947 年赴英国牛津大学攻读英国文学研究生。1949 年 9 月回到北京，分配到北京外国语学院任教，直至 1995 年去世。

袁水拍（1916—1982），原名袁光楣，笔名马凡陀，江苏吴县人。肄业于沪江大学。1937 年在香港参加文艺界抗敌协会，任候补理事、会刊编辑。后历任上海《新民报》《大公报》编辑，《人民日报》编辑、文艺组组长，中宣部文艺处处长，文化部艺术研究所负责人。

冀汸（1918—2013），原名陈性忠，湖北天门人，1918 年生于印度尼西亚爪哇岛。1947 年毕业于复旦大学历史系。七月派诗人。历任南京邮汇局员工子弟小学教员，杭州安徽中学教员、教务主任，浙江省文联《浙江文艺》编辑、创作组组长，曾参与浙江省《江南》杂志的草创工作。

冯雪峰（1903—1976），原名福春，笔名雪峰、画室等，浙江义乌人。现代诗人、文艺理论家。1922 年参与组织湖畔诗社，出版诗集《湖畔》。后为左翼文艺的重要领导人之一。

俞铭传（1915—1979），安徽南陵县人。先后在西南联大和清华研究院毕业。

徐干生（1920—1998），江苏淮安人，1945 年武汉大学外文系毕业。从 1938 年开始以王瑶、秦淮碧、乐山等笔名在各种刊物上发表作品。1949 年后有《阮诗臆绎》（将阮籍《咏怀诗》八十二首译成新体）发表于《中华文史论丛》。其子徐贲编有《复归的素人：文字中的人生》，收录他抗战时期的文学作品、"文革"期间的检讨、劳改日记和"文革"后的作品、翻译和回忆。

郑敏（1920— ），福建闽侯人，毕业于西南联大哲学系，1960 年后在北京师范大学外语系讲授英美文学。九叶派著名女诗人。代表作品有《金黄的稻束》及诗集《心象》《寻觅集》等。

顾视，生卒籍贯不详，沦陷区"艺术与生活社"诗人。

刘荣恩（1908—2001），浙江杭州人，生于一个基督教家庭。1930 年燕京大学英文系毕业，并执教于南开大学。沦陷时期执教于天津工商学院，并组织新诗社，创办并主编《现代诗》季刊。抗战胜利后又执教于南开大学西洋文学系。1948 年赴英国牛津大学贝利奥尔学院访学，后定居英国，致力于中国古典文学翻译，有作品《刘荣恩诗集》《十四行诗八十首》《五十五首诗》《诗》《诗二集》和《诗三集》等。

夏穆天，生平不详。

林檎，生平不详。

沈宝基（1908—2002），浙江平湖人。1928 年毕业于中法大学服尔德学院。1934 年获法国里昂大学文学博士学位。曾任中法大学、北平艺术专科学校教授。1949 年加入中国民主同盟。1951 年后，历任解放军总参谋部干部学校、北京大学、长沙铁道学院教授，中国翻译工作者协会第二届理事。译有《巴黎公社诗选》《罗丹艺术论》《雨果诗选》等。

杜运燮（1918—2002），祖籍福建古田，生于马来西亚霹雳州，九叶派诗人。1945 年毕业于西南联合大学外文系。1946 年 10 月回马来西亚探亲，旋至新加坡南洋女子中学和华侨中学任教员，1949 年离新回中国。1951 年起在新华社国际部工作。"文革"期间下放到山西五七干校劳动。1979 年 3 月重返新华社国际部继续从事编辑工作，任《环球》杂志副主编，兼任中国社会科学院研究生院新闻系研究生导师。1980 年初因作品《秋》被指责为"朦胧诗"，引发争论。

赵瑞蕻（1915—1999），笔名阿虹、朱弦等，浙江温州人。1940 年西南联大外文系毕业。1942 年被聘为中央大学外文系助教，1952 年调入南京大学中文系任教，1953—1957 年被高教部选派赴民主德国莱比锡卡尔·马克思大学东方语言系任客座教授，中国比较文学学会发起人之一。译有《红与黑》《梅里美短篇小说选》等。

蔡仪（1906—1992），原名蔡南冠，湖南攸县人。1925 年考入北京大学文学系，曾是沉钟社的一员。1926 年加入共产主义青年团。1929—1937 年留学日本，毕业于东京高等师范和九州帝国大学。1937 年回国参加抗日救亡。1945 年加入中国共产党。马克思主义美学家、文艺理论家。

屈楚（1919—1986），四川泸县人。中专毕业。1939 年入四川省立戏剧教育实验学校学习，1943 年后曾任群益出版社编辑，《中原》助理编辑，《诗家社》《春草社》创办人之一，重庆群众出版社编辑部编辑。

丁芒（1925—   ），江苏南通人。1946 年参加新四军，肄业于华中建设大学。历任独立十旅、三十五旅、华野十二纵队及解放军第三十军政治部前线记者、编辑；海军政治部《人民海军报》《海军战士》编辑组长，总政治部《解放军战士》编辑。

胡大麦，生平不详。

罗念生（1904—1990），学名罗懋德，四川威远人。希腊古典文学研究专家。1922 年考入北京清华学校，1929 年至 1933 年先后就读于美国俄亥俄大学、哥伦比亚大学研究院和康奈尔大学研究院。1934 年回国后历任北京大学、四川大学、武汉大学、清华大学等校外语系教授。1935 年与梁宗岱合编天律《大公报》诗刊。1936 年在成都与朱光潜、何其芳、卞之琳等创办文艺半月刊《工作》。1952 年调到北京大学文学研究所任研究员，1964 年之后，任中国社会科学院外国文学研究所研究员。

许伽（1923—1999），即徐季华，四川灌县（今都江堰市）人，七月派诗人。

李超岚，生平不详。

程康定（1920—　），河南邓县人。有诗集《掘火者》。

孙艺秋（1918—1998），原名孙萍，曾用名楚篱、孙彻、陇人等，河南安阳县人。在西北联合大学中文系读书期间有诗集《泥泞集》出版。1949 年参加中国人民解放军。由于与诗人牛汉通讯被打入胡风集团，1957 年又被错划为"右派"。

汪铭竹（1907—1989），江苏南京人。1931 年毕业于中央大学哲学系，1934 年首倡"土星笔会"，同年创办《诗帆》。

邵洵美（1906—1968），祖籍浙江余姚，生于上海。新月派诗人、出版家、翻译家。1923 年毕业于上海南洋路矿学校，同年赴欧洲留学，入英国剑桥大学攻读英国文学。1927 年回国。1928 年开办金屋书店，并出版《金屋月刊》。有诗集《天堂与五月》《花一般的罪恶》等。

化石，生平不详。

臧云远（1913—1991），笔名季沅、辛苑，山东蓬莱人。1932 年参加中国作家左翼联盟。在日本曾任东京《杂文》《质文》文艺刊物编委。历任汉口《自由中国》主编，重庆全国文协及文工会研究员及创作员，济南华东大学教授、艺术系主任，青岛山东大学教授兼艺术系主任，南京艺术学院副院长、党委成员。有诗集《炉边》《云远诗草》等。与臧克家并称"山东二臧"。

徐迟（1914—1996），原名商寿，浙江吴兴人。1931 年入东吴大学。"九一八"事变发生后，12 月参加学校爱国学生"援马团"北上，拟出关抗日。滞留北平。1932 年入燕京大学借读。1936 年和诗人路易士一起协助戴望舒创办《新诗》。有译作《巴马修道院》和《华尔腾》（后改译名《瓦尔登湖》）等。

程鹤西（1908—1999），即程侃声，1908 年生于湖北省安陆市。10 岁后随父到北京就读于北京高等师范学堂附小和附中。新文学运动时期，经常在《晨报诗刊》《小说月报》《华北日报》《新中华日报》上发表诗文和译稿，1935 年朱自清编《新文学大系》卷曾收录其《城上》。1931 年北平大学农学院毕业。以农业科学家身份供职于云南省农业科学院，先后研究木棉和水稻，并取得显著成绩。

天戈，生平不详。

穆仁（1923—　　），本名杨本泉，四川武胜人。

化铁（1925—2013），原名刘德馨，祖籍四川，1925 年生于武汉（一说上海），七月派诗人。抗战期间任国民党政府"中央气象局"职员。1955 年因涉及"胡风集团事件"被捕，1957 年被开除军籍后在南京城郊一大杂院里栖身，以砖工、装卸工、笔坯压制工、沙发修理工等临时工作为生。出版诗集有《暴雷雨岸然轰轰而至》。

李公朴（1902—1946），祖籍江苏武进，生于淮安。伟大的爱国主义者，坚定的民主战士，中国民主同盟早期领导人，杰出的社会教育家。1946 年 7 月 11 日在昆明市遭特务开枪暗杀，次日凌晨因伤重、流血过多牺牲。

马逢华（1922—2013），河南开封人。早年就读于北京大学经济系，复辗转港台，1955 年考入美国密歇根大学，获得经济学博士学位，之后于西雅图华盛顿大学执教二十余年。

严文井（1915—2005），原名严文锦，湖北武昌人。1932 年开始发表作品。1935 年到北平图书馆工作，1938 年 5 月到延安，进入抗日军政大学学习，7 月加入中国共产党，1939 年在延安鲁迅艺术学院文学系任教。著有《南南和胡子伯伯》《丁丁的一次奇怪旅行》等。1949 年以后任中宣部文艺处处长、中国作家协会党组副书记、书记处常务书记、《人民文学》主编、人民文学出版社社长、总编辑。

郑思（1917—1955），湖北武昌人。1946 年曾在胡风主编《希望》杂志上发表过一首诗，以后又去看望过胡一次，受胡风案牵连被捕入狱，服安眠药自尽。

袁可嘉（1921—2008），浙江余姚人。毕业于西南联合大学外国语文系英语语言专业，曾任北京大学西语系助教、中共中央宣传部毛泽东选集英译室翻译、外文出版社翻译等。于 1938 年在《大公报》副刊上发表了第一篇诗作《我们是黎明边缘的轻骑兵》。他的诗歌既继承了我国诗歌传统，又借鉴了欧美诗歌的创作手法，与穆旦等人诗歌风格相似，同为"九叶派"诗人。其代表作品有诗集《九叶集》（与穆旦、辛笛等人合集），诗歌《沉钟》《难民》等。

邹荻帆（1917—1995），湖北天门人，曾与穆木天、冯乃超创办《时调》诗刊。自 1937 年在《文学》新诗号上发表处女诗后，便一发不可收拾，情感激荡待发，其诗歌内容与时代紧密相连，反映农民生活。代表作品《做棺材的人》和《没有翅膀的人们》。

辛笛（1912—2004），即王辛笛，原名馨迪。祖籍江苏淮安，生于天津。九叶派诗人。1935 年毕业于清华大学外文系。1936 年至 1939 年，在英国爱丁堡大学英国语文系进修。回国后，任暨南大学、光华大学教授，有诗集《珠贝集》《手掌集》《辛笛诗稿》等。

岑琦（1929— ），原名周岑琦，浙江泰顺人。1946 年毕业于省立温州师范。1947 年赴浙南游击区参加革命工作。

杭约赫（1917—1995），原名曹辛之，江苏宜兴人。1938 年至延安，先后就学于陕北公学与鲁迅艺术学院。1939 年参加李公朴率领抗战建国教学团赴晋察冀边区工作，并尝试新诗创作。历任三联书店管理处美编室主任、人民美术出版社编审、《诗书画》报主编、中国装帧艺术研究会会长。出版诗集《撷星草》《噩梦录》《火烧的城》以及长诗《复仇的土地》等多种。

曾卓（1922—2002），原名曾庆冠，祖籍湖北黄陂，生于武汉。七月派诗人。1936 年加入武汉市民族解放先锋队。1940 年加入全国文协，组织诗垦地社，编辑出版《诗垦地丛刊》。1943 年入重庆中央大学历史系学习。1950 年任教湖北省教育学院和武汉大学中文系，1952 年任《长江日报》副社长。1955 年受胡风案牵连，被捕入狱。1957 年因病保外就医。1959 年下放农村。1961 年调任武汉人民艺术剧院编剧。1979 年底平反，调回武汉市文联工作。

宋扬，生平不详。

田贲（1913—1946），原名花禧禄，笔名还有黑田贲夫、山川草草等，辽宁盖州人，满族。

史卫斯（？—1952），原名方滢，籍贯不详。诗人、戏曲学家。

司马天健，生平不详。

宇菲，生平不详。

刘燕及（1926—1997），笔名刘曲、刘海子，山东即墨人。

余祖胜（1927—1949），江西湖口人。1947 年加入中国共产党，1948 年被捕后被囚于中美合作所集中营渣滓洞监狱。1949 年被杀。

宗白华（1897—1986），曾用名宗之櫆，字白华、伯华，生于安徽安庆。1919 年受聘上海《时事新报》副刊《学灯》，任编辑、主编。1920 年赴德国留学，在法兰克福大学、柏林大学学习哲学、美学等课程。1923 年创作《流云小诗》。1925 年回国后在南京大学、北京大学任教。宗白华是我国现代美学的先行者和开拓者，被誉为"融贯中西艺术理论的一代美学大师"。著有诗集《流云》，美学论文集《美学散步》《艺境》等。

方平（1921—2008），原名陆吉平，上海人。高中毕业后先后在南京、厦门等私营银行任职员，由业余自学走上文学翻译道路。1949 年之后，历任上海文化工作社、上海文艺联合出版社、新文艺出版社、人民文学出版社上海分社编辑，上海译文出版社外国文学编辑部主任和学术委员，上海师范大学客座教授，同时担任中国莎士比亚研究会副会长等社会职务。

王道乾（1921—1993），浙江绍兴人，著名法语文学翻译家。1945 年毕业于昆明法大法国文学系，1947 年赴巴黎索邦大学攻读法国文学，1949 年 10 月回国。"文革"期间派往出版干校参加《世界史》翻译工作。1979—1993 年任上海社会科学文学研究所副所长、研究员、研究生导师。译有兰波、普鲁斯特和杜拉斯等大量法国作品。

田地，左翼诗人，生平不详。

浪子，生平不详。

叶金（1922—2014），原名徐柏容，江西吉水人，20 世纪 30 年代末开始发表作品，1944 年毕业于中正大学经济系。曾任百花文艺出版社副社长、编审。

林蒲，生平不详。

沈明，左翼诗人，生平不详。

金克木（1912—2000），字止默，笔名辛竹，祖籍安徽，诗人、散文家、翻译家。精通梵语、巴利语、印地语、乌尔都语、世界语、法语、德语等多种语言文字。曾在香港、印度等地做报刊编辑，出版诗集《蝙蝠集》《雨雪集》《挂剑空垄》等。

周定一（1913—2013），湖南郦县人，语言学家。1935 年入北京大学中文系，1939 年毕业于西南联合大学。1949 年后先后在北京大学中文系和中国科学院语言研究工作。曾任《中国语文》杂志常务编辑委员、《现代汉语词典》编审委员。

罗洛（1927—1998），原名罗泽浦，四川成都人，七月派诗人。20 世纪 40 代从事学生运动，新中国成立后受胡风案株连流离西部，成为生物学家。后任中国大百科全书出版社副总编辑及上海分社党委书记、社长、总编辑。上海市作家协会第五届理事、常务副主席、主席。有诗集《春天来了》等，译著《法国现代诗选》《萨特抒情诗选》《魏尔仑诗选》等。

方宇晨（1925—1969），原名方应旸，江苏灌云人。中国新诗派诗人，曾在《诗创造》《中国新诗》发表作品，英译《中国现代诗选》1948 年在伦敦出版。

杨禾，生卒年不详，原名牛树禾，山东安丘人。1938 年就读于西北联大国文系。1949 年后任重庆大学中文系副教授。

杨周翰（1915—1989），江苏苏州人。1939 年毕业于北京大学英文系，1949 年毕业于英国牛津大学英文系。曾任西南联合大学讲师。1949 年后先后在清华大学、北京大学、中国社会科学院外国文学研究所工作。译著有贺拉斯《诗艺》、莎士比亚《亨利八世》、奥维德《变形记》、维吉尔《埃涅阿斯纪》等。

李瑛（1926—2019），祖籍河北省丰润，生于辽宁锦州。1945年入读北京大学中文系，边读书边从事学生运动。先后任记者、文艺刊物编辑、文艺出版社社长、总政文化部部长、中国作家协会主席团成员、中国文艺界联合会副主席等职。

叶汝琏（1924—2007），安徽桐城人。1946年毕业于北平中法大学，获得文学学士学位。1948—1952年任教于北京大学。1958年在反右运动中被迫脱离教职，直至1971年反正。平反后，北大恢复其讲师资格。1980年接受武汉大学校长邀请，调离北大，主持创建武汉大学法国研究所。译作有圣-琼·佩斯和阿尔蒂尔·兰波的诗歌作品。

张爱玲（1920—1995），原名张煐，祖籍河北丰润，生于上海。

钱素凡（1912—1946），江苏南通人。